通識教育叢書・治學方法叢刊

讀書報告寫作指引
第二版

林慶彰、張春銀　合著

目　次

附　錄

再版　序

　　為了因應中文學界寫作學術論文的需求，我於一九九六年九月出版了《學術論文寫作指引》一書。該書出版後，得到海內外學界相當大的迴響。一九九七年七月十一日《國文天地》雜誌社曾邀請國內中文學界學者舉行座談會，提供改進意見，有數位學者認為這本《學術論文寫作指引》可以給研究所以上的學生使用，至於大學生不一定寫學術論文，倒是老師常常要他們寫讀書報告，希望能有一本如何寫讀書報告的書。我覺得大家的建議很好，也答應兩、三年內完成。

　　雖然在中央研究院的研究工作很忙，但祇要腦海裡不再思索那些嚴肅的論文時，我就想到這本教人寫讀書報告的書應如何入手。數年前，當我在寫作《學術論文寫作指引》時，曾邀請中央研究院中國文哲研究所圖書館劉春銀主任協助。這次要寫作這本書，也順理成章的邀請劉主任來合作。我們覺得「讀書報告」不應該祇是一種讀書的心得，或是一篇小論文而已。它的範圍可以擴大到寫提要、書評、詩文小說賞析、研究論文，甚至編輯某人或某事的研究文獻目錄。把「讀書報告」的範圍擴大，讓想寫提要、書評、詩文小說賞析，甚至編文獻目錄的同學有比較理想的參考用書。

　　我們決定把書名定為《讀書報告寫作指引》，至於章節的安排，從學理來說，應先確定讀書報告的種類，接著要寫報告應先

蒐集資料，要蒐集資料應先會利用圖書館，要利用圖書館，就應先知道有那些工具書和期刊文獻，並告訴學生如何利用網路資料，然後再依讀書報告的提要、書評、詩文小說賞析、小論文、研究文獻目錄等類別分章論述。我們依照這個構想將全書分為十章，第一章〈讀書報告的種類〉、第六章〈撰寫提要的方法〉、第八章〈撰寫詩文小說賞析的方法〉、第九章〈編輯研究文獻目錄的方法〉、第十章〈撰寫小論文的方法〉等五章由我來執筆。第二章〈現代圖書館的基本知識〉、第三章〈利用參考工具書蒐集資料〉、第四章〈如何利用期刊文獻〉、第五章〈利用網路資源蒐集資料〉、第七章〈撰寫書評的方法〉等五章由劉主任來執筆。全書完成後，再由我作通讀，為求體例一致，也作了必要的修改。

我們編寫這本書的想法很單純，祇不過希望學生寫作各種讀書報告時，有一本較理想的參考書而已。但理想和事實往往有些許差距，期盼使用過這本書的學生和學界先進，能把疏漏錯誤的地方告訴我們，好作為改進的參考。這部書在萬卷樓圖書公司叢書主編李冀燕學弟十數次催稿下才完成。在此一併感謝。

本書於二○○一年十一月初版發行後，引起很大迴響，蒙許多文史界同道教授們除指定為大學生必讀之書，並提供諸多寶貴意見。二○○二年八月初版再刷中，僅就初版中誤繕處做了更正，並替換一些過時的網頁資料或數據。本次增修訂則較為全面性增補資料及更正誤繕文字。

另在全面修訂書稿後，也根據本書書評者的建議，在全書的適當章節中給予莘莘學子的一些治學建議，期能為他們指出正確的方向。另為便於查閱本書所提及之著作，特將正文與附錄中提

及之書名與著者，分別輯成依筆畫為序排比的二種索引，以供讀者查檢之用。由於在更為忙碌中倉促完稿，恐有繆誤，敬祈方家不吝指正。本次再版修訂期間，主編陳欣欣學弟的耐心等候及仔細校編，在此一併致謝。

二〇〇五年五月

林慶彰 於中央研究院中國文哲研究所

第一章　讀書報告的種類

第一節　前人的分類

　　「讀書報告」，顧名思義是「讀書後的心得報告」。但因人心不同，所受的訓練也有差別，寫出來的心得報告，也形形色色。如將各式各樣的讀書報告加以歸納，應有數種類型。張春興教授〈怎樣寫好讀書報告〉一文，將讀書報告分為四類：

　　1.文獻閱覽型：這種報告側重在前人研究成果的整理，也就是在閱讀文獻或相關書籍時，以這些書、文的內容為依據，加以整理、歸納、分析；個人的檢討意見和批評意見則很少提出來。這屬基礎性的類型。

　　2.檢討批評型：針對一篇或數篇文章（或書籍），中文的也好，外文的也好，在仔細閱讀後，將作者的觀點、分析架構、目的、方法等提出來，加以消化，再作檢討與批評。這型著重在作者的批評與檢討。國外有一種讀書報告叫Critique，即近似這一類型。他們常要求學生廣泛閱讀後，提出幾百字的報告，國內學生常缺乏這種嚴謹的訓練，留學時常感到吃不消。

　　3.分析綜合型：這是前兩型的合併，一方面要求廣泛閱讀，對前人的研究成果加以分析定位，另方面是要提出自己的批評意見，以及自己的創見。易言之，有「繼往」──是基於前人的研

究知識上，亦有「開來」——創造出新方法、新觀點等。

4.**實證研究型**：參考文獻裡的理論或觀點，做實證研究以印證之；或者是自己建立分析架構，再做實證研究以求證假設是否能夠成立。

張教授認為這是「粗略的分類」，要求大家「不必窮究其是否周延與窮盡。」此外，並沒有學者將讀書報告作仔細的分類，張春興教授的分類自有它的意義。本書是針對大學中文系的學生撰寫，所謂讀書報告也具有中文系的特色。

第二節　本書的分類

前人對「讀書報告」的分類，並沒有什麼不對，像張春興教授把它分為四種類型，可說相當細密了。可是，本書所說的「讀書報告」為適應中文系的需要而設的，是採比較廣泛的定義，凡是讀書或查書後所作的心得報告，都可認為是「讀書報告」。

如依這樣的定義來討論，如撰寫提要、摘要、書評、詩文小說賞析、研究論文、編輯學者或作家研究文獻目錄等，都可列入讀書報告的範圍。

一、提要

提要或稱敘錄，劉向整理圖書，為所整理的書作敘錄，編成《別錄》一書。這敘錄就是一種提要。提要是把一書或一書最重要的地方寫出來。提要長短不一，有些書比較重要的，提要可長至一兩千字，有些比較不重要的書，可能祇需數十字。歷來為古書作提要，以《四庫全書總目》、《續修四庫全書總目提要》最有名。

二、摘要

　　摘要（Abstract）是國外較常用的詞，大都是指原文摘要。如一篇文章有五百字，想摘要成六十字。一本書有二十萬字，便可摘錄一、兩萬字。民國七十七年大學聯考國文科非選擇題部分，除作文、翻譯外，另有「原文摘要」一題，要求將蔣故總統經國先生所著《梅臺思親》中的一段，摘錄成六十字以內的短文。當年有三分之一的考生，此一大題完全空白，其他的考生，有一部分是原文翻譯，不然就是超過六十字，能符合要求的寥寥無幾。這就是學生缺乏練習所致。現在，期刊論文或學位論文都有摘要，由於摘要僅是將原文摘出要點，可說是提要的一部分，本書僅在第六章〈撰寫提要的方法〉中附帶述及，不另設專章論述。

三、書評

　　書評，顧名思義是在評論一本書的優劣得失。可以是評論古人的著作，如評論《史記》、《論衡》、《老殘遊記》，也可以評論現代人的著作，不論文學類、非文學類都可以。如果所評的書是當代人的著作，往往會顧及情面問題，褒獎多批評少，使書評流於朋友間相吹捧的文字。所以，建立較客觀的書評態度是臺灣學術界相當急迫的事情。

四、詩、文和小說賞析

　　大部分老師要求學生作報告，都是為一本書寫書評或讀後

感。比較少老師要求學生評析一首詩、詞、散曲，或一篇小說。如果是詩、詞、曲、文和小說選的課，能要求學生去評賞這些詩文和小說作品，也可提高學生的鑑賞能力。

五、編輯文獻目錄

研究一位學者、作家或某一論題，首要的工作就是蒐集相關資料，如研究韓愈，必須將傳記資料、專著、論文等逐條加以蒐集，蒐集當代學者作家的資料也是如此。至於研究某一論題，如晚明的文人生活、日據時代小說的女性描寫等，蒐集資料的方法也大同小異。可見要完成論文前，蒐集資料是一道必經的程序，如能將所蒐集的資料條目先編成一份研究文獻目錄，再逐筆資料加以蒐集、影印，這樣便可避免資料漏收，如能將這份研究文獻目錄發表出來，也可以造福其他研究者。

六、小論文

這裡是指有前言、正文、結論和附註、參考書目的學術論文。前面所述撰寫提要、摘要、書評、詩文小說賞析等類型的報告，雖也需要部分的參考資料，但不一定要找齊所有的資料。如果是寫一篇較嚴謹的學術論文，從選題、蒐集資料到撰寫完稿，都有相當嚴格的方法和程序。所以一篇論文如何撰寫，也是當今大學生所必須了解的。

以上所述並不表示讀書報告非如此分類不可，筆者以為，如果能從上述各種方向來訓練學生寫各種類型的報告，對提昇學生的程度應大有助益。

第二章　現代圖書館的基本知識

　　當讀書報告撰寫的類型與方向確定後，接著就要著手蒐集資料，這時候大多數的學生會到圖書館尋找所需的資料；因此，如何利用現代圖書館，也是學生必須具備的素養之一。本章限於篇幅，僅就利用現代圖書館的基本知識加以敘述。

　　「圖書館」是將人類思想言行的各項記錄加以蒐集、組織、保存，以便利用的機構，它是一座知識寶庫，其中典藏著人類知識的結晶。那什麼是「人類思想言行記錄」呢？它是指以圖書、期刊、小冊子、錄音帶、唱片、錄影帶、電影片、影碟、圖片、照片、微縮資料、電腦化資料及網路資源等形式傳佈的人類知識結晶，透過視聽的官能作用，能夠反覆認知並鑑賞其內容的傳意工具，無怪乎西方學者將圖書館視為「知識的水庫」與「學術的銀行」。因此，讀者須學會基本的利用技巧，以便進入圖書館後能迅速又確實地獲取寶藏，否則就會有「入寶山空手而回」的懊惱。以下擬分：㈠圖書館的類型與功能；㈡圖書資料的種類；㈢認識圖書館的目錄；㈣認識圖書分類法；㈤線上公用目錄查詢；㈥如何利用圖書館蒐集資料等節加以敘述。

第一節　圖書館的類型與功能

　　吾人若對於圖書館類型與功能有所認識，將有助於了解各種

類型圖書館所提供的資源與服務，以便有效的選擇最有利的圖書館去查檢所需的資料。

　　根據民國九十年一月十七日訂頒之〈圖書館法〉，「圖書館」係根據其設置機構與服務對象的不同加以區分，可區分為國家圖書館、公共圖書館、大專校院圖書館、中小學圖書館及專門圖書館等五種類型。通常，保存文化與闡揚學術為各類型圖書館所共有的基本任務；而現代圖書館共同具備的功能則可分為文化性、教育性、休閒性及資訊性等四項，但各類型圖書館依其所隸屬單位與服務對象不同，各有其不同的功能。

　　根據國家圖書館所進行的調查統計資料，截至民國九十年底臺閩地區各類型圖書館共有五、一〇八所（含分館），其中國家圖書館一所、公共圖書館六三七所、大專校院圖書館一六五所、中小學圖書館三、八一六所（含高中高職圖工者館四九七所、國中圖書館七〇八所及小學圖書館二、六一一所）及專門圖書館五六一所。[1] 圖書館是一個提供圖書資訊服務的場所，隨著時代的變遷、社會的進步、以及科技、通信、傳播、網路等技術的不斷精進，目前已經邁入全球資訊網（WWW）的網際網路蓬勃發展時代，新的功能與使命促使圖書館的體質正不斷的在蛻變，它已經成為一座全方位的資訊資源中心，而各類型圖書館之間的區分已經不再那麼明顯了。但本書為行文方便，以下仍依前述五種類型加以介紹。[2]

---

[1] 國家圖書館編：《中華民國九十一年圖書館年鑑》（臺北市：國家圖書館，2003 年 3 月），頁 564。

[2] 中國圖書館學會編：《臺灣地區的圖書館事業》（臺北市：國家圖書館，1999 年 8 月），頁 2～7。

一、國家圖書館

　　根據民國九十年一月十七日訂頒之〈圖書館法〉第四條條文「國家圖書館：指由中央主管機關設立，以政府機關（構）、法人、團體及研究人士為主要服務對象，徵集、整理及典藏全國圖書資訊，保存文化，弘揚學術，研究、推動及輔導全國圖書館發展之圖書館」。臺灣地區目前設有國家圖書館一所，原名為「國立中央圖書館」，於民國八十五年一月三十一日依據總統令公布之「國家圖書館組織條例」而改為現名。根據前述條例第一條規定，國家圖書館隸屬教育部，掌理關於圖書資料之蒐集、編藏、考訂、參考、閱覽、出版品國際交換、全國圖書館事業的研究發展輔導等事宜。基於此，它兼負有蒐藏全國文獻、廣徵各國書刊、編印國家書目、提供學術研究服務、促進國際交流、研究與輔導全國圖書館事業及推廣各項文教活動等項任務。

　　國家圖書館原名「國立中央圖書館」，民國二十二年籌設於南京，抗日戰爭期間曾遷至重慶，民國四十三年在臺復館，民國六十二年接管「臺灣省立臺北圖書館」改稱為臺灣分館，民國七十年起兼辦漢學研究中心業務。民國七十五年九月遷建新館落成啟用，民國七十七年九月附設資訊圖書館啟用。民國六十九年奉教育部令籌設「漢學研究資料暨服務中心」，後經行政院核准成立，並由該館兼辦業務，民國七十年九月該中心正式成立，民國七十六年九月奉教育部令更名為「漢學研究中心」，為國內外學界提供漢學研究資源服務。

　　在臺復館近六十年來館務不斷發展，其館藏已由遷館時的十四萬冊善本圖書，增長到民國九十一年底的二百六十八餘萬冊（件）的圖書資料，其中圖書一百九十萬餘冊（含外文圖書五十

七萬餘冊），非印刷資料七十七萬餘件。其館藏資料相當多元，包括圖書、期刊、報紙、小冊子、樂譜、地圖、手稿、明信片、照片、年畫微縮資料、視聽資料、靜畫資料、電子資料庫、善本古籍、漢簡及拓片等。[3] 其中以普通書刊、善本圖書、年畫、政府出版品及中國研究資料等為其館藏特色，該館目前已發展成為漢學研究重鎮。

近年來，國家圖書館在館務推動方面迭有新猷，茲將與讀者在利用圖書館的資源與服務時息息相關的重要成果列舉於下，以供參考。[4]

㈠「全國圖書資訊網路（National Bibliographic Information Network，簡稱NBINET）」，至今（94）年2月底可提供七十七個合作館五百三十一萬餘筆線上聯合目錄的書目資訊檢索服務。

㈡「遠距圖書服務系統（Remote Electronic Access／Delivery of the National Central Library，簡稱READncl.）」，提供期刊文獻（含期刊論文索引影像、新到期刊目次、出版期刊指南、中國文化研究論文目錄等）、政府資訊（含政府公報索引、新到公報及統計目次、出國報告等）、文學藝術文獻篇目檢索與文獻傳遞服務。但未經著者合法授權使用之全文文獻，依民國九十二年六月新修訂之「著作權法」規定，國家圖書館無法讓這些全文文獻在網路環境中傳佈或提供線上文獻傳遞或複印服務，讀者進行資料庫查檢時，請務必留意此一問題。

㈢「國家圖書館資訊網路系統（http://www.ncl.edu.tw）」，為

---

[3] 本項統計資料由國家圖書館輔導組提供。

[4] 吳英美：〈圖書館事業發展三年計畫——91年度執行概況簡述〉。《國家圖書館館訊》，92年第2期＝總號第96期（民國92年5月），頁3～4。

讀者提供便捷的資料查檢服務，透過全球資訊網（WWW），讀者可不必親自到館，亦可即時查詢及取得各類文獻資料（包括自建之館藏目錄與新書資訊資料庫系統、購置資料庫系統Internet版、以及購置合約式共用資料系統）。

㈣「全國博碩士論文摘要檢索系統」，透過網際網路環境，讀者可查檢及下載臺灣地區已授權使用之六萬五千餘篇學位論文及二十九萬餘篇之學位論文摘要。

㈤編印出版《圖書館與資訊素養叢書》一套，共十冊，其內容如下：(1)圖書館的利用──國民小學篇，(2)圖書館的利用──國民中學篇，(3)圖書館的利用──高中高職篇，(4)圖書館的利用──大專校院篇，(5)公共圖書館的利用──生活資訊好幫手，(6)網路資源的利用，(7)視聽資源的利用，(8)參考工具書的利用，(9)期刊資源的利用，(10)閱讀的愉悅；希望藉由此套叢書，將圖書館及其豐沛的資訊資源推介到社會的每個角落及每位社會大眾，尤其是身處在終身學習社會的民眾，此套叢書是一項學會善用圖書館資源與服務的重要利器。

另該館附設資訊圖書館所建置之終身學習與網路教學資源網頁，提供了精心規劃與蒐集的網路資源，一般民眾可依自己的學習進度，經由網路介面以足不出戶方式學得渾身本事。

㈥建立「臺灣概覽（Taiwan Info）」、「臺灣記憶（Taiwan Memory）」二個新系統，讀者可查檢政府資訊與各地文化采風，臺灣地區的老照片、碑碣拓片、視聽資料及明信片等數位化典藏資料。

㈦「中文期刊報紙數位化系統」，讀者可查檢該館館藏1950年以前在臺出版之中文舊期刊100種，涵括四年份之十萬篇目與三十七萬頁全文影像掃描資料；以及《臺灣新聞報》、《臺灣日報》之十萬頁數位影像資料。

㈧「古籍影像檢索系統」，讀者可查檢該館珍藏之重要善本古籍與金石拓片之數位化影像與書目資訊等一萬二千餘筆。[5]

二、公共圖書館

根據前述〈圖書館法〉第四條條文，「公共圖書館：指由各級主管機關、鄉（鎮市）公所、個人、法人或團體設立，以社會大眾為主要服務對象，提供圖書資訊服務，推廣社會教育及辦理文化活動之圖書館」。在圖書館法正式訂頒之前，臺灣地區之公共圖書館係依據「社會教育法」設置，省（市）立圖書館或文化中心隸屬省（市）政府，縣市立圖書館或縣市立文化中心分別隸屬縣（市）政府，而鄉鎮市立圖書館則隸屬鄉鎮市區公所。各館均依組織規程建立組織；而私立圖書館則依據教育部頒布之「私立社會教育機構設立及獎勵辦法」申請立案，並接受省市教育機關之督導。

目前，公共圖書館分為國立、省市立、縣市立、鄉鎮市立、社教館及私立等六級，主要為弘揚民族文化、實施民眾教育、傳佈資訊及倡導休閒活動，對達成書香社會的目標影響甚大。各館除提供閱覽參考諮詢服務外，並為民眾提供知識性的藝文休閒活動，包括展覽、演講及表演等推廣活動。

根據國家圖書館於民國九十三年五月所出版的《中華民國九十二年圖書館年鑑》之統計資料顯示，臺閩地區截至民國九十一年底共計有六三一所公共圖書館（含分館），其中國立級公共圖

---

[5] 宋慧芹：〈國家圖書館古籍影像檢索系統——古籍文獻典藏數位化計畫系統建置概介〉。《國家圖書館館訊》，92年第2期＝總號第96期（民國92年5月），頁36。

書館有國立中央圖書館臺灣分館（於民國93年12月中旬中和新館啟用）及國立臺中圖書館，該二館歷史悠久，館藏資料豐富。省市立級公共圖書館有臺北市立圖書館、高雄市立圖書館及高雄市立中正文化中心，三所均頗具規模，並為所在地的讀者提供便捷的圖書資訊服務。近十幾年來，臺灣地區公共圖書館之發展迅速且頗富成效，與民眾利用有益者列舉於下，以供參考。

㈠臺灣省政府的文化建設措施，促使三十二個鄉鎮圖書館陸續建設完成並開放服務，對書香社會目標均落實於各地。

㈡建立各縣市文化中心之館藏特色，依據規劃之特色，各館分工典藏地方文獻及各類主題的書刊，以供民眾利用。

㈢建置完成臺灣地區「公共圖書館資訊服務網（Public Library Information Service Network，簡稱PLISNET），並於民國八十八年六月中旬正式啟用，該網路將二十一個縣市文化中心與鄉鎮圖書館的資源連結成網，彼此分享館藏資源，民眾則可從所在地的鄉鎮圖書館查檢及獲取所需的書目資訊。

三、大專校院圖書館

根據〈圖書館法〉第四條條文，「大專校院圖書館：指由大專校院所設立，以大專校院師生為主要服務對象，支援學術研究、教學、推廣服務，並適度開放供社會大眾使用之圖書館」。臺灣地區大專校院圖書館依大學法、專科學校法及其組織規程設置，大學校院均獨立設館，由校長直接督導圖書業務，專科學校圖書大都隸屬教務處，也有少數直接隸屬校長。大專校院圖書館之設置目的在配合教學與支援學術研究，各類型圖書館中，無論是組織、人員、經費、館藏或館舍設備等方面，均以大學圖書館較具標準。依現行學制區分，可分為大學（含公、私立）、學院

（含公、私立）、專科（含公、私立）、軍警學校及比敘專科等五級，根據前述統計資料，臺閩地區截至民國九十一年底共有一六〇所大專校院圖書館，其中大學六十一所（含國立空中大學及高雄市立空中大學），學院七十八所、專科十五所、軍警學校三所及比敘專科三所。[6]

近十幾年來教育主管當局對大專校院圖書館之發展相當重視，並增列經費以充實各館館藏，而各校也就其建築設備、資源及服務標準等方面加以提升，其中以館舍更新、圖書館自動化及校園網際網路資源服務等方面最富成效，茲將讀者利用服務息息相關者列舉於下，以供參考。

㈠民國八十一年啟用臺灣學術網路（Taiwan Academic Network，簡稱TANet），促使各校圖書館透過網際網路（Internet）及全球資訊網彼此共享圖書館資源與服務。

㈡大學圖書館參加國家圖書館所建置之NBINET，共同建立館藏聯合目錄系統，促使一般民眾也能經由網際網路環境可查檢到所在地學術圖書館的書目資訊。

㈢積極推動圖書館自動化系統與建置網路資源服務系統，使得虛擬圖書館的目標完成，各館之間彼此方便共享資源。

㈣遷建新館提供現代化新穎之網路及電子圖書館服務，如國立交通大學浩然圖書資訊中心、國立中央大學圖書館、淡江大學圖書館、國立臺灣大學圖書館、東華大學圖書館及逢甲大學圖書館等。

㈤國立中正大學圖書館之圖書館網頁提供整合式書目資訊查詢服務，讀者透過該項服務可以同時查詢六十餘所各類型圖書館

---

[6] 國家圖書館編：《中華民國九十二年圖書館年鑑》（臺北市：國家圖書館，2004年5月），頁564。

之館藏公用目錄，堪稱相當便捷。

㈥成立區域性圖書資訊服務網，如臺北市文山區的國立政治大學、世新大學、中國技術學院與景文技術學院等，及新竹地區的國立清華大學、交通大學、中央大學及私立元智大學等圖書館合作，為該合作地區之各校師生提供館藏資源的各項服務。此一讀者服務策略性聯盟制在教育部大學結盟政策之推波逐瀾下，北中南東等地區已有數個跨區域性之圖書館服務聯盟產生，這對廣大的讀者而言，是一大福音。策略結盟各館間的資源共享，已造福無數的莘莘學子。

四、中小學圖書館

根據〈圖書館法〉第四條條文，「中小學圖書館：指由高級中等學校以下各級學校所設立，以中小學師生為主要服務對象，供應教學及學習媒體資源，並實施圖書館利用教育之圖書館」。臺灣地區中小學教育相當普及，目前各級學校圖書館的質與量均有顯著的成長。一般言之，中小學圖書館的功能是配合教學與輔助學習，因此它不但是圖書資料的蒐集組織中心，同時也是教學資源服務機構，對培養學生自動自發的精神、激發學生閱讀興趣，具有深遠的影響力。

中小學圖書館依現行學制可區分為五種，即高級中學、高級職業學校、特殊學校、國民中學及國民小學。根據前述之統計資料，臺閩地區截至民國九十一年底共有三、八四○所中小學圖書館，其中高中圖書館三○二所、高職圖書館一七一所、特殊學校圖書館二十五所、國中圖書館七一六所、國小圖書館二、六二七

---

[7] 國家圖書館編：《中華民國九十二年圖書館年鑑》（臺北市：國家圖書館，2004年5月），頁564。

所。[7]近十幾年來教育部推動計畫積極發展中小學圖書館，這對國民培育資訊素養具有重大的影響，茲將其重要成果列舉於下，以供參考。

㈠推動五年「改進高級中學教育計畫」下之發揮圖書館功能計畫，對改建館舍、充實圖書館設備、健全組織編制、提高圖書館人員素質及提升服務品質等方面發揮了極大的作用。㈡教育部指定示範高中圖書館，分期計畫促使高中圖書館經營步上軌道，對協助教學及學生利用圖書館的能力方面功效頗大。㈢成立圖書館利用教育輔導團定期訪視各國民小學圖書館，並編印教材，以供學生學習之用。㈣積極推動圖書館自動化作業，建立書目資訊分享網路，彼此共享資源與服務，尤其是在全球資訊網蓬勃發展環境之下，更為便捷。

五、專門圖書館

根據〈圖書館法〉草案第四條條文，「專門圖書館：指由政府機關（構）、個人、法人或團體所設立，以所屬人員或特定人士為主要服務對象，蒐集特定主題或類型圖書資訊，提供專門性資訊服務之圖書館」。臺灣地區專門圖書館係針對各機關團體的業務及研究參考需要而設置，聘有專人提供閱覽及參考諮詢服務，並配有專用的館舍。根據國家圖書館之分類，專門圖書館可區分為機關議會、研究機構、公營事業、民營事業、軍事單位、大眾傳播、醫院、民眾團體、宗教團體及其他等十種，其所蒐藏的資料因單位而異，種類繁多，如地方戲曲、方志、現代史料、科技資料、醫學資料、美術資料、財經資料及農業資料等，極富參考價值。

根據前述之統計資料，臺閩地區截至民國九十一年底共計有

六二九所專門圖書館，其中機關議會圖書館一九九所、研究機構圖書館三十三所、公營事業圖書館三十三所、民營事業圖書館五十二所、軍事單位圖書館二十七所、大眾傳播圖書館十八所、醫院圖書館一六一所、民眾團體圖書館二十七所、宗教團體圖書館六十七所及其他專門圖書館十二所。[8]

　　近十幾年來，臺灣地區各類型專門圖書館在館務推廣、圖書館自動化系統、網路系統建置、全文資料庫建置及國家型數位典藏計畫等方面等頗富績效，茲將其重要成果列舉於下，以供參考。㈠財團法人國家實驗研究院（原隸屬國科會）科學技術資料中心開發「全國科技資訊網路（STICWeb）」；㈡財團法人農業科學資料服務中心完成「全國農業科技資訊服務整合系統；」㈢中央研究院建置廿五史全文資料庫、漢籍電子資料庫及全院圖書館自動化系統；㈣立法院國會圖書館甫於民國八十八年元月成立，其前身為立法院圖書資料室，其所開發之立法資訊系統，提供多種法律資訊檢索服務；㈤行政院大陸委員會大陸資訊及研究中心於民國八十三年一月成立，負責彙整大陸研究之相關資源，其中以大陸圖書與期刊聯合目錄建檔補助計畫成果，嘉惠學界良多，目前這二項資料庫已由國家圖書館書目中心與科資中心繼續維護其新穎性；㈥民國八十七年一月國家衛生研究院負責建置之「醫藥衛生研究資訊網（HINT）」正式啟用，為各醫院或醫藥單位圖書館共同使用的研究資訊網。㈦行政院國科會之國家型數位典藏計畫之成果專屬網頁中，已呈現出進幾年各單位分工建置及合作分享網路資源的初期目標。

---

[8] 國家圖書館編：《中華民國九十二年圖書館年鑑》（臺北市：國家圖書館，2004 年 5 月），頁 564。

第二節　圖書資料的種類

　　「圖書資料」泛稱記錄人類知識經驗的一切資料，舉凡整理、保存或記述文化遺產及傳播現代知識的一切產物，都可以稱為圖書資料。在網路資訊時代，則又稱為圖書資訊。根據〈圖書館法〉第二條條文，「圖書資訊，指圖書、期刊、報紙、視聽資料、電子媒體等出版品及網路資源」。圖書館為了方便整理與供眾利用，將所有的館藏圖書資料分為書類資料與非書資料。凡是裝訂成冊以書籍型態出版，稱之為「書類資料」；而不以書籍型態出現者，則稱為「非書資料」。「非書資料」依據本身性質與製作方式不同，又可區分為印刷資料與非印刷資料，前者如小冊子、圖書、樂譜、期刊、叢刊、報紙、學位論文、政府出版品等等；後者則指利用現代傳播媒體或載體所製成的資料，如視聽資料（包括電影片、錄影帶、影碟、幻燈片、唱片、CD、DVD、VCD及錄音帶等）、微縮資料、電腦檔資料、電子出版品及網路資源等。以下就讀者利用的角度，將圖書資料區分為普通資料與特殊資料二大類介紹之。[9]

一、普通資料

　　一般言之，普通資料包括圖書、連續性出版品及政府出版

---

[9] 薛理桂、顧力仁、賴美玲編著：《圖書館使用實務》（臺北縣：空中大學，1995年），頁46～58。

品，以下分項說明之。

1. 圖書

「圖書」是圖書館館藏中最主要的部分，就其性質與用途而言，可再區分為一般用書、參考書、教科書、珍善本書、研究用書及叢書（或稱集叢）。一般用書、教科書及研究用書等是供人閱讀瀏覽及學術研究的；而參考書（又稱參考工具書）則是供人查檢某些事實和資料的；珍善本圖書是指版本好的古書，通常在明代和明代以前所刻或手抄的古籍，以及近代精刻、精印和經過名家批校的書籍都屬於珍善本，它具有學術、歷史及藝術等多方面的價值。叢書則是彙集許多書在一起或陸續出版，以供閱覽或查檢資料之用的。

2. 連續性出版品

「連續性出版品（又稱叢刊）」在圖書館中是僅次於圖書的重要館藏，通常是指帶有數字或年目編號之分期且意欲持續刊行之任何媒體出版品，它包括期刊、報紙、年刊、學會誌、會議論文及會議紀錄等。通常在圖書館中設有期刊室予以陳列，以供讀者使用，它是圖書館中讀者利用最多的地方，這主要是期刊具有傳佈新知及教育讀者的功能，是個人終身學習的最佳媒體。「期刊（俗稱雜誌）」之內容包羅萬象，具有娛樂消遣與學術研究的功用，它又具有出版迅速、內容精闢、富含新理論與創見，以及具學術參考價值等四種特色。期刊通常須配合相關的聯合目錄及文獻索引等工具書使用，讀者容易查檢及利用其所刊載的文獻。「報紙」是指用一定名稱，每日或每隔六日以下的期間，按期發行的出版品，其內容多以報導時事及評論時事為主，它俗稱新聞紙，具有報導新聞消息及史料參考的價值，也是重要的研究素材之一。另年刊、年報、學會誌、議事錄及會議論文集等也是重要的連續性出版品，定期報導學會及機關團體的活動及學術研究成

果，頗具參考價值。在資訊網路時代，連續性出版品之出版型式，已由傳統的印刷型式蛻變成電子型式。而「電子期刊（Electronic Journal）」是指凡是透過網路或光碟等電子媒體來傳輸期刊內容者，讀者必須在電腦螢幕前閱讀，目前在網際網路上已有不同的服務商提供了數千種的電子期刊在發行與傳遞。

3. 政府出版品

根據行政院研究發展考核委員會訂頒之〈政府出版品管理辦法〉的規定，「政府出版品係指以政府機關及其所屬事業機構、學校之經費或名義印製、出版或發行之可公開圖書、連續性出版品、電子出版品及其他非書資料。」由此定義可知，政府出版品之種類繁多，包括連續性出版品（含公報、業務報告、統計資料、法規資料及期刊等）、圖書（各種主題均有之）及其他資料（含海報、小冊子、摺頁、電子出版品、資料庫與網路資源）。政府出版品之內容、資料來源、編纂、出版及發行等方面均具有特殊性，它為政府民眾了解政府施政作為的工具，也是探討一國政府施政績效的可靠史料，具有政治、社會、學術及史料等四方面的價值。目前行政院研究發展考核委員會於臺灣地區的院轄市及臺灣省各縣市指定國家圖書館、公共圖書館及大學圖書館為寄存圖書館，負責典藏全部或部分政府出版品，尤其是其中的公報、統計資料及法規資料更是日常生活中不可或缺的重要資料。在網際網路蓬勃發展的環境下，以及電子化政府雛型初具的當下，政府出版品又稱為政府資訊。這主要在顯現其涵括了各政府機構所提供的統計數據、電子出版品、資料庫、網頁等網路資源服務。

二、特殊資料

「特殊資料」乃不屬於前述普通資料的其他圖書資料，包括

小冊子、手稿檔案、學位論文、剪輯資料、視聽資料、微縮資料、電腦化資料、電子出版品及網路資源等，以下分項說明之。

1. 小冊子

凡不滿五十頁（面），無正式封面，未經正式裝訂者，稱為「小冊子」。通常一份小冊子載錄一項事件，它提供最新的資料，可以補充圖書與連續性出版品的不足，尤其有些政府出版品以小冊子形式發行的更是為數不少。

2. 手稿檔案

「手稿」及「檔案」都是最原始的文件，手稿是指寫定未刊之著述，如名人手札、日記、原稿及遺墨等等，是研究著者言行、思想最直接的資料。檔案是機關團體經過行政程序處理完畢而貯存備查的公文，它不僅是公務處理的紀錄，也是歷史文獻的原始資料。檔案的型式包括文字、圖表、聲音、影像及其他媒體形式（如電子型式）。手稿檔案這兩種原始資料，是學術研究最佳素材的史料。

3. 學位論文

「學位論文」是指大專校院的研究生為取得某種學位而撰寫的論文，通常是針對某一主題作過深入研究而發表的創見心得。它具有三種作用：即對某一特定問題的總結；了解前人的研究成果，避免重複；作為指引研究方向的參考，它是一種重要的研究資料。有部分的學位論文在著者取得學位後會交由一般出版社發行，成為普通圖書。根據〈學位授予法〉規定，我國博碩士論文應送至國家圖書館保存。國家圖書館自民國八十三年起建置「全國博碩士論文檢索系統」，並開放供眾利用。目前在網際網路環境下，讀者可查檢國家圖書館與部分大學圖書館所提供之數位化碩博士論文全文資料庫檢索服務。

4. 剪輯資料

「剪輯資料」是圖書館自一般出版品、報章雜誌或電子報上剪下具有參考價值的資料，並依主題分類整理保存，以供參考，剪報即是其中之例。剪輯資料通常依類儲存在檔案夾中，有系統保存某一主題資料，使用時相當方便，它可補充普通資料之不足，讀者應該善加利用這種精心蒐存的資料。

5. 視聽資料

「視聽資料」是指必須使用設備，由視覺投影或放大、或經由聲音放送，或結合二者來呈現之資料。包括聽覺資料（如錄音帶、唱片、雷射唱片及CD等），視覺資料（如幻燈片、投影片等）以及視聽覺資料（如電影片、錄影帶、影碟、VCD及DVD等）。它們都是利用視覺與聽覺來接受，且必須配合器材才能利用的資料。由於傳播方式的演進而產生許多新的傳播媒體，視聽資料即是現代科技的產物。在圖書館中，由於視聽資料需要透過特殊設備才能使用，所以大都單獨設置閱覽室，以供讀者使用。

6. 微縮資料

「微縮資料」係指文字、表格或圖書資料之照像縮製品，必須放大後才能使用。通常可分為透明與不透明二種類型，包括微縮捲片、微縮單片、超微縮片、孔卡等。它可能是原始出版品，或為現存圖書文獻、連續性出版品或靜畫資料的重製品。一般在圖書館會將珍善本圖書，重要檔案文獻、過期期刊報紙及政府出版品等縮製方式來處理，以供典藏及閱覽之用。目前已有電腦輔助檢索系統配合自動化縮影資料庫存設備，以協助讀者方便使用這類型的資料。現階段又可利用數位化轉製技術，將微縮資料轉換為電子型式影像系統，以利保存及再利用。

7. 電腦化資料

「電腦化資料」是指經譯換字碼後需藉助電腦予以處理的資料，亦稱電腦檔、機讀資料、電子資源或電子出版品。它包括以

機讀形式儲存之資料及其所需之程式。圖書館典藏之電腦化資料包括光碟、線上資料庫、磁帶、磁碟、電子出版品、電子書、DVD 及網路資源等。而電腦化資料之內容則可分為數據式、書目式與全文式三種，讀者透過網際網路環境可在彈指間掌握及利用龐大的電腦化資訊。

本節針對各類型圖書館所典藏的各種圖書資料類型作一介紹，建議讀者進入圖書館後應予以重視及多加利用各種館藏資源與服務，這樣一來，不但擴大了個人的學習視野，也可以有入寶山滿載而歸之收穫。

第三節　認識圖書館的目錄

圖書館的目錄是館藏各種類型資料的書目記錄，它的功用有二，即方便讀者查檢圖書館有無某種資料，讀者可由目錄中了解館藏資料的特徵。因此，吾人可以說圖書館目錄可以用來顯示館藏及其圖書資料的內容。往昔，圖書館都是以書本式目錄及各種卡片目錄來揭示館藏；現今，則以書目資料庫系統來提供公用目錄查詢及書目資訊網路檢索服務。圖書館通常根據一定的編目規則，將每一圖書資料的特徵加以記述與進行主題分析，以編製成書目記錄，它包括題名項、著者項、版本項、出版項、稽核項、集叢項、附註項、標準號碼及其他、標題、索書號及登錄號等資料。讀者經由書目記錄可以了解圖書資料的內容與特徵，因此圖書館目錄可以說是輔導讀者有效查閱館藏的最重要的工具，即指圖書館目錄可使讀者找到他所需的圖書資料，且可幫助讀者選擇他所要的圖書資料。以下分卡片目錄、[10] 書本式目錄、線上公用目錄及書目資訊網路等四項加以介紹。

一、卡片目錄

從前，圖書館將圖書資料的書目記錄繕寫或打字在一張長12.5公分、寬7.5公分的卡片上，用以揭示館藏圖書資料的內容與特徵，此即目錄卡片。通常，在一張卡片上記載圖書資料外形（或實體）的一些特徵，以及圖書資料內容的主題分析。前者包括書名、著者、版本、出版地、出版者、出版年、面頁數、圖表、高廣、裝訂形式、標準號碼等項；後者則包括分類號與標題。圖書館將一系列的單張目錄卡片依一定的規則排列以供查檢，即構成卡片目錄。通常圖書館會編製四種目錄卡片，即書名片、著者片、分類片及標題片，以供讀者使用。目前，雖然各類型圖書館大都採行機讀編目格式建檔後提供線上公用目錄系統（OPAC 或 WebPAC）檢索服務，但有些圖書館仍保留電腦列印目錄卡片一套並排入目錄櫃中，以供讀者查檢利用。

二、書本式目錄

書本式目錄係將前述的卡片目錄編印成冊，以供查檢。一所大型的圖書館因館藏歷史悠久及藏量豐富，為撙節目錄櫃的空間，會將某個年代以前的卡片目錄編印成冊後，並將單張的目錄卡片抽出裝箱存封。這種書本式目錄體積較少，便於攜帶及翻閱，查檢堪稱便利，但卻有同時只能供一人使用及不易增刪、更

---

[10] 林慶彰：《學術論文寫作指引》（臺北：萬卷樓圖書公司，1996年），頁49～51。

新的缺點。現今以電腦處理編印書本式目錄，較為方便，並可編製各種索引輔助查尋，如《中華民國出版圖書目錄》即為年度性的書本式目錄。另如美國紐約公共圖書館一九七二年以前之館藏書目記錄全部裝訂成冊，並陳放在公用目錄區供讀者查檢利用。

三、線上公用目錄

民國七十年代以後，臺灣地區的圖書館自動化作業逐漸展開，首先是編目作業自動化，其成果即是電腦列印目錄卡片及提供線上公用目錄（Online Public Access Catalog，簡稱OPAC）查詢服務。讀者直接利用終端設備檢索圖書館的書目記錄，即自圖書館的書目資料庫，利用檢索項（Access ponits）查檢所需的圖書資料，由於所採用的圖書館自動化系統不同，其OPAC檢索系統也略有差異，但其檢索項（通常包括書名、著者、標題、分類號、出版者等）則大致相同，有時並提供出版年、資料類型等項限制條件，以供縮小查檢範圍之用。OPAC檢索通常分為選項式或指令式，讀者通常不需學習或略加學習即可自行操作，尤其是現今的全球資訊網（WWW）環境下的WebPAC，讀者更是能運用自如，可自行選擇最近或最有利的圖書館進行目錄查詢，以便蒐集所需的圖書資料。

四、書目資訊網路

民國八十年代，由臺灣地區各類型圖書館自動化系統所建置的書目資料庫已累積了相當數量的書目記錄，為便於各館間彼此分享及讀者查檢利用之便利性，國家圖書館將原有七十年代的聯合目錄系統轉換為「全國圖書資料網路系統（National

Bibliographic Information Network，簡稱NBINet）」。NBINet於民國八十七年四月在新系統上正式運作，主要功能在提供國內各圖書館合作編目之用，並兼具線上聯合目錄之功效，可供一般讀者查詢利用。目前，讀者在NBINet上可查檢臺灣地區七十七所圖書館的聯合書目資料庫，截至民國九十四年二月底止，已累計逾五百三十一萬餘筆的書目記錄，為全球最大的中文書目資料庫，讀者可經由文字模式（Telnet）及WWW二種介面，檢索各合作館的書目與館藏記錄。在NBINet中，除包含國家圖書館的館藏目錄外，還包括七十餘個合作館的館藏目錄、國際標準書號中心的新書書目，以及漢學研究中心的藏書目錄；另外也包括了三種資料庫，即善本古籍聯合目錄、大陸出版品書目（民國38～89年）及CONCERT電子期刊聯合目錄。[11] 此外，讀者並可透過全國科技資訊網路查檢人文科技圖書聯合目錄中外文期刊聯合目錄系統；或是經由國立中正大學的「國內圖書館書目整合查詢系統」，可跨資料庫查檢國內提供WebPAC的六十餘所圖書館館藏目錄。

第四節　認識圖書分類法

圖書館典藏的圖書資料能否充分被利用，得視該館所採用的圖書分類法而定。我國古代的圖書，大都依七分法或四分法來分類，而以經史子集四部分類已有千餘年的歷史，直到清末民初各種新式的書籍陸續出現，此一分類法才逐漸失去其實用性。

通常，圖書分類的目的在將圖書資料依一定的標準加以排

---

[11] 取材自網路資源。

列，便於查找利用，一般都依圖書的內容加以整理。圖書分類法，通常都根據知識門類或學術體系來編製；圖書館將圖書資料依據此種圖書分類法整理後，就可將一門知識的內容或一個問題的有關資料，有系統地揭露出來。如此，圖書館員容易進行館藏圖書資料的管理工作，而讀者也能充分利用它，並可發揮讀者即類求書的功效；其主要原因是圖書館中同一性質或主題的書籍彙集於一處，故圖書分類有助於研究參考，且為讀者的閱覽指導。

　　各類型圖書館應考量其設立宗旨、服務對象及館藏資料特性等因素，慎選其所採用之圖書分類法，以作為圖書資料內容分類的依據。臺灣地區的各類型圖書館所採用的現代圖書分類法有數種，通常一館會選用一種或依語文別選用一種以上的圖書分類法。目前，大多數的圖書館採用《中國圖書分類法》（賴永祥編訂）來處理中文或日文資料，以及《杜威十進分類法》（Dewey Decimal Classification，簡稱DDC）或《美國國會圖書館分類法》（Library of Congress Classification，簡稱LC）來處理西文資料；另中文或日文資料亦有一些圖書館採用何日章《中國圖書十進分類法》或《國際十進分類法》（Universal Decimal Classification，簡稱UDC）」來分類。以下就最常用的四種現代圖書分類法略加介紹。[12]

一、中國圖書分類法（CCS）

　　「中國圖書分類法」係由前南京金陵大學圖書館館長劉國鈞於民國十八年所編製的，民國二十五年增訂，其後由賴永祥復加修訂，迄民國九十年年九月已發行至增訂第八版，並由賴永祥先

---

[12] 林慶彰：《學術論文寫作指引》，頁42～48。

生授權國家圖書館負責第九版之增修訂相關事宜，目前國家圖書館正在逐類進行中國圖書分類法第九版的修訂工作。此一分類法是以美國的《杜威十進分類法》為基礎，專為中國圖書而編訂，它可容納新舊所有書籍，目前為臺灣地區各類型圖書館所普遍採用。

此一分類法，將全部的人類知識分為十大類，每一大類下復分為十小類，小類下分子目，所有的類目都以阿拉伯數字代表。茲將十大類的數字及名稱列於下，每一大類復分簡表請見附錄一。

000	總類	500	社會科學類
100	哲學類	600	史地類（中國）
200	宗教類	700	史地類（世界）
300	自然科學類	800	語文類
400	應用科學類	900	美術類

通常，圖書資料經過處理後，會有一組索書號（Call number），用此一組號碼來區別每一冊圖書，在圖書館的排架位置上它是獨一無二的，即不能有二冊書籍有完全相同的索書號。索書號可分為幾部分，圖說於下：

123.42	分類號
352(4)/8452:2-2.3	著者號（書次號）
1969	年代號
V.1	冊次號
C.2	複本號

　　索書號中之著者號視各館所採用之標準取號，大多數圖書館採用「中文檢字表」之首尾五筆法，或王雲五先生的「四角號碼法」。書次號為區分不同著作，有的圖書館會加上著作體裁號或種次號、續編號。另參考書、期刊、善本、特藏、視聽資料、電影片、地圖、電子資源等，均可在索書號之第一層加上特藏號，如 R（表示參考書）、S（表示珍善本書）、M（表示地圖）、P（表示期刊）、A-V（表示視聽資料）、DF（表示電子資源）及 X（表示多元媒體資料）等予以區分。

二、中國圖書十進分類法

　　《中國圖書十進分類法》是由何日章教授參照劉國鈞《中國圖書分類法》為藍本加以修訂而成的，於民國二十三年由北平師範大學圖書館出版。此法之十大類目名稱與前後順序與前法略有不同，茲將其數字與名稱列於下，每一大類複分簡表請見附錄一。

000	綜合部	500	自然科學部
100	哲學部	600	應用科學部
200	宗教部	700	藝術部
300	社會科學部	800	文學部
400	語言文字學部	900	史地部

　　在臺灣地區採用此一分類法的圖書館有中央研究院歷史語言研究所傅斯年圖書館、國立臺灣師範大學圖書館、國立政治大學圖書館及輔仁大學圖書館等，讀者到該館利用圖書資料或經由書目資訊網路檢索時應特別留意，以免產生誤解。另國家圖書館

（原國立中央圖書館）於民國六十八年參照中外各學科發展的情況，編訂《中國圖書分類法（試用本）》，並依此一分類法來處理《中華民國期刊論文索引》中單篇文獻的內容分類，讀者在查檢「中華民國期刊論文索引影像系統」之線上資料庫或光碟系統時亦應留意。

三、杜威十進分類法（DDC）

《杜威十進分類法》是美國圖書館學家杜威（Melvil Dewey）於西元一八七六年創編的，他將人類知識分為九個大類及一個總類，也是以阿拉伯數字0到9來代表，此一分類法為世界各國的圖書館所採用，已有三十餘種語文譯本問世，目前已發行至第二十一版（1996），且已電子化，使用相當方便。

杜氏認為總類無所屬，故以「0」代表，哲學是一切的根源，故用「1」代表；宗教是哲學的定論，故用「2」代表；原始時代先有宗教信仰，然後社會才能團結，故用「3」代表社會科學；社會形成後語言才趨於統一，故用「4」代表語言學；有了語言和文字，才能研究自然科學，故用「5」代表自然科學；先有理論科學，才有應用的科學，故用「6」代表應用科學；奠定了必要的科學基礎，才有餘力從事藝術和文學活動，故以「7」和「8」代表藝術和文學；歷史為人類一切活動的總記錄，故用「9」代表。茲將其數字與類目名稱列於下，每一大類下之簡表詳見附錄。

000　Generalities（總類）

100　Philosophy & Psychology（哲學與心理學）

200　Religion（宗教）

300　Social Sciences（社會科學）

400　Language（語言）

500　Natural Sciences & Mathematics（自然科學與數學）

600　Technology（Applied Sciences）技術（應用科學）

700　The Arts（藝術美術）

800　Literature & Rhetoric（文學與修辭學）

900　Geography & History（地理與歷史）

臺灣地區有許多圖書館採用DDC來處理西文圖書資料，讀者在查檢各館中西文館藏資料時應留意，因為同樣的阿拉伯數字，卻代表著完全不同知識學門主題的圖書資料。

四、美國國會圖書館分類法（LC）

西元一八九七年美國國會圖書館為了適應館務需要，由館長Herbert Putnam 倡始創編的，係以英文字母和阿拉伯數字混合標記來代表數目，主要依據實際館藏情形及特性來編訂類號，該館將人類知識劃分為二十一大類，茲將英文字母與類目列於下：

A　General Works（總類）

B　Philosophy, Psychology, Religion（哲學、心理學、宗教）

C　Auxiliary Sciences of History（歷史學——輔助科學）

D　History: General and Old World（歷史：總論與古史）

E　History: United States（General）（美國歷史）

F　History: U.S. Local, Canada,......（美國歷史等）

G　Geography, Anthropology, Recreation（地理、人類學、娛樂）

H　Social Sciences（社會科學）

J　Political Science（政治科學）

K Law（法律）

L Education（教育）

M Music（音樂）

N Fine Arts（藝術）

P Language and Literature（語言與文學）

Q Science（科學）

R Medicine（醫學）

S Agriculture（農業）

T Technology（應用科學）

U Military Science（軍事科學）

V Naval Science（海軍學）

Z Bibliography and Library Science（目錄學與圖書館學）

此一分類法的類目詳明且精細，在臺灣地區較大館藏量的圖書館採用該法來處理西文資料，但該法有關中國的類目卻有不敷使用的問題。

為了方便使用圖書館館藏，讀者除了要知道各館所採用的中外文圖書分類法外，同時還要略為熟悉常用分類法的內容大要，方便一進圖書館即類求書。通常圖書館會在適當位置陳放所採用分類法的大綱或要目詳表，讀者應加注意。但在網路環境下，讀者查檢書目資訊網路之虛擬聯合目錄時更要特別留意，以免查不到所需的圖書資料。

第五節　線上公用目錄查詢

臺灣地區各類型圖書館自動化作業，於民國七十年起展開，

其自動化的項目，大多數是從以電腦機讀編目格式來建立書目記錄開始，接著以電腦列印傳統的卡片目錄（包括分類目錄、書名目錄、著者目錄及標題目錄四種），以供讀者查檢；再接著是以電腦處理讀者的借還書服務。由於電腦科技以及網路、通信與傳播技術的結合應用，促使圖書館由民國八十年代初期的整合性圖書館系統，邁入民國八十年代中期的網際網路檢索介面，讀者經由網際網路環境，可以查檢國內外各圖書館的線上公用目錄，以下分幾項加以介紹。

一、何謂線上公用目錄

線上公用目錄（Online Public Access Catalog，簡稱OPAC，在全球資訊網路環境下則稱為WebPAC），是指讀者經由個人電腦工作站直接檢索各個圖書館所建置的書目資料庫，利用書目記錄的檢索項（Access points），讀者無須中間人的協助即可直接向儲存編目成果的書目資料庫查詢所需的圖書資料。由於各個圖書館所採用的圖書館自動化系統不盡相同，故其OPAC的使用方法也略有差異，但都不失其易於操作與使用的親和原則，讀者可利用線上的輔助說明或圖書館所編的「簡易操作手冊」，即可自如地進行書目記錄查詢。

民國八十七年四月，國家圖書館所建置的NBINet轉換系統正式啟用，它是全球最大的中文書目資料庫，目前已彙集了臺灣地區七十七所大專校院、公共及專門圖書館館藏的聯合目錄，讀者透過其WebPAC檢索介面可同時查檢三種書目資料——即善本古籍聯合目錄、中文圖書聯合目錄、大陸出版品書目（1949-2000）及CONCERT電子期刊聯合目錄。

二、檢索項

　　讀者在使用圖書館的OPAC之前，必須先行判斷擬用來檢索的項目為何？傳統的圖書館卡片目錄提供四個檢索項，即分類號、書名、著者及標題，而現代化的OPAC到底增加了那些項目呢？以下簡要敘述臺灣地區各圖書館自動化系統常用的檢索項。

　　1. 題名項：包括書名、期刊名、叢書名及其他書名，讀者可以鍵入中、英文或其他語文字元，進行查詢，以《學術論文寫作指引》為例，查詢結果如下頁：

☞ 鍵入書名：

館藏查詢
LIBRARY CATALOG

WEBPAC中央研究院圖書館館藏目錄　英文 *English*

個人借閱記錄查詢：　讀者建議　讀者推薦書刊　中研院各圖書館館訊

檢索範圍：(點選>Help可進入檢索說明)

- ⦿ 書名／期刊名 >Help
- ○ 作　者 >Help
- ○ 主　題 >Help
- ○ 關鍵字 >Help
- ○ 依計畫名稱查詢指定參考書 >Help
- ○ 依計畫主持人姓名查詢指定參考書 >Help
- ○ 中國圖書分類號 >Help
- ○ 美國國會圖書分類號 >Help
- ○ 十進分類號 (杜威/何日章) >Help
- ○ ISSN/ISBN >Help

| 學術論文寫作指引 | 查詢 |

▶ 同一介面查詢其他圖書館館藏目錄(z39.50)
▶ 國內圖書館書目整合查詢系統(中正大學圖書館提供)

☞ 檢索結果顯示：

| PREVIOUS RECORD | NEXT RECORD | RETURN TO BROWSE | ANOTHER SEARCH | START OVER | MARC DISPLAY |

| EXPORT | REQUEST |

| 書名 ▼ | 學術論文寫作指引 | 檢索 |

| 書名 | 學術論文寫作指引：文科適用／林慶彰著 |
| 出版項 | 臺北市：萬卷樓圖書有限公司, 民85[1996] |

館藏地	索書號	處理狀態	OPACMSG
文哲所	811.4 8765	在架上	
民族所圖書館	811.4 4400 1996	在架上	

版本項	初版
稽核項	[7], 400面；21公分
	NT$440 (平裝)
叢書名	文學類叢書；I026
附註	含參考書目
主題	論文寫作法 csh
其他作者	林慶彰 (1948-) 編

INNOVATIVE INTERFACES

2. **著者項**：包括個人著者（含著者、編者、譯者等）及團體著者（含機關名稱、會議名稱），以下以「林慶彰」個人著者為例，查詢結果如下：

館藏查詢
LIBRARY CATALOG

WEBPAC 中央研究院圖書館館藏目錄　英文 *English*

個人借閱記錄查詢　　　讀者建議　　　讀者推薦書刊　　　中研院各圖書館館訊

檢索範圍：(點選 >Help 可進入檢索說明)

- ○ 書名 / 期刊名 >Help
- ● 作　者 >Help
- ○ 主　題 >Help
- ○ 關鍵字 >Help
- ○ 依計畫名稱查詢指定參考書 >Help
- ○ 依計畫主持人姓名查詢指定參考書 >Help
- ○ 中國圖書分類號 >Help
- ○ 美國國會圖書分類號 >Help
- ○ 十進分類號 (杜威/何日章) >Help
- ○ ISSN/ISBN >Help

[林慶彰]　　　[查詢]

▶ 同一介面查詢其他圖書館館藏目錄(z39.50)
▶ 國內圖書館書目整合查詢系統(中正大學圖書館提供)

☞ 選「2」後之條列式顯示：

頁一

| NEXT PAGE | EXTENDED DISPLAY | RETURN TO BROWSE | START OVER | ANOTHER SEARCH | LIMIT THIS SEARCH |

作者 ▼ 林慶彰　　　　　　　　　　　　檢索

序號	註記	作者 (1-12 之 43)	出版年
林慶彰 1948			
1	☐	中國經學史論文選集 / 林慶彰編	1993
2	☐	乾嘉學者的義理學 / 林慶彰, 張壽安主編	2003
3	☐	乾嘉學術研究論著目錄：1900-1993 / 林慶彰主編；汪嘉玲, 游均晶, 侯美珍等編輯	1995
4	☐	二十七松堂集 / 廖燕著；林子雄, 林慶彰編	1995
5	☐	五十年來的經學研究 / 林慶彰主編	2003
6	☐	啖助新{212235}春秋{212236}學派研究論集 / 林慶彰, 蔣秋華主編；張穩蘋編輯	2002
7	☐	圖書文獻學研究論集 / 林慶彰著	1990
8	☐	好古堂書目 / 姚際恆著；林慶彰點校	1994
9	☐	姚際恆研究論集 / 林慶彰, 蔣秋華編	1996
10	☐	姚際恆著作集 / 姚際恆著；林慶彰主編	1994
11	☐	學術論文寫作指引：文科適用 / 林慶彰著	1996
12	☐	學術資料的檢索與利用 / 林慶彰主編	2003

儲存被註記記錄以輸出　　　　　　選擇特定記錄 │43

| NEXT PAGE | EXTENDED DISPLAY | RETURN TO BROWSE | START OVER | ANOTHER SEARCH | LIMIT THIS SEARCH |

INNOVATIVE INTERFACES

頁二

PREVIOUS PAGE	NEXT PAGE	EXTENDED DISPLAY	RETURN TO BROWSE	START OVER	ANOTHER SEARCH

LIMIT THIS SEARCH

作者 ▾ 林慶彰	檢索

序號	註記	作者 (13-24 之 43)	出版年
		林慶彰 1948	
13	☐	專科目錄的編輯方法 / 林慶彰主編 ; 何淑蘋編輯	2001
14	☐	日據時期臺灣儒學參考文獻 / 林慶彰編	2000
15	☐	日本儒學研究書目 / 林慶彰, 連清吉, 金培懿編	1998
16	☐	日本研究經學論著目錄 : 1900-1992 / 林慶彰主編 ; 馮曉庭等編輯	1993
17	☐	日治時期臺灣知識分子在中國 / 林慶彰主編 ; 何淑蘋編輯	2004
18	☐	明代經學國際研討會論文集 / 林慶彰, 蔣秋華主編	1996
19	☐	明代經學研究論集 / 林慶彰著	1994
20	☐	明代考據學研究 / 林慶彰著	1983
21	☐	明代考據學研究 / 林慶彰著	1986
22	☐	明代考據學研究 / 林慶彰著	1983
23	☐	朱子學研究書目(1900-1991) / 林慶彰主編 ; 許維萍, 馮曉庭編輯	1992
24	☐	朱{242d37}尊{212235}經義考{212236}研究論集 / 林慶彰, 蔣秋華主編 ; 陳淑誼編輯	2000

儲存被註記記錄以輸出	選擇特定記錄	43

PREVIOUS PAGE	NEXT PAGE	EXTENDED DISPLAY	RETURN TO BROWSE	START OVER	ANOTHER SEARCH

LIMIT THIS SEARCH

INNOVATIVE INTERFACES

PREVIOUS PAGE	NEXT PAGE	EXTENDED DISPLAY	RETURN TO BROWSE	START OVER	ANOTHER SEARCH

LIMIT THIS SEARCH

| 作者 ▾ | 林慶彰 | | 檢索 |

序號	註記	作者 (25-36 之 43)	出版年
林慶彰 1948			
25	☐	李光筠先生紀念集 / 林慶彰編	1992
26	☐	楊慎研究資料彙編 / 林慶彰, 賈順先編	1992
27	☐	浩瀚的學海 / 林慶彰主編 ; 劉岱總主編	1981
28	☐	浩瀚的學海 / 林慶彰主編	1983
29	☐	清代揚州學術研究 / 祁龍威, 林慶彰主編	2001
30	☐	清代經學研究論集 / 林慶彰著	2002
31	☐	清初的群經辨偽學 / 林慶彰著	1990
32	☐	經學史 / 安井小太郎等講述 ; 林慶彰, 連清吉譯	1996
33	☐	經學研究論叢 / 林慶彰主編	1994
34	☐	經學研究論叢. 第7輯 / 林慶彰主編	1999
35	☐	經學研究論著目錄 / 林慶彰主編	1989
36	☐	經義考點校及補正合編 / 林慶彰計畫主持 ; 蔣秋華共同主持 ; 中央研究院中國文哲研究所執行	1995

| 儲存被註記記錄以輸出 | 選擇特定記錄 | 43 |

PREVIOUS PAGE	NEXT PAGE	EXTENDED DISPLAY	RETURN TO BROWSE	START OVER	ANOTHER SEARCH

LIMIT THIS SEARCH

INNOVATIVE INTERFACES

頁四

| PREVIOUS PAGE | EXTENDED DISPLAY | RETURN TO BROWSE | START OVER | ANOTHER SEARCH | LIMIT THIS SEARCH |

| 作者 ▾ | 林慶彰 | | 檢索 |

序號	註記	作者 (37-43 之 43)	出版年
林慶彰 1948			
37	☐	詩經研究論集 / 林慶彰編著	1983
38	☐	詩經研究論集 / 林慶彰編	1987
39	☐	豐坊與姚士{226f4c} / 林慶彰撰	1978
40	☐	越南漢喃文獻目錄提要補遺 / 劉春銀, 林慶彰, 陳義主編	2004
41	☐	近代中國知識分子在日本 / 林慶彰主編	2003
42	☐	近代中國知識分子在臺灣 / 林慶彰, 陳仕華主編; 何淑蘋, 鄭誼慧編輯	2002
43	☐	陳奐研究論集 / 林慶彰, 楊晉龍主編; 陳淑誼編輯	2000
儲存被註記記錄以輸出		選擇特定記錄	43

| PREVIOUS PAGE | EXTENDED DISPLAY | RETURN TO BROWSE | START OVER | ANOTHER SEARCH | LIMIT THIS SEARCH |

INNOVATIVE INTERFACES

　　讀者可任意挑選所需之書名，以顯示詳細的書目資料，或者在線上註記後儲存在磁片上，以供再使用。

　　3. **標題項**：或稱為主題，係由圖書館員分析書的內容後所賦予的，它是根據特定的標題表擇用的，通常中文圖書資料採用《中文圖書標題表》，西文圖書資料為 *LC Subject Headings*。讀者所使用的查詢語彙若與標題表不同，系統通常會以「查無所獲」的訊號顯示，不過配有線上指引的權威控制系統功能，它會導引讀者使用正確的標題字再進行查檢。

　　4. **分類號（或索書號）**：它也是由圖書館分析書的內容後所賦予的號碼，係根據特定的分類表擇用的，通常中文是採用《中國圖書分類法》，西文是採用《杜威十進分類法》或《美國國會圖書館分類法》，但也有例外的，如特殊的政府出版品分類法。讀者通常較少使用分類號來查詢，但它是再查找同一性質主題的利器，可善用之。

　　5. **關鍵字**：圖書館通常會選定幾個查詢欄位作為關鍵字檢索的範圍，讀者依需要鍵入中、英文或其他語文字詞即可查詢，但因中文檢索機制不同，有時會呈現出一些出人意料的可笑結果。

　　6. **國際標準書刊號**：通常是指國際標準書號（ISBN）與國際標準期刊號（ISSN），讀者若已知書刊號，鍵入即可直接找到該筆書目記錄。

　　7. **出版者**：有些圖書館將出版機構名稱也列為檢索項，讀者鍵入其全稱或簡稱均可查到所需的圖書資料。

三、線上公用目錄的特點

☞ 進入國家圖書館館藏目錄查詢系統主畫面：

國家圖書館館藏目錄查詢系統

請點選查詢項

書刊名	作者	關鍵詞	標題
出版者	索書號	ISBN	ISSN

跨欄位檢索　　　　　　　新到館藏圖書目錄

讀者功能

預約作業

使用說明

● 切換成英文畫面(English Mode)　　　● 回國家圖書館主畫面

您是本系統自1997年03月30日以來第 55578473 位訪客

☞ 輸入欲查詢之書名：

國家圖書館館藏目錄查詢系統

書刊名查詢(Title Search)

請在下方空格輸入書刊名前幾個字或完整書刊名
(Please type as much or as little of the TITLE as you want)

| 讀書報告寫作指引 | 開始查詢 |

例如 (For example):
- 夢的解析
- 天地一沙鷗
- combridge encyclopedia
- gone with the wind

複合關鍵詞可依下列方式查詢:
- 捷運+交通
- 藝術+年鑑

●回主畫面

書目資料檢索查詢

開架區館藏目錄簡略資料顯示

查得筆數:2 第1頁

[詳細資料]

若在此[開架]資料中查不到所需之資料,可按[進一步查詢所有館藏].

┌1		書名:讀書報告寫作指引 著作及出版:林慶彰, 劉春銀合著,萬卷樓出版：紅螞蟻經銷代理,初版	索書號:811.4 8765-2	典藏地:中文新書
┌2		書名:讀書報告寫作指引 著作及出版:林慶彰, 劉春銀合著,萬卷樓圖書出版：紅螞蟻圖書經銷代理,再版	索書號:811.4 8765-2 91	典藏地:中文新書

[依書刊名排序] [依作者排序] [依出版項排序] [依出版年排序]

[詳細資料]
說明[回館藏資料查詢] [回主畫面]

☞ 點選第2筆後顯示之詳細資料：

館藏目錄詳細資料顯示

系統號: 101455373

書名: 讀書報告寫作指引

作者: 林慶彰、劉春銀

資料類型:

出版項: 臺北市：萬卷樓圖書出版：紅螞蟻圖書經銷代理, 民91再版

集藏名: 文學類叢書；I051

附註項: 封面英文題名: Study report

標 題: 論文寫作法

稽核項: 315面：圖；22公分

ISBN:

ISSN:

機讀格式   開架

典藏地	索書號	部冊說明	圖書狀況
中文新書	811.4 8765-2 91		限館內閱覽

中文書庫、西文書庫、西文參庫、法律小書及政府法庫圖書請至總服務台調閱。

*注意：若典藏地顯示為[資圖]者，請至下列所示之處詢問。

資圖(國家圖書館附設資訊圖書館)位於北市和平東路二段106號(科技大樓)13樓

資圖開放時間為:週一至週五 9:00～17:00 (休館日除外)，電話：(02)2737-7737

說明[回館藏資料查詢][回主畫面]

書目資料庫包含館藏各種語文與資料類型的書目記錄，因此讀者經由OPAC可以查檢利用；由於採即時作業方式，讀者可以查到最新的資料，即在館員建檔完成儲存的瞬間，讀者即可查檢。以下略述其幾個特點：[13]

1. 檢索方法靈活且便捷

讀者利用指令式或選項式兩種檢索方式來查詢資料，以國家圖書館WebPAC為例，讀者不須任何學習，依其螢幕上的提示，即可自行查檢，並在瞬間回應其結果，讀者可依下一個提示，挑選出所需之項目作詳細的書目資料顯示。此種靈活的自動式檢索，讀者均稱便捷又省時。

2. 多元化檢索項，增加檢索效率

傳統的卡片目錄只能利用分類、書名、著者及標題等四項來查檢，而OPAC系統除了這四項外，還增加了許多檢索項與限制條件，來協助讀者查詢所需的資料，且利用全文檢索技術、切截及布林邏輯等功能作檢索項的多元組合查詢，可以幫助讀者精確地找到所需的資料。所謂的限制條件包括出版年代、資料類型、館藏地點等。各個圖書館因其自動化系統不同，其所提供的檢索項與限制條件也不盡相同，讀者利用其OPAC或WebPAC時應留意，並應善用其所搭配的電腦檢索技術，即可在短時間內查獲所需的圖書資料。

3. 可供多人同時檢索

使用卡片目錄時，每一雇目錄只供一人查詢，無法多人同時利用；另圖書館員在增添新卡片目錄時，讀者也無法利用。線上公用目錄區通常會設在圖書館的入口處不遠，同時提供多部個人工作站供讀者利用，且在不同的樓層或閱覽空間也會設置，讀者

---

[13] 同註10，頁59～62。

可以隨時就近利用，或者在自家也可連線使用。如前述，公用目錄查詢結果可以磁片輸出或直接列印書目資料，可以節省許多抄錄的時間。

4. 可查詢圖書資料的處理狀況

在線上公用目錄的查詢結果畫面上，同時可顯示該項資料的處理現況，如採購中、處理中、在架上或遺失等訊息，如果該項資料已借出，讀者還可以在線上預約資料。另外，讀者也可以在允許的權限內，查詢個人的借閱記錄。若利用電子郵件的功能，圖書館員還可以通知讀者來館取閱所需的預約圖書資料。

5. 可以連線檢索他館的資料

在NBINet中或各館的圖書館系統連結功能下，讀者可以連線檢索國內外各圖書館的公用目錄。目前透過Z39.50的介面或國立中正大學圖書館的「整合書目查尋」功能，讀者可以同時跨資料庫查詢多個圖書館的館藏目錄，並可選擇最有利的圖書館前往利用。以下為國家圖書館之NBINet的主畫面，讀者可以選項進行連線檢索該館的其他系統，或是國內的聯合目錄或他館的館藏目錄。茲以「林慶彰」為例，其查詢結果如下：

聯合目錄

切換查詢範圍

請使用下列查詢鍵進行查詢

書名 著者 主題 關鍵字 著者/書名 出版者

分類號查詢

中國圖書分類號(賴永祥)   何日章/UDC十進及其他分類號

book.gif (1625 bytes)

美國國會/醫學圖書館分類號   杜威十進分類號

其它號碼查詢

政府出版品編號   國際標準號碼(ISBN/ISSN)   記錄控制號

切換至英文模式(Change to English)

回中文主畫面

著者、書名合併查詢(Author/Title Search)

請輸入人名或團體名稱及部份或完整的書名 (Please type NAME first and as much or as little as you want)

著者：林慶彰

書名關鍵字：學術論文寫作指引　　　　　　　　　開始查詢

請輸入人名或團體名稱及部份或完整的書名

例如: (for example)

　　　　　著者：　羅貫中
　　　　書名：　三國

　　　　　著者：　kent, allen
　　　　　書名：　information science

♪ *圖書聯合目錄資料庫內容*

一、館藏目錄

　　74所合作館館藏目錄：本館及73所合作館館藏書目資料。

二、出版資訊

　　新書資訊（ISBN & CIP）：本館國際標準書號中心提供之出版資訊，部分有館藏資料。

　　民1 - 38參考書目：民1至38年之出版書目，部分有館藏資料。

　　港澳地區參考書目：為香港大學馮平山圖書館提供之書目，僅供參考。

查詢結果顯示：

| 作者 | | 林慶彰 | | 不限定 | | 查詢 |

序號	註記	作者 (1-7 之 7)	Medium	出版年
1	□	學術論文寫作指引 林慶彰著 林慶彰著		
		學術論文寫作指引 林慶彰著; 東華大學圖書館, 中興大學圖書館, 靜宜大學蓋夏圖書館, 臺灣科技大學圖書館	印刷文字資料	1996
2	□	學術論文寫作指引 文科適用 林慶彰著 文科適用 林慶彰著		
		學術論文寫作指引 文科適用 林慶彰著: 國家圖書館, 臺灣大學圖書館, (新書資訊), 政治大學圖書館, 中山大學圖書館, 文化大學圖書館, 交通大學圖書館, 屏東科技大學圖書館, 世新大學圖書館, 中正大學圖書館, 花蓮師範學院圖書館, 臺東大學圖書館, 佛光人文社會學院圖書館, 南投縣文化局圖書館, 高雄第一科技大學圖書館, 高雄餐旅學院圖書館, 南華大學圖書館, 高雄海洋技術學院圖書館	印刷文字資料	1996
3	□	學術論文寫作指引 文科適用 林慶彰著 文科適用 林慶彰著		
		學術論文寫作指引 文科適用 林慶彰著; 彰化師大圖書館	印刷文字資料	1998
4	□	學術論文寫作指引 文科適用 林慶彰著 文科適用 林慶彰著		
		學術論文寫作指引 文科適用 林慶彰著; 清華大學圖書館, 海洋大學圖書館	印刷文字資料	1996
5	□	學術論文寫作指引: 文科適用 / 林慶彰著. / 林慶彰著.		
		學術論文寫作指引: 文科適用 / 林慶彰著.; 屏東師範學院圖書館	印刷文字資料	1996
6	□	學術論文寫作指引 文科適用 林慶彰著 文科適用 林慶彰著		
		學術論文寫作指引 文科適用 林慶彰著; 東海大學圖書館	印刷文字資料	2001
7	□	學術論文寫作指引: 文科適用 / 林慶彰著. / 林慶彰著.		
		學術論文寫作指引: 文科適用 / 林慶彰著.; 臺灣師範大學圖書館	印刷文字資料	1996

儲存被註記記錄以輸出

下一筆記錄
NEXT RECORD
回瀏覽索引
RETURN TO BROWSE
查詢其他
ANOTHER SEARCH
重新查詢
START OVER
顯示編碼格式
MARC DISPLAY
輸出資料
EXPORT

題名	學術論文寫作指引 / 林慶彰著
著者	林慶彰 著
版本項	初版
出版項	1996
	臺北市 : 萬卷樓, 民85
面數高廣	400面 ; 21公分
叢書名	文學類叢書 ; I026
	文學類叢書 ; I026
附註	參考書目:面385-400
	附錄: 1.各主要圖書分類法綱目表 二.學術論文舉例等五種
	文科適用
標題	論文寫作法
國際標準書號	957-739-154-0 平裝 新臺幣440元

第六節　如何利用圖書館蒐集資料

　　由前面的各節敘述中，讀者對於臺灣地區的各類型圖書館、各種類型的圖書資料及圖書館目錄查檢等方面，應有所認識，接著就是如何入寶山且滿載而歸？此即指，如何利用圖書館來蒐集所需的圖書資料。當讀書報告的撰寫方向確定後，讀者就得開始思索資料查詢、蒐集的方法與途徑，必須具備的圖書館利用技巧（即指資訊素養）有那些呢？所謂的「資訊素養」，通常是指下列五方面的能力：(1)知道什麼是有用資訊的能力；(2)知道何處可以獲得資訊的能力；(3)檢索資訊的能力；(4)闡釋、評估與組織資料的能力；(5)使用與傳播資訊的能力。[14]

　　一般大專校院的學生，首先應利用學校的圖書館系統來確定所需資料的類型，含圖書、參考書、期刊論文、會議論文、學位論文、研究報告、報紙資料、視聽覺資料或網路資源等。在確定所需的資料類型後，即可利用圖書館的查詢系統來判斷蒐集資料的方法與途徑，並就近選擇最有利的圖書館取得所需的資料。因此，讀者在進圖書館之前，必須自行確認下面幾件事情，以免進入大型的圖書館後茫然不知所措，或像劉姥姥進大觀園一般。

　　到了圖書館後，首先要判定查找資料的流程及該館電腦檢索站的所在位置，其次要了解該館OPAC或WebPAC的使用方法，再次要熟悉各種資料類型的陳放空間；接著要熟悉參考工具書及

---

[14] 吳美美：〈從擴散原理論教師的資訊素養〉，在《資訊素養與終身學習社會國際研討會會議論文集》（台北：國立台灣師範大學社會教育學系，民88年5月1日，頁331-332。）

參考資料庫的查檢方法，期刊的陳列原則與索引摘要資料庫的查詢方法，光碟或全文資料庫的使用方法，以及網路資源的搜尋方法等。前述這幾個要項，讀者若略為熟稔，即可自在地使用圖書館的各項寶庫，以取得所需的文獻或原件資料。若您所需的資料不在該館，亦可透過館際合作方式，取得複印資料或借用原件。以下分別敘述圖書館中的重要資源（包括參考工具書，期刊文獻及網路資源），以協助讀者成功地運用各項資源與服務，並快速地蒐集到所需的圖書資料。

第三章　利用參考工具書蒐集資料

　　圖書館為了幫助讀者能獲得所需的資料，以及指導讀者有效
利用館內的各項資源與服務，通常會設立參考室置專人提供參考
服務，旨在為圖書館讀者與館藏資源搭起一座橋樑，經由參考館
員所提供的服務，圖書館成功地扮演了知識傳播站的角色。各類
型圖書館所提供的參考服務方式不盡相同，基本上可將之歸納為
三種：即(1)解答讀者疑難問題；(2)協助讀者查詢資料；(3)提供
圖書館利用指導，以下簡要述之。

　　1. **解答疑難的參考諮詢服務：**這是圖書館最常見的參考服
務，讀者經由口頭、書面、電話及網路等方式提出詢問，經由參
考館員依問題類型提供不同層次的諮詢服務，例如指引讀者方
向、指引讀者利用參考工具書找到答案、指導讀者利用電腦檢索
書目資訊或所需的資料等、甚或是直接將查詢的答案（如統計資
料、法規條文等）告知讀者。

　　2. **幫助讀者查詢資料：**前述簡易式問題，參考館員可以隨
口指導或答覆，讀者即可獲得解答，但有些特定主題的問題，就
得耗些時間利用工具書作更深入的查檢，這時候參考館員就需要
主動幫助讀者查檢及提供資料，以供其研究。通常可依讀者需要
資料的主題深度、廣度與方式，協助讀者查詢所需的資料，其方
式有：(1)查參考工具書；(2)電腦檢索；(3)提供專題選粹等。電
腦檢索則包括線上資料庫、光碟資料庫及資訊網路等資源。

　　3. **提供圖書館利用指導：**指導方式包括認識圖書館目錄、

介紹館藏資源、圖書館參觀導覽以及指導讀者利用各類型的參考工具書；其目的不外乎幫助讀者了解館藏資料的陳列情形，各項設施的利用，以及懂得如何利用館藏資源，使得讀者一進入圖書館，就能如魚得水般有效地查找所需的資料。以下就如何利用參考工具書蒐集資料作詳細介紹，分為(一)何謂參考工具書（包括定義、特性、種類、功用與選擇原則等）；(二)如何利用各類型的參考工具書查找資料（包括參考工具書指南等）兩節加以敘述。

第一節　何謂參考工具書

通常在圖書館參考室陳放的僅供查檢且不能外借的書，統稱為參考書或參考工具書，它不作一般性閱讀，而專供查考資料及解決問題的書，通常具有特定的編排方式和檢索方法，方便讀者在短時間內查出正確的資料，是解答問題的最佳工具，所以又稱工具書，以下則以參考工具書稱之。「工欲善其事，必先利其器」，因此一位認真求學或作學術研究的人，在任何一個學習階段，都必須重視參考工具書，並善用之。以下擬就參考工具書的特性、種類、功用及選擇原則等項加以敘述。

一、參考工具書的特性

參考工具書是查檢資料、治學與研究的工具，它與一般圖書不同，一般圖書是供人閱讀的，參考工具書則是供人查檢資料的，二者各有特色，而參考工具書則由林語堂先生在《辭通》序言中說明了其特性與功用，即「無論古今中外，治學工具之書，皆指示修學門徑，節省時間，且可觸類旁通，引人入勝」。他一

語道出參考工具書的幾個特點，歸納如下：

1. 參考工具書編製的目的在提供查檢資料、解決疑難，因此只作部分閱讀之用，它未若一般圖書針對特定學科或問題作有系統的敘述。

2. 參考工具書之內容材料具有概括性，它廣採博收及旁徵博引，係將所彙集的資料作精闢的論述，因此內容較為廣泛，收錄符合其主題範圍的各種資料。

3. 參考工具書的編排體例著重在檢索的方便性，以易於查檢為其主要訴求，通常之編排方式有依分類、部首、筆劃、筆順、音韻、字母、注音、四角號碼、時間或地理區域為序排比。參考工具書之整體組織結構與一般圖書不同，主要是由序、凡例、正文、索引、附錄、跋及書名頁、版權頁等組成參考工具書的基本形制，並配以特殊編排體例，以供查檢利用。因此，讀者在使用時，首先要了解其收錄範圍及排檢方法，接著本身應具備查找資料及閱讀資料的能力，如此即可將作學問的敲門磚──「參考工具書」運用自如，並能解決生活、學習與研究等方面的疑難雜症。

4. 參考工具書在日常的治學工夫與學問精進二方面，具有觸類旁通的導引與輔助功能，讀者經由它可拓展知識的領域。

5. 參考工具書為了因應時效性與新穎性的要求，通常是持續修纂的，以便收錄新增的資料。

二、參考工具書的種類

參考工具書與一般圖書之界限區隔，主要在圖書館館藏陳列管理之用，通常參考工具書集中陳放在參考室，方便讀者查檢利用。依參考工具書之功能與用途，將之區分為數種，簡述如

下：[1]

1.**書目：**是圖書目錄的簡稱，是提供圖書資料出版資訊的工具，記載各類出版品的書目資料（包括書名、著者、出版地、出版社、出版年及標準號碼等）。書目又可區分為全國性書目、新書出版目錄、營業書目、專題書目、聯合目錄及推薦性書目。

2.**索引：**指示資料的出處，是查找單篇論文或書籍條目與文詞的工具。它可區分為期刊索引、報紙索引、書後索引、專書索引、索引的索引等。

3.**字典、辭典：**我國字、辭典通稱為字書，它是解釋文字的形體、聲音、意義及用法的書，是查檢字、詞的工具。通常，在圖書館陳設許多各種語文的字辭典，以供讀者查用。

4.**類書、政書：**這是中國特有的參考工具書，是古代文獻的彙編。「類書」是將古文獻中的原始資料輯錄出來予以彙編的一種工具書，內容相當廣泛，其編排方式因功能不同而異，其主要功用有三：(1)查找文章詞藻典故和詩詞文句的出處；(2)查考史實和事實掌故；(3)輯佚和校勘古籍。「政書」是中國古代論述或輯錄典章制度源流和文獻的資料性工具書，主要蒐集某一朝代（斷代）或歷代（通史）政經文化制度的史料，分門別類編排及敘述，以供讀者查檢之用。

5.**百科全書：**是網羅人類各種知識的參考工具書，具有教育與查檢的功能，是查找古今中外百科知識的主要工具。

6.**年鑑、年表、大事紀：**年鑑（涵括年刊與年報）是彙輯年度內的重要時事和統計資料的參考工具書，可區分為綜合性年

---

[1] 鄭恆雄、林呈潢、嚴鼎忠編著：《參考服務與參考資料》（臺北縣蘆洲鄉；空中大學，1996年），頁37～42。

鑑、專題或專科年鑑，以及統計年鑑。年表、大事紀是按年編排紀事，是從時間查找事情的工具，年表是查考歷史年代和檢查歷史大事的工具書。

7.名錄、指南：是將個人或機構的名單，有系統編排的工具，用以指示地址及相關資料，以提供了解概況及通訊消息之參考。英文通稱為Directory。

8.便覽、手冊：是一種查檢便捷的參考工具書，英文稱為Manual 或 Handbook，是彙集某一學科或主題有關的基本資料，可提供隨手參考的資料。

9.傳記資料：是指可供查檢古今中外人物之姓名、筆名、別名、生卒年月日、生平事蹟、思想言行、專長以及對社會貢獻等一切與人物生平有關資料的工具書。此類資料包括生卒年表、年譜、姓氏／人名錄、筆名／別號索引、傳記辭典或人物有關的書目、索引等，是探尋古今中外人物的最佳參考工具書。

10.地理資料：是記載古今地名沿革的資料，它的出版形式較為多元，有地圖、掛圖、球儀、地圖集、地名辭典、方志、都市計畫圖、旅遊指南及電子地圖等，是吾人日常生活中經常使用的一種參考工具書。

11.法規資料：包括法律與規章，為政府機關所制訂公布的，依其性質可分為法、律、條例、通例、規程、規則、細則、辦法、標準或準則，是政府公報中的主要刊登資料。通常將法規資料簡易區分為綜合性與專門性二種，但使用時須留意資料的新穎性，該項法規資料是否仍屬有效。

12.統計資料：是重要的政府出版品之一，它是以統計數據來表示事實、現況或現象的參考工具書，是吾人日常生活、治學與研究的重要素材。通常也可區分為綜合性與專門性，是了解一國國情或國際組織運作現況的最重要工具書。

　　前述十二種類型的參考工具書，主要是依其用途與功能加以區分，但在資訊網路蓬勃發展的時代，各種類型的參考工具書均紛紛發行電子版，包括線上資料庫、光碟資料庫或網際網路資源，透過具親和性的檢索介面，讀者可以進行資料檢索。此種電子版參考工具書較傳統紙本式參考工具書，呈現出許多優點，即：使用方法簡便、節省檢索時間、提高檢索效率、資料更新迅速及多媒體效果等，是資訊時代的寵兒。在電腦、通信、傳播與網路等科技結合應用之下，參考工具書已由傳統紙本形式逐漸蛻變為電子媒體，其轉變的終極成果大都是以光碟資料庫或網際網路（Internet）版本呈現，讀者進入圖書館的參考室後，應該首先留意這項便捷的線上檢索工具。此外，在一般圖書中也蘊含了不少的參考資料，諸如年表、著作目錄或統計資料等，讀者在翻閱時可加以留意。

三、參考工具書的功用

　　讀者在了解參考工具書的種類之後，是否想再進一步了解這些參考工具書到底有什麼功用呢？大抵而言，參考工具書具有以下五種功用：

　　1.解決疑難問題：當你有不懂之疑難問題，如人名、地名、字詞、歷史事件等，就可以翻查相關的參考工具書，如傳記資料、地名辭典、字辭典及年表等，查獲可供參考的資料，以解答疑惑。

　　2.指示讀書的門徑：利用各種書目、索引型工具書，可以了解研究主題之既有學術成果，有助於指引讀者蒐集資料及決定研究方向，對於找到正確讀書門徑助益頗大。

　　3.掌握學術研究資訊：利用目錄、索引型或年鑑等工具書，

可以掌握某個研究主題之最新研究成果／計畫的資訊，方便讀者了解同領域學者的研究動態。

4.**提供參考資料**：利用類書、百科全書、年鑑等工具書，可以通盤了解人類知識及各主題專題資料，主要是該類型的參考工具書提供了豐富的參考資料。

5.**節省時間與精力**：讀者在了解各種參考工具書的功能後，在發現與思考問題時就可以善用之，故可以節省許多時間與精力，並且得到事半功倍的學術研究成果。

四、參考工具書的選擇原則

如前所述，參考工具書的種類繁多，其編排體例與收錄範圍也各異，讀者或圖書館館員如何在浩瀚的書海中選取所需的參考工具書呢，以下列舉幾項選擇原則，以供參考。[2]

1.**查閱參考工具書指南或書評**：參考工具書指南是工具書的工具書，它將參考工具書有系統的分門別類，告訴讀者查檢某類資料可用的工具書有那些，以及每一種參考工具書的優劣點，讀者可以據此分辨及選出需用的參考工具書。書評是評介書籍的文獻，它是由評論者對於已出版或新近出版書籍予以介紹與評論的文章，通常刊登在報紙或期刊上，如平面媒體的報紙專刊或專業性期刊。書評中包括對該書的客觀性描述及主觀性批評，可作為選擇參考工具書的一項資料。

2.**審查書籍之著者、編輯者或出版者的權威性**：通常著者與編輯者的專業性資歷是第一個考慮的重點，因為它是該參考工具

---

[2] 鄭恆雄、林呈潢、嚴鼎忠編著：《參考服務與參考資料》，頁45～47。

書主題內容好壞的保證；其次是出版者的權威性如何，出版者的出版主題、信譽是鑑別參考工具書優劣的重要依據，以美國為例，就有許多專門出版書目、索引、字辭典的出版社，其所出版的參考書，頗獲各國讀者與圖書館的信賴。

3.審查書籍的編輯體例及內容概要：參考工具書為方便查檢，通常會依照各種方式編排，其體例大致可區分為部首、筆劃、筆順、音韻、字母、注音、四角號碼、分類、時間或地理區域等，一部完善的參考工具書，一定會考慮其讀者查檢與利用的便捷性，另外編製多種輔助索引，方便讀者查用。通常參考工具書有其一定的內容結構，讀者由前言、凡例、目次中，大體可以了解其資料收錄內容的範圍，以確定是否為所需的；但其範圍深度與內容深度亦應審查一下，是否客觀性的並陳不同觀點也是選擇的重要因素。

4.裝幀、印刷、紙張、插圖及其他特點：一部完善的參考工具書在圖書館中是要經常翻閱查檢的，故其裝幀、紙張與印刷品質相當重要；其內文中的插圖及其他圖表、書目等附加資料是否可以增加其使用價值，都可列為選擇的要項。尤其是字體、版面設計、字體的方便閱讀性更是重要，選擇時應考量其品質是否符合要求。

5.請教專家學者：向各學科專家學者請益，可補參考書目或書評之不足，且可減低圖書館員或讀者對於條目內容客觀性審查的時間，應善加利用。

另依據《美國圖書館雜誌》（*American Libraries*）2003年5月號之〈年度最佳參考資源評選（The Best of the Best Reference Source）〉一文，作者Vicki D. Bloom敘述了優良與拙劣參考資源評斷項目，茲將優良與拙劣參考資源之評斷條件羅列於下，供作讀者選擇參考工具書之參考。優良參考資源之必備十三項條件

為：(1)清晰易讀之地圖與照片；(2)充實內文之精美照片與插圖；(3)版式寬擴易於複印；(4)裝幀與結構堅固；(5)內文易讀與縝密鋪述；(6)富學術性；(7)外觀宜人；(8)含層次分明之優良索引；(9)敘明其選擇標準與目的；(10)具有權威性與考證佳的資訊；(11)良好的參照指引關係；(12)富新穎性；(13)貢獻者之服務機關與學術背景資料。拙劣參考資源之項目有十二，如下列：(1)模糊與低劣不良之複製照片；(2)索引體例不佳；(3)版式過窄難以複印；(4)內容冗長重複；(5)卷帙過大或過少；(6)不完整或不標準的引文文獻；(7)字跡過小；(8)過多或過少留白；(9)裝幀或結構脆弱；(10)收錄款目敘述之文長不一；(11)來路不明之插圖與照片；(12)陳舊的統計資料。[3]

又根據張錦郎先生接受《佛教圖書館館訊》專訪，談及評鑑參考工具書有如下幾項：(1)考查工具書的編著者與出版者；(2)考查工具書編纂和出版年代；(3)查考工具書的序跋、凡例和目次；(4)翻閱工具書的正文；(5)參閱工具書的書評資料。[4]再依據王錫璋先生之見，他引述美國之評鑑標準有如下五項：(1)仔細考查書名頁；(2)閱讀前言或導論；(3)考查書的本文；(4)仔細閱讀正文中之條目；(5)考查其排列順序是否特殊及便於利用；(6)參考書有新版或增訂版，應仔細與舊版比較。[5]

---

[3] Bloom, Vicki D. "The best of the best reference source," *American Libraries* 2003:5, p.40.

[4] 〈釋自衍採訪：論工具書編輯——專訪張錦郎老師〉《佛教圖書館館訊》第34期（民國92年6月），頁9～10。

[5] 王錫璋：《圖書館的參考服務——理論與實務》（臺北市：文史哲出版社，民國86年），頁199～200。

第二節　如何利用參考工具書查找資料

在第一節中針對參考工具書的定義、特性、種類、功用與選擇原則等方面加以敘述，讀者無論是自行採購參考工具書或到圖書館查檢利用都有許多助益。以下擬就利用參考工具書查找資料及閱讀資料的能力作進一步說明。通常讀者利用參考工具書進行主題資料蒐集之前，必須有系統地進行主題探索，由發現問題及分析題目開始，接著要判定那些類型的參考工具書有你所需的資料，其次開始查找資料、閱讀資料及擷取正確所需的資料，最後是有系統地將主題相關的資料進行整理並完成報告，以下分別敘述利用參考工具書來蒐集資料的幾個重要概念。

一、利用參考工具書指南

參考工具書指南是一種工具書的工具書，它分門別類有系統的依前述的各種參考工具書種類，告訴讀者查檢某一類資料時可用的工具書，及各該工具書之編輯體例與優劣點，是讀者使用參考工具書的最佳指導老師，每位想寫讀書報告或論文的讀者，都可以自行購置或到就近的圖書館使用需要的工具書指南，以便在最短的時間內查檢到所需的資料。通常在圖書館參考室陳放數種的參考工具書指南，依其收錄資料的內容，可將之區分為文史工具書指南、社會科學文獻指南及專科工具書指南，以下列舉在臺灣、香港及大陸地區較常用的參考工具書指南，以供參考。[6]

1. 中文參考書指南　何多源編著　臺北　進學書局　1970

年影印

2. 中文參考用書指南　李志鍾、汪引蘭編著　臺北　正中
　書局　1972 年

3. 中文參考資料　鄭恆雄著　臺北　臺灣學生書局　1982
　年

4. 中文參考用書指引　張錦郎編著　臺北　文史哲出版社
　1983 年 12 月　增訂三版

5. 怎樣使用文史工具書　不著撰人　臺北　明文書局
　1985 年 3 月　再版

6. 文史工具書手冊　朱天俊、陳宏天著　臺北　明文書局
　1985 年 11 月

7. 文史工具書評介　張旭光編著　濟南　齊魯書社　1986
　年 5 月

8. 社會科學文獻檢索與利用　來新夏、惠世榮、王榮授編
　著　天津　南開大學出版社　1986 年 8 月

9. 中文工具書及其使用　祝鼎民編著　北京　北京出版社
　1987 年 7 月

10. 中國工具書使用法　吳則虞著；吳受琚整理　上海　上
　海古籍出版社　1988 年 3 月

11. 中國古典文學文獻檢索與利用　袁學良編著　成都　四
　川大學出版社　1988 年 11 月

12. 中國工具書大辭典　徐祖友、沈益編著　福州　福建人
　民出版社　1990 年 10 月

---

6 以上之書目，係以筆者所服務單位之館藏目錄及網路書目資訊檢索方
　式所得之書目資料為準著錄，並依張錦郎先生之〈文學工具書的檢索
　與利用〉未刊文補正。

13. 文史工具書詞典　祝鴻熹、洪湛侯編著　杭州　浙江古籍出版社　1990 年 12 月

14. 中文工具書教程　朱天俊、李國新著　北京　北京大學出版社　1991 年 7 月

15. 中國期刊文獻檢索工具大全　吳嘉敏編　上海　復旦大學出版社　1991 年 10 月

16. 中國古今工具書大辭典　盛廣智、許華德、劉孝嚴主編　長春　吉林人民出版社　1991 年 12 月

17. 中國歷史工具書指南　林鐵森主編　北京　北京出版社　1992 年 2 月

18. 中文工具書使用指南　王世偉編著　上海　華東師範大學出版社　1993 年 7 月

19. 中文工具書導論　詹德優編著　武漢　湖北教育出版社　1994 年 12 月

20. 文史參考工具書指南　陳社潮著　臺北　明文書局　1995 年 2 月

21. 中國工具書大辭典‧續編　徐祖友、沈益編著　福州　福建人民出版社　1996 年 5 月

22. 如何利用中文參考資源：工具書資料庫及網路資源　吳玉愛編著　臺北　文華圖書館管理公司　1997 年 9 月

23. 中國社會科學工具書檢索大典　劉榮主編　北京　北京圖書館出版社　1999 年 10 月

24. 中國索引綜錄　中國索引學會、上海師大圖書館合編；盧正言主編、尚志昭副主編　上海　上海辭書出版社　2000 年 7 月

另以上所列之參考工具書指南，係以文史類及綜合性主題為

主，讀者可以選擇其中一種或數種，詳細閱讀，並實際到圖書館的參考室查用，若覺得這些參考工具書指南，對自己做學問的幫助很大，就可以考慮自行購置，俾便隨時查檢利用。

二、利用各類型參考工具書蒐集資料

圖書館在參考室中所提供的參考服務與參考資料，讀者應該善加利用，當你在學習過程，透過參考館員的指導，很容易尋出正確查找資料的方向。在前述的第一節中介紹了十二種類型的參考工具書，讀者在發現問題和分析主題時，應該可以判定所需的參考工具書的類型，並查找出所需的資料，以下以讀者利用圖書館查找資料的觀念，依問題區分，列舉常用的參考工具書。[7]

1. 查找各類型圖書館的基本資料

讀者通常可選擇就近或最有利的圖書館前去查用所需的參考工具書，以下二種名錄，讀者可以找到各圖書館的地址、OPAC網址及主要的館藏蒐藏範圍主題。

> 1. 臺閩地區圖書館暨資料單位名錄‧中華民國八十八年　國家圖書館編輯　臺北市　國家圖書館　1999年12月（最新版本為網路版，讀者可經由國家圖書館網頁查檢）

本書依圖書館類型編排，其收錄了五、○○九所（含分館）圖書館暨資料單位，每館著錄圖書館名稱、郵遞區號、地址及電

---

[7] 以所服務單位之館藏目錄及網路書目資訊檢索所得之書目資料為準著錄。

話，讀者可善加利用。

---

2. 臺閩地區圖書館統計調查錄・中華民國八十六年
國家圖書館編　臺北　國家圖書館　1999年12月

　　本書收錄臺閩地區三、六六四所各類型圖書館，每一圖書館著錄項目分為基本資料、館藏資料及圖書館利用三大項。本書因各類型圖書館性質之不同，其著錄項目略有差異，共計有十五項，如下：(1)圖書館名稱（中英文）、地址、電話、傳真、電子郵件信箱及全球資訊網網址；(2)圖書館線上公用目錄（OPAC or WebPAC）查詢網址；(3)創設日期；(4)工作人數；(5)圖書館建築總面積；(6)服務處所設置情形；(7)閱覽席位；(8)圖書館沿革；(9)館藏資料（包括主要蒐藏範圍、特藏及館藏總量）；(10)每週開放時數；(11)圖書館與資訊利用教育；(12)推廣服務；(13)資料庫檢索服務；(14)圖書館自動化系統名稱；(15)圖書館出版品。欲前往各擇定圖書館之前，可先查閱本調查錄，以事先了解該館之基本狀況。

2. 查找書籍的書目資料

　　在全球資訊網路蓬勃發展的時代，讀者可經由各館所建置的線上公用目錄（WebPAC）網址，查檢所需的書目性工具書，以下依歷代著錄、現存古籍、現代圖書及專科圖書列舉查找書籍的參考工具書。

1.查歷代著錄

(1)　藝文志二十種綜合引得　哈佛燕京學社引得編纂處編
　　　1933年　臺北　成文出版社　1966年

(2) 世界書局出版的歷代藝文志（或經籍志），如漢書藝文志、隋書經籍志、兩唐書經籍藝文志、宋史藝文志廣編、西夏遼金元藝文志、明史藝文志廣編、重修清史藝文志。

(3) 中國歷代藝文志總志　國立中央圖書館特藏組編輯　臺北　該館　1984年　4冊

⎣ 2. 查現存善本古籍 ⎦

(1) 四庫全書簡明目錄二十卷　（清）紀昀等奉敕撰　臺北　樂天書局　1982年

(2) 臺灣公藏善本書目書名索引　國立中央圖書館編　臺北　該館　1971年

(3) 臺灣公藏善本書目人名索引　國立中央圖書館編輯　臺北　該館　1972年

(4) 臺灣公藏普通本線裝書目書名索引　國立中央圖書館特藏組編　臺北　該館　1982年

(5) 國立中央圖書館善本書目（增訂本）　國立中央圖書館編　臺北　該館　1986年　4冊

(6) 中國古籍善本書目　中國古籍善本書目編輯委員會編　上海　上海古籍出版社　1986～1996年

(7) 中國叢書綜錄　上海圖書館編　上海　上海古籍出版社　1986年　（重印本）

(8) 普林斯敦大學葛斯德東方圖書館中文書本書目　屈萬里撰　臺北縣　藝文印書館　1975年

(9) 美國國會圖書館館藏善本書目　王重民輯錄；袁同禮重校　臺北　文海出版社　1972年　影印本

(10) 京都大學人文科學研究所漢籍分類目錄　京都大學人文

科學研究所編　京都　人文科學研究協會　1981 年

(11) 東京大學東洋文化研究所漢籍分類目錄　東京大學東洋
文化研究所編　東京　該所　1981 年

---

3. 查現代圖書（含民國時期）

(1) 中國近代現代叢書目錄（1902～1949）　上海圖書館編
（為手抄影印本）

(2) 中國叢書廣錄　陽海清編撰；陳彰璜參編　武漢　湖北
人民出版社　2 冊

(3) 民國時期總書目（1911～1949）　北京　書目文獻出版
社　1992 年11 月　21 冊

(4) 中華民國出版圖書目錄彙編　國立中央圖書館編　臺北
該館　1964～1999 年（該目錄已改為光碟資料庫
Sinocat 繼續發行及提供線上公用目錄查詢）

(5) 全國新書資訊月刊　國家圖書館國際標準書號中心編
臺北　國家圖書館　1998 年7 月創刊　（該項新書目錄
亦提供網路檢索服務）

(6) 中華民國政府出版品目錄彙編　國家圖書館閱覽組官書
股編　臺北　國家圖書館　1996 年（本書原名為中華民
國行政機關出版品目錄彙編，由1984 年創刊之季刊本彙
編而成）

(7) 「全國西文科技圖書聯合目錄」資料庫，由STICWeb 提
供網路檢索服務。

(8) 臺灣地區「大陸研究」圖書聯合目錄　臺北　行政院大
陸委員會　行政院大陸委員會大陸資訊及研究中心編
1995 年7 月　6 冊（該目錄已納入NBINet 中，讀者可多
加利用）

(9) 中國書籍總目錄・1949～1988年　新華書店總店編輯
　　東京　不二出版社　1989年2月　重印本　56冊（即全
　　國總書目）

(10) 全國總書目　平心編　上海　生活書店　1935年

(11) 中國國家書目（1992年）北京華藝出版社　中國國家書
　　目編委會編　1994年3月　3冊（自1985年創編，原由
　　書目文獻出版社出版，現已發行光碟資料庫系統，經由
　　國家圖書館書目中心之NBINet可檢索1949年至1997年
　　大陸圖書出版目錄資料）。

(12) 全國新書目（月刊）　北京　中國版本圖書館編　1950
　　年～

　　4. 查專科圖書

　　以下分中國文學、哲學、宗教、史學、經學及語言文字學列
舉重要的參考工具書：

＊甲、中國文學

(1) 中國通俗小說書目　孫楷第撰　臺北　鳳凰出版社
　　1974年

(2) 中國古典文學名著題解　中國青年出版社編輯部編　北
　　京　中國青年出版社　1980年

(3) 紅樓夢研究文獻目錄　宋隆發編　臺北　臺灣學生書局
　　1982年

(4) 中國文學史書目提要　陳玉堂　合肥　黃山書社　1986
　　年8月

(5) 中國現代文學作品書名大辭典　周錦編　臺北　智燕出
　　版社　1986年9月　3冊

(6) 中國文學古籍博覽　李樹蘭編　太原　山西人民出版社

1988 年

(7) 戲曲要籍解題　李惠綿著　臺北　正中書局　1991 年12月

(8) 中國文學史著版本概覽　吉平平、黃曉靜編　瀋陽　遼寧大學出版社　1992 年6月

(9) 詞學研究書目　黃文吉主編　臺北　文津出版社　1993年4月　2 冊

(10) 中國現代文學總書目（1917～1949）　賈植芳、俞元桂主編　福州　福建教育出版社　1993 年12月

(11) 詞學論著總目（1901～1992）　林玫儀主編　臺北　中央研究院　中國文哲研究所　1995 年6月　4冊

(12) 臺灣現代詩編目（1949～1995）　張默編　臺北　爾雅出版社　1996 年1月　二版

(13) 臺灣出版中國文學史書目提要（1949～1994）　黃文吉主編　臺北　萬卷樓圖書公司　1996 年2月

(14) 臺灣漢語傳統文學書目　吳福助主編　臺北　文津出版社　1999 年1月

(15) 中華民國作家作品目錄　李瑞騰、封德屏主編　臺北　行政院文化建設委員會　1999 年6月　7冊

(16) 清人別集總目　李靈年、楊忠主編　合肥　安徽教育出版社　2000 年7月　3冊

(17) 臺灣文學作家年表與作品總錄（1945～2000）　國家圖書館參考組編　臺北　國家圖書館　2000 年12月

(18) 清人詩文集總目提要　柯愈春著　北京　北京古籍出版社　2002 年2月　3冊

＊乙、哲學

(1) 四庫全書總目　（清）紀昀等撰　臺北縣　藝文印書館

1969 年

(2) 續修四庫全書提要　臺北　臺灣商務印書館　1971 年

(3) 周秦漢魏諸子知見書目　嚴靈峰編　臺北　正中書局 1975～1978 年　6 冊

(4) 中國哲學史論文索引　方克立、楊守義、蕭文德編　北京：中華書局　1986 年

(5) 孔子研究論文著作目錄（1949～1986）　中國社會科學院哲學研究所資料室編　濟南　齊魯書社　1987 年5 月

(6) 兩漢諸子研究論著目錄　陳麗桂主編　臺北　漢學研究中心　1998 年

＊丙、宗教

(1) 佛藏子目引得　許地山編　臺北　成文出版社　1966 年

(2) 道藏子目引得　翁獨健編　臺北　成文出版社　1966 年

(3) 閱藏知津　（明）釋智旭編　臺北　新文豐出版社 1973 年　3 冊

(4) 大藏會閱　會性法師撰　臺北　天華出版社　1979 年 4 冊

(5) 道藏提要　任繼愈主編　北京　中國社會科學出版社 1991 年7 月

＊丁、史學

(1) 四庫全書總目　同前

(2) 續修四庫全書提要　同前

(3) 漢史文獻類目　馬先醒編　臺北　簡牘社　1976 年

(4) 中國史學論文引得（1902～1962）　余秉權編　香港 亞東學社　1963 年

本書之另一副書名為《歐美所見中文期刊文史哲論文編

錄（1905～1964）》

(5) 中國史學論文引得（1937～1949）　中國社會科學院歷史研究所編　香港三聯書店香港分店1980年

(6) 中國近八十年明史論著目錄　中國社會科學院歷史研究所編　南京　江蘇人民出版社　1981年

(7) 宋史研究論文與書籍目錄（1905～1981）　宋晞編　臺北　中國文化大學出版部　1983年　增訂本

(8) 中國史學名著題解　張舜徽主編　北京　中國青年出版社　1984年

(9) 中國古代史論文資料索引（1949.10～1979.9）　復旦大學歷史系資料室編　上海　上海人民出版社　1985年

(10) 八十年來史學書目（1900～1980）　中國社會科學院歷史研究所編　北京　中國社會科學出版社　1984年

(11) 中國史志類內部書刊名錄（1949～1988）　李永璞主編　濟南　山東人民出版社　1989年3月

(12) 臺灣研究書目　黃士旂編　臺北　捷幼出版社　1991年1月

(13) 中國史書目提要　謝保成、賴長陽、田人隆編　鄭州　中州古籍出版　1991年

(14) 臺灣史英文資料類目　陳弱水編輯　台北縣　林本源中華文化教育基金會　1995年

(15) 荷蘭時期台灣史研究書目　國立臺灣歷史博物館籌備處編　臺北　該處　2001年

＊戊、經學

(1) 四庫全書總目　同前

(2) 續修四庫全書提要　同前

(3) 經學研究論著目錄（1912～1987）　林慶彰主編　臺北

漢學研究中心　1989 年 12 月

(4) 日本研究經學論著目錄（1900～1992）　林慶彰主編　臺北　中央研究院中國文哲研究所　1993 年 10 月

(5) 續修四庫全書總目提要（經部）　中國科學院整理　北京　中華書局　1994 年

(6) 四庫經籍提要索引　國立中央圖書館編　臺北　該館　1994 年　2 冊

(7) 經學研究論著目錄（1988～1992）　林慶彰主編　臺北　漢學研究中心　1995 年 2 月

(8) 乾嘉學術研究論著目錄（1900～1993）　林慶彰主編　臺北　中央研究院中國文哲研究所　1995 年 6 月

(9) 點校補正經義考　林慶彰等編審　臺北　中央研究院中國文哲研究所　1999 年 8 月　8 冊

(10) 經學研究論著目錄（1993～1997）　林慶彰、陳恆嵩主編　臺北　漢學研究中心　2002 年 4 月

＊己、語言文字學

(1) 小學考　（清）謝啟昆撰　臺北　廣文書局　1969 年　10 冊

(2) 甲骨學論著提要目錄三種　邵子風、彭樹杞、胡厚宣等編　臺北　華世出版社　1975 年

(3) 中國語言學要籍解題　錢曾怡、劉聿鑫編　濟南　齊魯書社　1991 年 11 月

(4) 中國傳統語言學要籍述論　姜聿華　北京　書目文獻出版社　1992 年 12 月

(5) 中國文字學書目考錄　劉志成撰　成都　巴蜀書社　1997 年 8 月

3. 查找期刊及報紙文獻的目錄索引

1. 中華民國中文期刊聯合目錄　國立中央圖書館編　臺北　編者　1982年　2冊　第二版

2. 臺灣地區現藏大陸期刊聯合目錄　行政院大陸委員會編　臺北　該會　1997年12月　修訂版

3. 全國西文科技期刊聯合目錄　行政院國家科學委員會科學技術資料中心編　臺北　編者　1970年12月～（該目錄經由 STICWeb 提供網路檢索服務）

4. 中華民國期刊論文索引　國立中央圖書館編　臺北　編者　1959年1月　月刊（1984年2月改為季刊，1977年編印年度彙編本，國家圖書館現已改為光碟資料庫系統及網路版發行，並提供網路檢索服務）

5. 中國文化研究論文目錄（民國35至68年）　國立中央圖書館編輯　臺北　臺灣商務印書館　1982年（未出齊6冊），但其收錄文獻已經收錄於國家圖書館網頁下之期刊文獻資訊網中，讀者可改查檢網路資源）

6. 中文核心期刊要目總覽　戴龍基、張其蘇、蔡榮華主編　北京　北京大學出版社　2000年　第三版

7. 中文報紙論文分類索引　國立政治大學社會科學資料中心編　臺北　編者　1962年～　年刊（該索引亦提供網路檢索服務預定於2004年中停止新增資料之編製工作）

8. 中文報紙文史哲論文索引（1936～1971）　張錦郎編　臺北　正中書局　1984年　臺二版　2冊

9. 教育論文摘要　國立臺灣師範大學圖書館編　臺北　編者　1978年～　年刊（該摘要亦提供網路檢索服務）

10. 中華民國科技期刊論文摘要　行政院國家科學委員會科學技術資料中心編　臺北　編著　1985年3月（自1988年7月改稱《中華民國科技期刊論文索引》，目前經由

STICWeb 提供網路檢索引服務）

11. 中華民國人文社會科學期刊論文索引暨摘要　行政院國家科學委員會科學技術資料中心編　臺北　編者　1991年9月～1997年6月（目前由STICWeb 提供網路檢索服務）

12. 大陸期刊聯合目錄系統，由行政院國家科學委員會科學技術資料中心（2005年1月16日改隸國家實驗研究所）根據前述第3項增訂，並經由STICWeb 提供網路檢索服務

13. 中國期刊網China Journal Net（北京同光光盤數據庫公司發行）　1994年～（共計有九個專輯）

4. 查找字辭、文句及古今事物的工具書

1. 辭海　臺灣中華書局辭海編輯委員會編；熊鈍生主編　臺北　臺灣中華書局　1986年　3冊　最新增訂版臺七版

2. 辭通　朱起鳳撰　上海　上海古籍出版社　1982年　2冊

3. 辭通續編　吳君恆、鍾敬華、吳嘉勳編撰；吳文祺主編　上海　上海古籍出版社　1991年

4. 新修康熙字典　（清）凌紹雯等纂修；高樹藩重修　臺北　啟業書局　1989年　2冊

5. 正中形音義綜合大字典　高樹藩編纂　臺北　正中書局　1974年

6. 中文大辭典　中文大辭典編纂委員會編　臺北陽明山　中國文化大學出版部　1985年

7. 漢語大辭典　羅竹風主編；漢語大詞典編輯委員會編纂　上海　漢語大詞典出版社　1991年

8. 臺灣話大詞典・閩南話漳泉二腔系部分　陳修主編，陳文晶助編　臺北　遠流出版社　1991年

9. 臺灣漢語詞典　許成章編　臺北　自立晚報社　1992年

4 冊

10. 藝文類聚　（唐）歐陽詢等輯　臺北　鼎文書局　1975
年

11. 初學記　（唐）徐堅等輯　臺北　鼎文書局　1975 年

12. 御定佩文韻府　（清）張玉書等編　臺北　世界書局
1987 年

13. 格致鏡原　（清）陳元龍編纂　臺北　臺灣商務印書館
1972 年　8 冊

5. 查找古今百科知識的工具書

1. 中華文化百科全書　蕭贊育監修；高明主編　臺北　中
華文化基金會　黎明文化出版公司　1982 年

2. 中華百科全書　張其昀監修；中國文化大學中華百科全
書編纂委員會編　臺北　中國文化大學　1981 年　10 冊

3. 簡明大英百科全書　臺灣中華書局，美國大英百科全書
公司聯合編譯　臺北　臺灣中華書局　1988～1989 年
20 冊

4. 大美百科全書　光復書局大美百科全書編輯部編譯　臺
北　光復書局　1990 年　30 冊（補編以年鑑方式出版）

5. 中國大百科全書　中國大百科全書出版社編輯部編　北
京　中國大百科全書出版社　1980～1994 年（臺灣錦繡
出版社發行繁體字版）　72 冊（目前亦有光碟系統發行）

6. 大英科技百科全書　臺北　光復書局　1985 年　15 冊

7. 雲五社會科學大辭典　楊亮功、陳雪屏、羅志淵等編輯
臺北　臺灣商務印書館　1989 年　12 冊

8. 中國文學百科全書　楊家駱著　臺北　鼎文書局　1976
年　4 冊

9. 視覺藝術百科全書　勞倫斯・高文等編輯；王嘉驥等譯

臺北　臺灣聯合文化公司　1995年　10冊　再版

10. 世界百科全書　光復書局編輯部編　臺北　光復書局
1987年　20冊　再版

6. 查找地理資料的工具書

1. 中國古今地名大辭典　臧勵龢編　臺北　臺灣商務印書
館　1979年

2. 臺灣地名辭典　陳正祥著　臺北　南天書局　1993年

3. 中國上古國名地名辭彙及索引　潘英編著　臺北　明文
書局　1986年

4. 歷代輿地沿革圖　（清）楊守敬編繪　臺北　聯經出版
公司　1981年

5. 中國歷史地圖　教育部編　臺北　正中書局　1987年

6. 世界地圖集　李勉民編　臺北　讀者文摘出版社　1991
年

7. 臺灣精華旅遊指南　李欽發著　臺北　南華文化　1995
年　再版

8. 中華民國臺灣地區公藏方志目錄　王德毅主編　臺北
漢學研究中心　1985年3月

7. 查找人物或傳記資料的工具書

1. 中國人名大辭典　臧勵龢編　臺北　臺灣商務印書館
1977年

2. 歷代名人年里碑傳總表　姜亮夫編　臺北　文史哲出版
社　1985年2月　再版

3. 中國歷代名人年譜總目　王德毅編　臺北　華世出版社
1979年

4. 古今人物別名索引　陳德芸編　臺北　新文豐出版公司
1978年

5. 二十世紀中國作家筆名錄　朱寶樑編　臺北　漢學研究中心　1989年6月　增訂版

6. 民國人物小傳　劉紹唐主編　臺北　傳記文學出版社　1975～1982年

7. 中國近代人物傳記資料索引　國立中央圖書館編　臺北中華叢書編審委員會　1973年

8. 臺灣近代名人錄　張炎憲、李筱峰、莊永明編　臺北自立晚報社　1987～1990年　5冊

9. 日據時代臺灣文學作家小傳　黃武忠編　臺北　時報文化公司　1980年8月

10. 古今同姓名大辭典　彭作楨編撰　臺北　臺灣學生書局　1970年

11. 中華民國現代名人錄　張朝梡主編　臺北縣　中國名人傳記中心　1991年

12. 臺北人物誌　高麗鳳總編輯　臺北市　臺北市新聞處　2000年　3冊

13. 民國人物大辭典　徐友春主編　石家莊市　河北人民出版社1991年

另通史、斷代史、專書及各學科主題均編有人物（名）索引或辭典類工具書，因種類繁多，在此不一一列舉。

8. 從時間查找史事的工具書

1. 20世紀全紀錄（1900A.D.～1989A.D.）　戴月芳主編　臺北　錦繡出版社　1990年

2. 臺灣全紀錄（約15000B.C.～1989A.D.）　戴月芳主編　臺北　錦繡出版社　1990年

3. 中國全紀錄（約300000B.C.～1911A.D.）　戴月芳主編　臺北　錦繡出版社　1990年

4. 臺灣歷史年表　楊碧川著　臺北　自立晚報社　1988年

5. 中國歷史年表　柏楊著　臺北　躍昇文化公司　1994年

6. 中外近百年大事記　臺灣省文獻委員會編　南投縣　編者　1990年

9. 查找事實的手冊、名錄及便覽型工具書

1. 美式萬用英文手冊　徐安生編纂；顏元叔校訂　臺北縣　萬人出版社　1997年（電腦版）

2. 留學手冊　教育部國際文教處編輯　臺北　教育部　1995年

3. 中華民國臺灣地區國際標準書號出版機構名錄　國立中央圖書館國際標準書號中心編　臺北　編者　1995年（該名錄已提供網路檢索服務）

4. 中華民國工商名錄　中國生產力及貿易中心撰　臺北　撰者　1995年

5. 中華民國學術機構錄　國立中央圖書館編　臺北　編者　1992年

6. 中華民國研究機構名錄　行政院國家科學委員會科學技術資料中心編　臺北　編者　1995年（本名錄經由STICWeb提供中英文版網路檢索服務）

7. 中華民國政府組織與工作簡介　行政院研究發展考核委員會編　臺北　編者　2001年十一版（本簡介已提供網路檢索服務）

8. 歐洲美術館之旅　曾桂美編譯　臺北　精英出版社　1991年

9. 公私立大學校院一覽表　教育部編　臺北　編者　1994年（目前大學校院及專科學校、高中高職等學校一覽表，均有網路資源可連結使用）

10. 查找法規資料的工具書

1. 中華民國現行法規彙編　中華民國現行法規彙編編印指導委員會編　臺北市　該會　1994年　41冊（該彙編已有網路資源可連結使用）

2. 最新六法全書　張知本主編；林紀東續編　臺北　大中國圖書公司　1993年（目前坊間有多種版本的網路資源）

3. 中華民國政府公報索引　國立中央圖書館編　臺北　編者　1972～1974年　月刊，1984年4月改為季刊復刊（現已改為網路檢索服務系統，並提供全文影像列印服務）

4. 另有各類主題，如建築、土地、人事、環保、文化、教育、新聞等的法規彙編。

5. 另由原經濟部中央標準局所制訂公布之「中國國家標準」、專利，也是法規的一種。

11. 查找統計資料的工具書

統計資料可區分為綜合性、專題性及普查調查報告，各國或國際組織均編印統計書刊，以呈現其發展現況與事實。綜合性統計，在書刊名通常冠有「統計年鑑」、「統計月報」等字樣，定期性以統計數據報導現況，其內容相當多元。專題性統計資料之主題包括人口、國民所得、物價、薪資、人力資源、財政、金融、經濟、衛生、文化、住宅、農業、對外貿易、交通、能源、營造業、工礦業、零售業、電信、電腦、觀光等。普查或調查報告，是以抽樣或較長週期實施，如工商業、農業、戶口等，這些都是一個國家國勢的資料，是相當重要的一種參考資料。由於種類繁多，在此不一一列舉。最常用者為《中華民國統計年鑑》、《中華民國統計月報》，查檢我國之國情統計資料；查找世界各國之國情統計資料，最常用者為《聯合國統計年鑑》。另欲查找美

國國情的統計資料，則為《美國統計摘要》（*Statistical Abstracts of the United States*）年刊本。讀者如欲查找全球之教育、文化與科學等方面之統計數據，則須查找《聯合國教科文組織統計年鑑》（*UNESCO Statistical Yearbork*）。

第四章　如何利用期刊文獻

第一節　何謂期刊

　　在現代化的圖書館資源中，除了圖書外，讀者最常用的資源就是期刊（或稱雜誌），主要原因是期刊的內容廣泛又新穎，頗能吸引讀者的青睞；又由於它的出刊速度快，可以迅速地登載新知消息與學術研究成果，因此它是一種最有效的知識傳播工具。以下就期刊的定義、要素、價值與出版形式作詳細的解說。

一、期刊的定義

　　根據第二章第二節圖書資料的種類，期刊（Periodical）是連續性出版品（Serial）的一種。連續性出版品通常是指帶有數字或年月編號之分期且意欲持續刊行的任何媒體出版品，包括期刊、報紙、年刊，以及有連續編號的叢書（Series）。因此，可將期刊定義為「一種具有一定名稱，以卷期、總號或年月日等一定序號作為標識系統，集合多人作品，具有一定編排形式，而且想要無限期分期刊行的連續性出版品。」[1]一般而言，期刊包括雜

---

[1] 吳碧娟：〈期刊資源的利用〉，國家圖書館編《國家圖書館終身學習與圖書資源利用研習班資料蒐集方法與利用班研習手冊》（臺北：國家圖書館，2000年1月），頁73。

誌（Magazine）、報紙（Newspaper）及學報、會報、研究集刊（Acta, Bulletin, Journal, Proceedings, Transactions）等。雜誌是指刊期在七日以上、三個月以下，以一定名稱，按期發行的刊物；報紙是指以固定名稱出版，每日或每隔六日以下，按期發行的新聞紙；學報、會報、研究集刊是指由學校或學術機關、團體會社發行，集合多人作品或報告所出版的學術研究性刊物，通常其出版間隔為半年或一年，甚或為不定期。

二、期刊的構成要素

由前述的定義可以得知期刊有其固定的構成要素，包括刊名、刊期、連續編號及出版形式等項，以下簡要加以說明。刊名（Title），期刊各期都有其共同的名稱，但也有發行一段時間後更改或衍生出其他的名稱，因此查檢期刊刊名時必須留意其刊名的演變情形。刊期（Frequency），是指有一定的發行期間，通常可分為週刊、旬刊、雙週刊、半月刊、月刊、雙月刊、季刊、半年刊及年刊等有些期刊的刊期會因某種因素而作改變，如由月刊改為雙月刊或季刊。連續編號，期刊的編號方式有幾種情況，如卷期、總號或年月，有時候三者兼而有之；另有些期刊，除創刊號外，亦發行試刊號；而以年月編號者，有時候也以四季來標識。出版形式方面，通常期刊之出版規格（如開本、編輯體例）較為固定，各期之頁碼有自行起迄，但也有每卷各期頁碼為連續編號者。

期刊的版權頁通常包括下列幾個項目，主編或編輯群、出版者或發行者、創刊年月、發行年月及國際標準期刊號（ISSN）。而期刊的編輯體例上亦有其獨特之處，即有一目次頁（標明各篇文獻的著者、起始頁碼），每頁上或下方有逐頁題名、篇名與著

者；每卷末或不定期編有索引。目前為查檢方便，有些期刊在每篇文獻的第一頁上載有文獻編號與書目資料（包括著者、篇名、起迄頁碼及文獻編號等）。

三、期刊的價值

在圖書館裡，通常設有期刊室陳列期刊、雜誌與報紙，以供讀者查檢利用。由於期刊的內容包羅萬象，種類繁多，因此期刊在圖書館開放服務時間內，通常是門庭若市，使用者眾，這主要是期刊具有內容新穎、立論精闢及傳佈迅速等特性所致。期刊為讀者汲取新知的最佳利器，因此它已成為學術研究、社會大眾傳播及教育學習等方面的重要資源，其重要性已凌駕於一般書籍之上，尤其是在資訊科技與網際網路蓬勃發展的環境裡，電子期刊的發行更加速了期刊文獻的傳佈與利用。

期刊因其收錄文獻的內容主題不同，可區分為人文、社會、自然、工程、技術、農業及醫學等大類，而每一大類下又可依其主題區分為數類，讀者可依自己的需求，查找所需要的一般期刊與專業期刊。對於期刊的陳列，大多數圖書館是依期刊名字母或筆劃順序，但也有先區分大類後，再依期刊名字母或筆劃順序排列。

讀者到了各類型圖書館後，應善加利用這些刊載最新知識與消息的期刊或雜誌，因為期刊文獻是最重要的治學工具之一，而且最好養成固定閱讀專業期刊的習慣。

四、期刊的出版形式

由於資訊載體隨著資訊科技、傳播技術與網際網路的結合應

用而呈現出多元化的面貌，期刊的出版形式除傳統的平面印刷形式外，還有微縮形式、視聽媒體形式與電子形式等不同載體。印刷形式的期刊包括現刊本、重印本及縮印本；微縮形式期刊包括單片與捲片二種；視聽媒體的期刊，通常是指錄音形式的期刊，有時紙本期刊也附有錄音資料；電子型式的期刊包括電子資料庫（內涵期刊論文索引、摘要或全文）及電子期刊（Electronic Journals）二種。由此可以窺出，期刊的出版形式已相當多元化，而且已超脫了時空限制，在網際網路環境下傳佈著龐大的人類知識。[2]

第二節　如何查找期刊及期刊文獻

期刊文獻由於具有新穎性，因此在個人學習生活與學術研究上扮演著重要的角色，以下擬就如何查找期刊及期刊文獻分別說明。期刊的種類繁多，到底有多少種期刊在發行，而每期期刊所登載的文章到底有多少，又要如何查找呢？這就必須仰賴期刊工具書，包括指南、目錄及期刊資訊檢索系統（包括索引、摘要、目次）及全文影像，以下分項加以說明之。

一、期刊指南與期刊目錄

期刊工具書通常是以紙本印刷型式出版，包括期刊指南、期刊目錄與期刊年鑑等；但在電腦科技應用與網際網路蓬勃發展的環境下，前述的期刊工具書均已蛻變為資訊檢索系統，如國家圖

---

[2] 吳碧娟：《期刊資源的利用》（臺北：國家圖書館，1999年），頁22～25。

☞ 以《中國文哲研究通訊》查詢之畫面輸入欲查詢之期刊名：

「週邊實施交通管制，請駕者來館時多加留意交通狀況。　歡迎蒞臨中華民國

國家圖書館　　　　　　　　　　　　　　　　▶ Switch to English Mode

中華民國出版期刊指南系統

❍簡易查詢　❍指令查詢　　❍期刊瀏覽
❍授權書列印❍出版社交流區❍西文期刊館藏查詢
❍系統簡介

詳細查詢

	查詢 清除
查詢模式：	◉精確 ○同音 ○羅馬拼音 ○漢語拼音 ○通用拼音
刊名：	中國文哲研究通訊　　　　瀏覽
ＩＳＳＮ：	瀏覽
出版單位：	瀏覽
關鍵詞：	瀏覽
分類號：	瀏覽
類名：	瀏覽
出版地：	瀏覽
出版日期：	民國□年□月－□年□月
欄間邏輯運算：	◉AND／○OR
每頁顯示：	20▢筆資料

☞ 以《中國文哲研究通訊》查詢之畫面輸入欲查詢之期刊名：

資料庫尚未加密宏交遞狀況。 歡迎蒞臨中華民國出版期刊指南系統新網頁

國家圖書館

中華民國出版期刊指南系統

○詳細查詢　　　　○簡易查詢　　　○指令查詢
○期刊瀏覽　　　　○授權書列印　○出版社交流區
○西文期刊館藏查詢　○系統簡介

詳目式結果顯示　1/1

系統識別號	00000004	館藏紀錄	○國圖 ○各館
刊　名：	中國文哲研究通訊＝Newsletter of the Institute of Chinese Literature and Philosophy		
刊名羅馬拼音	Chung Kuo Wen Che Yen Chiu T'ung Hsun		
ＩＳＳＮ	1017-7558		
刊　期	季刊		
創刊日期	1991.03		
出版日期	第1卷第1期(民80年3月)-		

作品語文	中文	目次語文	中文 英文	出版國別	臺灣‧中華民國
出版品類型	期刊				
中文出版者與訂購資料	中央研究院中國文哲研究所：臺北市南港區研究院路2段128號 一本150元 電話：(02)2788-3620,(02)2789-9814　　傳真：(02)2783-3874				
內容簡介	採訪報導該所與文哲學界有關之學術活動、新書評介及其他相關動態訊息				
現在收錄於	中華民國期刊論文索引影像系統				
關鍵詞再查詢	中國文學 、 中國哲學				
類號再查詢	820				
出版者再查詢	中央研究院中國文哲研究所				

出版地再查詢	臺北市
本刊論文查詢	中國文哲研究通訊
稿　約	第1頁　第2頁　第3頁
館藏記錄	1. 中圖 期刊室現刊架位05-1-1館藏:13:4(2003.12) 2. 中圖 期刊室館藏： 1:1(1991.03)-13:3(2003.09)- 3. 中圖 裝訂廠館藏:6:1(1996.03)-9:4(1999.12)
更新日期	中華民國93年3月22日 星期一

書館遠距圖書服務之《中華民國出版期刊指南系統》、財團法人國家實驗研究院科學技術資料中心之「全國文獻傳遞服務系統（NDDS）」之西文、中文及大陸期刊聯合報目錄等，即以電子資源型式，提供讀者網路資源檢索服務。

當我們想要查找某種期刊的創刊年月、刊期、出版社名稱、地址與電話，以及如何訂購時，就要查找期刊指南。期刊指南是以現期期刊為收錄對象，通常以刊名為序，編輯成一名錄式的指引，主要是提供各種期刊的出版資料，可為圖書館選購期刊的主要依據。在期刊指南中，每種期刊除基本書目資料外，通常會提供一些摘要簡介、售價、訂購方法與相關資料，以供讀者參考。

我國出版的期刊指南，紙本式的有《中華民國出版期刊指南》（鄭恆雄、張錦郎合編）、《全國雜誌指南》（鄭恆雄編），但這二種工具書由於出版時間已久，其內容過於陳舊，又無更新版問世，因此可將之視為查找中文舊期刊出版資料的參考工具書。民國八十六年，由國家圖書館所建置的《中華民國出版期刊指南系統》（PerioGuide Chinese Periodicals Directory），於全球資訊網上提供 Web 網路版的檢索服務，該系統收錄臺灣地區最新又完整的出版期刊資訊，讀者可隨時上網查找我國期刊的出版資訊。該指南收錄的每種期刊，其著錄項目有：刊名、ISSN、刊期、創刊日期、出版單位、關鍵字、分類號、類名及出版地等，並含有訂購相關資料及蒐藏館別的館藏記錄，可供讀者進一步利用期刊文獻之參考，它既是期刊目錄，也是期刊館藏聯合目錄，讀者可善加利用。[3]

國際間最著名的期刊指南則是 *Ulrich's International Periodicals Directory*，它是報導全球最新刊行英文期刊的目錄，每年出版。

---

[3] 吳碧娟：〈期刊資源的利用〉，頁28。

若你想查找全世界目前仍在刊行的英文刊物之書目資料，它就是最佳的工具。該指南上刊載每種期刊的刊名、刊期、創刊年、編者、出版者、價格、發行量及ISSN，並註記刊物是否有書目、索引及廣告等等；且在每一款目之後說明某一刊物被那些索引和摘要所收錄，它提示讀者若要查找某種刊物的文獻有那些索引摘要可利用。因此，它是圖書館選購外文期刊的重要參考工具書，也是一般讀者利用英文期刊的重要指南。此一指南已發行光碟資料庫系統網路版多年，更增廣了其使用的便捷性。

另《中華民國出版年鑑》也是查找我國出版期刊資訊的一項工具，該年鑑刊載有專文介紹當年度之期刊出版狀況，並在附錄中收錄當年由政府機關所發行的期刊出版資訊。《中華民國雜誌年鑑（1950～1998）》及《中華民國新聞年鑑》也可查檢我國期刊、雜誌及報紙等的出版資訊。

館藏期刊目錄可分為單一館藏目錄、期刊聯合目錄及專題期刊目錄。若你想知道某個圖書館或多個圖書館某種期刊的收藏情形，就得利用館藏期刊目錄。通常館藏期刊目錄是記載各種收藏期刊之刊名、刊期、創刊年月、出版者及出版地等書目資料，以及收藏處所與卷期等資料，以供作讀者查找與調借期刊的重要工具。根據收錄期刊的範圍不同，通常可分為單一館藏目錄、期刊聯合目錄及專題期刊目錄，以下分項加以說明。

單一館藏目錄方面，過去期間國立臺灣大學圖書館、國立中央圖書館及其分館以及上海圖書館等，均曾出版過館藏中文或西文期刊、或報紙目錄，以供查檢利用。目前各館在其公用目錄查詢系統均可查檢到該館期刊之收藏卷期，讀者在彈指間即可掌握某種期刊之最新到刊館藏記錄。

期刊聯合目錄係彙集某一地區或多所圖書館的館藏期刊記錄（包括書目記錄與館藏記錄），所編製而成的目錄或資料庫檢索系

統，此種期刊聯合目錄就讀者查檢期刊存藏卷期於何處而言，堪稱便捷。歷年來各單位曾編製出版的期刊聯合目錄有如下幾種：《全國西文科技期刊聯合目錄》、《中華民國臺灣區公藏中文人文社會科學期刊聯合目錄》、《中華民國中文期刊聯合目錄》（第一版及第二版）、《臺灣公藏人文及社會科學西文期刊聯合目錄》、《中央研究院中日韓文期刊聯合目錄》、《臺灣地區現藏大陸期刊聯合目錄》（第一版及增訂版與光碟資料庫系統），及北京書目文獻出版社之《1833～1949年全國中文期刊聯合目錄》。前述這些目錄是查檢臺灣地區各單位館藏期刊資源及1949年前早期期刊之收藏情況的重要工具書。線上期刊聯合目錄方面，則有國家圖書館所提供之《中文期刊聯合目錄》、國立中正大學之《南區中西文期刊目錄整合查詢系統》、雲林科技大學之《整合式期刊目錄查詢系統》及國家實驗研究院科資中心之《全國館際合作系統》（內含西文、中文及大陸期刊之聯合目錄系統，以及電子期刊聯合目錄查詢系統）。

專題期刊目錄編製方面，歷年來曾出版者有《中華民國臺灣地區兒童期刊目錄彙編（民國38～78年）》、《臺灣地區佛教圖書館現藏佛學相關期刊聯合目錄》、《臺灣地區醫學期刊聯合目錄暨館際合作系統》、《榮陽期刊聯合目錄》查詢系統等。[4]

---

[4] 吳碧娟：〈期刊資源的利用〉，頁29～35。

☞ 《全國「文獻傳遞服務系統」下之「全國期刊聯合目錄資料庫」》之主畫面

S I
國研院 科學技術資料中心
Science and Technology
Information Center

全國文獻傳遞服務系統 (NDDS)
Nationwide Document Delivery Service

N ′科資中心改隸財團法人，結算專戶已更名為「國研院科資中心館合專戶」。（詳情...）

N ′原ILL系統於94年1月16日改名為NDDS全國文獻傳遞服務系統(Nationwide Document Delivery Service)，
繼續為大家提供服務。

館員使用專區

- 期刊聯合目錄
- 學術會議論文索引
- 國科會研究報告索引
- 科資中心碩博士論文索引
- Concert 電子期刊聯合目錄
- 睿鴿REAL-圖書館藏查詢

- 提出申請件
- 申請帳號
- 維護基本資料
- 變更帳號密碼
- 查詢帳號密碼
- 查詢申請件狀態
- 讀者使用指引

- 圖書館公告
- 其他公告事I
- 結算方案說I

加入文獻傳遞脈

○ 常見問題與回

❒ 科資中心資訊服務

最新出版品

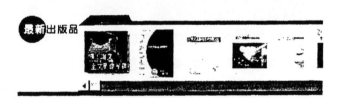

■ 到訪人次 1074513 ■ 最新更新 2005.04.20 ■ 建議使用IE5.5以上版本瀏覽

無障礙
Accessibility

連絡電話 ___ TEL:(02)2737-7662 FAX:(02)2737-7494 . Email:ill@mail.t

二、期刊索引摘要

臺灣地區目前約計有五、六千種期刊雜誌在刊行，那我們要如何查找刊登在各期刊上的單篇文章呢？通常我們可以利用期刊索引這類的工具書來查檢。將期刊、雜誌或報紙上，每期刊登的單篇文章依一定的編排方式，並註明每篇文獻的出處（即刊名、卷期、出版年月及起迄頁次等），有時也編製幾種輔助索引，以供讀者查檢利用，這就是期刊論文索引，它是查檢期刊篇目的最佳利器。

我國的期刊論文索引編製，可溯自國立臺灣大學圖書館於民國四十九年出版之《中文期刊論文分類索引》，以及原國立中央圖書館於民國五十九年創編之《中華民國期刊論文索引》；而報紙索引方面，則為國立政治大學社會科學資料中心於民國五十二年起編製的《中文報紙論文分類索引》（即將停刊）。這些先以人工方式編製的單篇文獻索引，隨時代科技的運用，逐步蛻變成線上資料庫與網路檢索系統，對讀者查檢與利用更稱便捷，尤其是配合全文或文獻影像掃描技術的應用，讀者可透過線上文獻傳遞服務系統，於彈指間，足不出戶即可獲取到期刊的單篇全文文獻資料，但這僅限於擁有原作者授權使用之期刊原文文獻。

在期刊論文索引編製多年後，於每一條目上加註單篇文章之內容摘要，即成為期刊索引摘要，它又更進一步協助讀者判定實際所要的文獻資料。在期刊論文索引摘要中所收錄的各單篇文獻，是依據既定的標準擇錄，除了記述書目資料外，還進行主題分析，包括取標題、關鍵字及分類號等，以協助讀者更明確地查詢同類主題的相關文獻。期刊索引摘要依其收錄期刊文獻的主題或學科類別，可區分為綜合性及專題性，另有些期刊定期或不定

期刊載期刊論文索引或期刊論文索引摘要，以供查檢之用。有些期刊在刊行一段時日後彙輯索引，或附於該刊發行或以專冊形式出版，以供查檢該刊單篇文獻之用。以下就前述幾類期刊論文索引摘要列舉幾種於下，以供利用：

綜合性期刊索引摘要：《中華民國期刊論文索引影像系統》（光碟版與Web版），《中文期刊論文分類索引》。專題期刊索引摘要：《中國文化研究論文目錄》（紙本目錄與線上資料庫），《教育論文摘要資料庫》、《社會教育論文摘要初編》，《臺灣地區漢學論著選目及其彙編本》、《經學研究論著目錄》，《日本研究經學論著目錄》，《乾嘉學術研究論著目錄》，《中華民國科技期刊論文索引》，《中文法律論文索引》，《敦煌學研究論著目錄》，《唐代文學論著集目》，《光復以來臺灣地區出版人類學論著目錄》，《國立中央圖書館臺灣分館館藏臺灣文獻期刊論文索引》、《東南亞研究論著目錄》及《心理學研究論著目錄》等。另《臺灣銀行季刊》、《教育資料集刊》、《書目季刊》、《共黨問題研究月刊》、《文訊月刊》、《民俗曲藝》及《漢學研究通訊》等均曾刊載過不同主題的論文索引摘要，以供讀者查檢。以上這些書刊，均為查檢期刊單篇文獻的重要利器。社會科學之西文期刊單篇文獻的參考利器，則以 *Social Science Index & Abstracts*、*Social Science Citation Index* 及 *Arts & Humanities Citation Index* 等最為著稱。

三、期刊目次

隨著電腦科技的應用，中文期刊單篇文獻的參考工具書又向前邁進一步，即期刊目次服務。早期係以人工方式編製期刊篇目彙錄或報刊資料索引，如《中國近代期刊篇目彙錄》、《重印東

方雜誌全部舊刊總目錄》、《外文期刊漢學論評彙目》及《複印報刊資料索引》。民國八十五年，國家圖書館於全球資訊網路上提供《國家圖書館期刊目次服務系統》，主要是選擇較為生活化、報導性或閱讀率較高的中文現期期刊近四百種（含大陸出版之圖書資訊學期刊等），將各期目次建檔，提供線上查詢及瀏覽期刊目次的服務。讀者可依自己感興趣的期刊，線上訂閱期刊目次的服務，即可透過電子郵箱自動收取最新出版期刊的目次，堪稱便捷。

政府公報及政府統計調查期刊方面，國家圖書館也提供《新到政府公報及統計調查目次服務系統》，並配合電子公報系統提供全文列印服務。另國內的其他圖書館也以合作的方式建置中文期刊目次服務系統，而外文期刊目次方面，也有幾家提供現刊目次（Current Contents）的查檢服務。

第三節　期刊網路資源之利用

在本章第二節所敘述的期刊目錄、期刊指南、期刊論文索引摘要、期刊目次服務等重要期刊文獻服務利器，隨著電腦科技、傳播技術與網路技術等的結合應用，促使這些參考工具書由傳統的紙本形式，逐漸轉換成為線上資料庫、光碟資料庫或Web版網路資料庫等期刊網路資源。「中華民國出版期刊指南系統」，本節不再重述。國家圖書館及各個圖書館暨資料單位的網頁上均提供期刊文獻服務，通常包括目錄查詢、期刊聯合目錄查詢、期刊論文索引系統查詢、期刊目次服務及電子期刊等項目。以下就期刊目次服務系統、期刊論文索引全文影像服務系統、期刊文獻傳遞服務及電子期刊服務等方面，介紹其查檢方法及取得期刊原文

文獻資料，以作為學術研究與個人學習之參考。

一、期刊目次服務系統

中文期刊目次服務系統以國家圖書館所建置之遠距圖書服務系統中之「期刊目次」，以及中央研究院提供之「中文現期期刊目次資料庫」為例說明：

在國家圖書館全球資訊網頁下之「期刊文獻資訊網」及「遠距圖書服務系統」中均有期刊目次的服務項目，並將「期刊熱門資訊」另立為一個服務項目，讀者可以就已選出之主題點選（Click）後，立即顯示出「期刊目次服務系統」與「期刊論文索引系統」相關之文獻查詢結果。以下以二〇〇〇年諾貝爾文學獎得主高行健先生為例顯示其畫面。

☞ 點選期刊熱門資訊

☞ 資料顯示後，再點選「高行健」

國家圖書館期刊熱門資訊

國家圖書館為便利社會大眾,利用網際網路功能,快速參閱發表於我國期刊上之各項熱門資訊,特推出<期刊熱門資訊服務>. 本服務係針對社會熱門議題,主動搜尋<中華民國期刊論文索引影像系統>以及<國家圖書館期刊目次服務系統>上之文獻篇目,將之呈現於讀者面前. 歡迎各界不吝批評指教.

熱門資訊一覽表:

應用服務供應商(Application Provider)	第三代行動通訊(Third Generation Wireless Communications , 3G)	內容供應商(Content Provider)	慈善部門/團體
免稅團體/組織	志願團體/組織	公益團體/組織	第三部門
非政府組織	貿易爭端解決機制	最惠國待遇(MFN)	國民待遇(National Treatment)
杜哈回合多邊貿易談判(Doha Round)	技術性貿易障礙協定(Agreement on Technical Barriers to Trade)	食品衛生檢驗與動植物檢疫措施協定(Agreement on the Application of Sanitary and Phytosanitary Measures)	防衛協定(Agreement on Safeguards)
關稅及貿易總協定(Genneral Agreement on Tariffs and Trade; GATT)	創意生活(creative life)	表演藝術(performing arts)	視覺藝術(visual arts)
新經濟	數位經濟	網路經濟	電子商務
知識管理	學習型組織	單一窗口	辦公室自動化
數位治理	仲介團體	抄襲	合理使用
終身學習	學習社會	終身學習機構	正規教育
非正規教育	成人教育	社區大學	回流教育
數位學習	學習型組織	數位電視	機上盒(Set Top Box)
單頻網(Single Frequency Network; SFN)	高畫質(High Definition)	標準畫質(Standard Definition)	數位內容產業
			挑戰2008:

☞ 查詢結果顯示後，再點選期刊目次服務系統

國家圖書館期刊熱門資訊

'高行健'之查詢結果

🔵 **期刊論文索引系統** 共 109 筆

🔵 **期刊目次服務系統** 共 119 筆

©資料庫著作權人：國家圖書館
系統製作：凌網科技

國家圖書館期刊目次服務系統

<共119筆>，凡資料為紅色者表示該篇文章已獲得著作權人授權，謹致謝忱

1. 從中國土地出發的普世性人鵬:簡述高行健的求索之路
2. 高行健的兩個面目
3. 高行健逃離政治卻被政治化
4. 文學心鏡
5. 界域與戒律之間--走入高行健的<八月雪>
6. 黑色闈劇和普世性寫作--談高行健的新劇「叩問死亡」
7. 「你放下了，也就放下了」--從「八月雪」看高行健的禪劇哲思
8. 八月雪細細下不停--高行健對惠能大師的禮讚
9. 高行健的八月雪 東方歌劇的里程碑
10. 高行健的禪定與禪蛻
11. 一齣全能的戲專訪高行健談「八月雪」
12. 瞭解高行健
13. 雪地禪思--高行健與「八月雪」
14. 獨家深入專訪諾貝爾文學獎得主高行健--冷眼書寫人類價值
15. 藝術界共修「八月雪」--高行健挑戰不可能
16. 新東方戲劇的追尋與實踐--高行健談「八月雪」
17. 莎士比亞也瘋狂：高行健談「八月雪」劃世紀演出
18. 竹科大老闆不迷諾貝爾 祇迷高行健
19. 高行健的第三個夢--「八月雪」開鑼
20. 攀越靈山而見日出--論高行健<靈山>的小說藝術
21. 攀越靈山而見日出--論高行健「靈山」的小說藝術
22. 高行健在西班牙
23. 談高行健「八月雪」
24. 高行健答問記載之商榷
25. 高行健和諾貝爾獎
26. 行跡蘭陽--記高行健先生訪宜蘭之行
27. 黃春明彩繪「來去宜蘭」T恤贈高行健(等十二則)
28. 不同視野--文學家與音樂家的閱讀經驗:高行健VS.陳侶秀,李魁賢
29. 悠遊於閱讀的國度--2000年諾貝爾文學獎高行健談讀書經驗
30. Nobel Laureate Gao Xingjian Comes to Taipei
31. New Cultural Program Gets Boost From Nobel Prize Writer
32. 高行健近作展
33. 異鄉生活專輯
34. 常你在我身邊--幾米為高行健「母親」所畫的故事
35. 從高行健的「靈山」看中國的原始精神文化
36. 生命中不能承受之「重」--解析高行健的<靈山>
37. 高行健--諾貝爾文學獎得主
38. 高行健訪臺行腳及相關評論、訪談篇目
39. 政治乎? 文學乎? --閱讀「高行健現象」
40. 閱讀的理由--我看高行健及其作品
41. 弱勢文化的悲哀--對高行健現象的反思
42. 「高行健藝術」的啟示

　　讀者可任擇一篇顯示其相關之詳細書目資料，另可選擇任何一種期刊之卷期，瀏覽當期之期刊目次。

　　另以國家圖書館期刊目次服務系統進行檢索，其相關畫面如下。

☞ 以作者「林慶彰」作查詢，共計有23筆。

☞ 查詢結果顯示簡目（第一頁）：

▶ 期刊文獻資訊網　　▶ Switch to English Mode

國家圖書館期刊目次服務系統

➥ 簡易查詢　　➥ 指令查詢　➥ 自然語言查詢
➥ 授權書列印　➥ 系統簡介　➥ 回首頁

目次查詢

　　　　　　查詢　　　　清除

查詢模式：　◉精確 ○同音 ○羅馬拼音 ○漢語拼音 ○通用
拼音

篇　名：　[　　　　　　　　　　]　　瀏覽

作　者：　[林慶彰　　　　　　　]　　瀏覽

刊　名：　[　　　　　　　　　　]　　瀏覽

摘　要：　[　　　　　　　　　　]

電子全文：　[　　　　　　　　　]

出版年月：　民國[　]年[　]月–[　]年[　]月

欄間邏輯運　◉AND／○OR
算：

每頁顯示：　[20▾]筆資料

※本系統已併入「期刊熱門資訊」中，不單獨立項供點選查詢。

☞ 點選第一筆資料顯示詳目：

▶ 期刊文獻資訊網　　▶ Switch to English Mode

國家圖書館期刊目次服務系統

❑目次查詢　❑簡易查詢❑指令查詢❑自然語言查詢
❑授權書列印❑系統簡介❑回首頁

詳目式查詢結果　1/1

尚未授權　　　尚未掃描　　❑申請複印
系統識別號　C0311791
篇　　　名　研讀「詩經」的重要入門書
作　　　者　林慶彰
刊　　　名　國文天地
卷期／年月　18:11=215 民92.04 頁17-21
作者再查詢　林慶彰
刊名再查詢　國文天地

二、期刊論文索引影像服務系統

在國家圖書館全球資訊網頁下之「期刊文獻資訊網」中使用頻率最高的一項服務是「期刊論文索引影像系統」，該系統也對外發行光碟版與 Web 版，以供國內外圖書館訂購。以下以實例說明其檢索方法。

☞ 以檢索值「林慶彰」為例之查詢畫面：

National Central Library

| 國家圖書館 | 篇目索引 | 期刊指南 | 期刊論文 | 期刊文獻資訊網 |

中文期刊篇目索引影像系統 從 1994 起

::: 簡易查詢

系統簡介
簡易查詢
詳細查詢
指令查詢查詢
館外讀者如何申
請複印
授權書列印
下載影像瀏覽軟
體
檢索歷程

✎ 本系統由國家圖書館期刊文獻中心建立，合併原中華民國期刊論文索引及影像系統與國圖書館期刊目次服務系統之資料。資料庫收錄台灣及部份港澳地區所出版的中西文期刊報約3,000餘種，提供民國83年以來(近十年)所刊載的各類期刊論文篇目。讓大家藉由期文之篇名、作者、類號、關鍵詞、刊名、出版日期、摘要、電子全文等，查到所需參考新期刊論文，以促進學術研究發展。

✎ 本系統除論文篇目外，民國八十六年以後的資料將陸續提供摘要內容顯示。查獲之論文可以連結國家圖書館數位化期刊影像資料庫以及網路期刊電子全文，提供論文原文傳遞務，您可藉由文獻傳遞申請，即時取得所需參考的期刊論文內容。

✎ 請輸入檢索值，本系統預設同時檢索篇名、關鍵詞、摘要與電子全文四欄位，使用者可設定欲檢索的欄位。

檢索值： 林慶彰

每頁顯示： 20 ▾ 筆資料

檢索欄位： ☑篇名 ☑關鍵詞 ☐作者 ☐摘要 ☐電子全文

查詢結果： 依 出版日期 ▾ 以 ○遞增 ◉遞減 排序

查詢模式： ◉精確 ○同音 ○模糊 ○羅馬拼音 ○漢語拼音 ○通用拼音

☞ 查詢結果顯示（第一頁）：

National Central Library

| 國家圖書館 | 篇目索引 | 期刊指南 | 期刊論文 | 期刊文獻資訊網 |

中文期刊篇目索引影像系統 從 1994 起

::: 查詢結果

系統簡介
簡易查詢
詳細查詢
指令查詢查詢
館外讀者如何申請複印
授權書列印
下載影像瀏覽軟體
檢索歷程

條列式查詢結果．＜共 77 筆＞．目前顯示第 1～20 筆

凡資料前方有 ◨ 者表示該篇文章內容已由國家圖書館掃描保存

凡資料前方有 ◐(無償) 或 ⑤(有償) 授權註記者，表示該篇文章已獲得著作權人授權．謹致謝忱

| 看簡易資料 | 看詳目資料 | 清除註記 | 下一頁 |

		篇　　　　名	作　者	刊　名	出版月年	
	□ 1.	「『越南漢喃文獻目錄提要』補遺編譯計畫」計畫簡介	林慶彰 劉春銀	亞太研究論壇	93.03	◐
◐	□ 2.	經學研究新方向--評林慶彰教授主編＜經學研究論著目錄(1993-1997)＞	丁原基	全國新書資訊月刊	92.09	◐
	□ 3.	研讀「詩經」的重要入門書	林慶彰	國文天地	92.04	◐
◨	□ 4.	「明清文學與思想中之主體意識與社會」國際學術研討會會議報導	林慶彰等主持、蔣宜芳記錄整理	中國文哲研究通訊	91.12	◐
◐	□ 5.	文化宏觀視野與政治褊狹對立--讀＜近代中國知識分子在臺灣＞[林慶彰著 陳仕華主編]的啟示	吳銘能	全國新書資訊月刊	91.12	◐
◨	□ 6.	何楷「詩經世本古義」引用「化書」及其相關問題探究	楊晉龍	中國文哲研究集刊	91.09	◐
◨	□ 7.	舉辦「宋代經學國際研討會」的意義	林慶彰	中國文哲研究通訊	91.09	◐
◨	□ 8.	劉逢祿「左氏春秋考證」的辨偽方法	林慶彰	應用語文學報	91.06	◐
◐◨	□ 9.	林慶彰、劉春銀合著＜讀書報告寫作指引＞略述	吳銘能	全國新書資訊月刊	91.05	◐
◨	□ 10.	中日文史通俗雜誌	林慶彰	國文天地	91.01	◐
◐	□ 11.	林慶彰上編、何淑蘋編輯＜專科目錄的編輯方法＞讀後記	吳銘能	全國新書資訊月刊	91.01	◐
◨	□ 12.	乾嘉學者之義理學座談會--乾嘉學術研究的展望	林慶彰主持、周美華整理	中國文哲研究通訊	90.09	◐
◨	□ 13.	辜鴻銘來臺相關報導彙編	林慶彰編、藤井倫明譯	中國文哲研究通訊	90.09	◐
◐◨	□ 14.	＜日據時期臺灣儒學參考文獻＞[林慶彰編]評介	黃翠芬	東海大學文學院學報	90.07	◐

	□	15. 顧頡剛論「詩序」	林慶彰	應用語文學報	90.06	☯
	□	16. 經學研究的金字塔工程--專訪林慶彰教授	胡衍南	文訊月刊	90.05	☯
○	□	17. 評＜日據時期臺灣儒學參考文獻＞[林慶彰著]--兼論續編「日據時期臺灣儒學參考文獻」的可行方向	翁聖峰	中國文哲研究通訊	90.03	☯
	□	18. 滄桑的十年，不變的理想--回顧「萬卷樓」的艱辛路	林慶彰	國文天地	89.12	☯
	□	19. 介紹＜日據時期臺灣儒學參考文獻＞[林慶彰著]	何淑蘋	書目季刊	89.12	☯
	□	20. 「清乾嘉揚州學派研究」計畫述略	林慶彰	漢學研究通訊	89.11	☯

下一頁

最前頁 l 1　2　3　4 l 最終頁

資料庫著作權人：國家圖書館
Email：國家圖書館期刊文獻中心

☞ 選擇第八筆資料詳目式查詢結果：

National Central Library

國家圖書館 | 篇目索引 | 期刊指南 | 期刊論文 | 期刊文獻資訊網

中文期刊篇目索引影像系統 從 1994 起

::: 查詢結果

系統簡介
簡易查詢
詳細查詢
指令查詢查詢
館外讀者如何申請複印
授權書列印
下載影像瀏覽軟體
檢索歷程

凡資料前面有方有 ◨ 者表示該篇文章內容已由國家圖書館的掃描保存

凡資料前面有方有 ○(無償) 或 ☯ (有償) 授權註記者，表示該篇文章已獲得著作權人授權，謹致謝忱

歡迎各著作權人 授權 國家圖書館，相關問題，敬請洽詢 service@read.com.tw

◨ 複印本文 (◨ 已掃描)

系統識別號	A0216863
篇　　名	劉逢祿「左氏春秋考證」的辨偽方法
作　　者	林慶彰
刊　　名	應用語文學報
卷期／年月	4 民91.06 頁15-28
資料語文	中文
作者再查詢	林慶彰
刊名再查詢	應用語文學報
關鍵詞	劉逢祿; 左傳; 劉歆; 左氏春秋考證
類號再查詢	095.1

National Central Library

國家圖書館　　　篇目索引　期刊指南　期刊論文　　期刊文獻資訊網

中文期刊篇目索引影像系統 從1994起

::: 查詢結果

系統簡介　　　　凡資料前方有 🔲 者表示該篇文章內容已由國家圖書館掃描保存

簡易查詢　　　　凡資料前方有 **○(無價)** 或 🔲 **(有價)** 授權註記者，表示該篇文章已獲得著作權人 **授**

詳細查詢　　　　**權**，謹致謝忱。

指令查詢查詢　　歡迎各著作權人 **授權** 國家圖書館，相關問題，敬請洽詢service@read.com.tw

館外讀者如何申
請複印　　　　　○無償授權☐ 複印本文🔲已掃描

授權書列印　　　系統識別號　　A0137285

下載影像瀏覽軟　篇　　名　　<日據時期臺灣儒學參考文獻>[林慶彰編]評介
體　　　　　　　作　　者　　黃翠芬

檢索歷程　　　　刊　　名　　東海大學文學院學報

　　　　　　　　卷期／年月　　42 民90.07 頁343-350

　　　　　　　　資料語文　　中文

　　　　　　　　作者再查詢　　黃翠芬

　　　　　　　　刊名再查詢　　東海大學文學院學報

　　　　　　　　關鍵詞　　　　日據時期; 臺灣儒學

　　　　　　　　類號再查詢　　128

☞ 點選前筆資料之「關鍵詞──臺灣儒學」再進行查詢，其結果如下（第一頁）：

National Central Library
國家圖書館 ┃ 篇目索引 ┃ 期刊指南 ┃ 期刊論文 ┃ 期刊文獻資訊網

中文期刊篇目索引影像系統 從 1994 起

::: 查詢結果

系統簡介
簡易查詢
詳細查詢
指令查詢查詢
館外讀者如何申請複印
授權書列印
下載影像瀏覽軟體
檢索歷程

條列式查詢結果，＜共 3 筆＞，目前顯示第 1～3 筆
凡資料前方有 🌏 者表示該篇文章內容已由國家圖書館掃描保存
凡資料前方有 ⊙(無償) 或 💲(有償) 授權註記者，表示該篇文章已獲得著作權人授權，謹致謝忱

| 看簡易資料 | 看詳目資料 | 清除註記 |

		篇　　　　　名	作　者	刊　　名	出版月年	
🌏⊙	☐ 1.	＜日據時期臺灣儒學參考文獻＞|林慶彰編篇評介	黃翠芬	東海大學文學院學報	90.07	☯
⊙	☐ 2.	評＜日據時期臺灣儒學參考文獻＞|林慶彰編|--兼論續編「日據時期臺灣儒學參考文獻」的可行方向	翁聖峰	中國文哲研究通訊	90.03	☯
🌏	☐ 3.	由名學走向儒學之路--陳大齊對臺灣儒學的貢獻	沈清松	漢學研究	87.12	☯

最前頁| 1 |最終頁

☞ 再以關鍵詞「臺灣儒學」為例之查詢結果顯示畫面，選擇以「128」分類號（現代哲學）再進行檢索之相關畫面羅列於下，以供參考。

			王雪卿	態		
☐	17.	從中國近代政治文化思想談 李慎之的歷史地位	仲維光	當代	93.06	☯
☒ ☐	18.	論熊十力先生的易學思想	鄧秀梅	華梵人文學報	93.06	☯
☐	19.	成中英哲學思想發展與意義	賴賢宗	書目季刊	93.06	☯
☐	20.	毛澤東與儒家思想	王振輝	靜宜人文學報	93.06	☯

下一頁

最前頁 I 1 2 3 4 5 6 7 8 9 10 +10頁 I最終頁

National Central Library
國家圖書館　　　篇目索引　期刊指南　期刊論文　　期刊文獻資訊網

中文期刊篇目索引影像系統 從 1994起

::: 查詢結果

系統簡介
簡易查詢
詳細查詢
指令查詢查詢
館外讀者如何申請複印
授權書列印
下載影像瀏覽軟體
檢索歷程

凡資料前方有 █ 者表示該篇文章內容已由國家圖書館掃描保存
凡資料前方有 ⊙(無償) 或 ⑤(有償) 授權註記者，表示該篇文章已獲得著作權人 授權，謹致謝忱。
歡迎各著作權人 授權 國家圖書館，相關問題，敬請洽詢service@read.com.tw

█(以個人帳號申請預約複印 或請洽詢各單位館際合作代表人)

系統識別號	A0417587
篇　　名	現代新儒學在英語世界
並列篇名	"Contemporary Neo Confucianism" in the English-Speaking World
作　　者	劉述先
刊　　名	中國文哲研究通訊
卷期／年月	14:2=54 民93.06 頁135-141
資料語文	中文
作者再查詢	劉述先; Liu, Shu-hsien
刊名再查詢	中國文哲研究通訊
關鍵詞	新儒學; 英語世界
類號再查詢	128
網路資源連結	●目次 ●電子全文

　　另沿用高行健為例之期刊論文索引系統中共計有109筆資料，其顯示畫面如下頁，讀者可自行擇一筆查看其詳細的書目資料。

☞ 選擇「高行健」這個熱門人物之期刊論文篇目（第一頁）

國家圖書館
中華民國期刊論文索引影像系統

<共 109 筆>，凡資料為紅色者表示該篇文章已獲得著作權人授權，謹致謝忱

1. 高行健小說<瞬間>之分析
2. 「八月雪」的反思
3. 「你放下了，也就放下了」--從「八月雪」看高行健的禪劇哲思
4. 白雪紛飛何所似？看似無情卻有情--記於「八月雪」之後
5. 靈山不遠--談高行健小說
6. 佛教思想對高行健作品的啟迪--以「靈山」和「八月雪」為例
7. 心靈戲與狀態劇--談高行健的「八月雪」和「周末四重奏」
8. 高行健「八月雪」文本之研究
9. 自由的嚮往與實踐--談高行健的<靈山>與<一個人的聖經>
10. 有戲可演 有戲可看--評<高行健劇作選>[高行健]
11. 從高行健「周末四重奏」談起
12. 比較張水景的<懺覺錄>與高行健的<一個人的聖經>
13. 綜論「八月雪」新世紀戲曲藝術的領航
14. 「八月雪」印象之旅
15. Marginality, Zen, and Total Theatre: Gao Xingjian's August Snow
16. 雪地禪思--高行健與「八月雪」
17. 重新開闢的語言境界--高行健與哈金的區別
18. 男性視角中的女人與性--評高行健<一個人的聖經>
19. 攀越靈山而見日出--論高行健「靈山」的小說藝術（下）
20. 攀越靈山而見日出--論高行健「靈山」的小說藝術（上）
21. 試探高行健「三重性表演」的實踐方法--以第三人稱表演為例
22. 高行健的第三隻眼
23. 高行健印象
24. 意象與詩意--「靈山」的寫意之美
25. 評<高行健與中國實驗戲劇：建立一種現代禪劇>，趙毅衡著
26. 土地、人民、流亡--葉石濤、高行健文學對話[座談會]
27. 蓋一座房子
28. 談高行健「八月雪」
29. 高行健與作家的禪性
30. 拋去桎梏反歸大地--高行健的畫作
31. 重訪桃花源--高行健對「桃花源記」主題的變形與再現
32. 「小說」是什麼玩藝兒--讀「靈山」感言
33. 虛懸於空中的逃難--評高行健的小說文學
34. 昆德拉的新作「陌生」--從昆德拉看高行健
35. 人物乃小說主人--讀「靈山」感言
36. 諾貝爾文學獎的聯想
37. 論高行健的自救策略與小說造作
38. 高行健訪臺行腳和相關評論、訪談篇目
39. 臺灣文學的理由
40. 政治乎？文學乎？--閱讀「高行健現象」
41. 閱讀的理由--我看高行健及其作品
42. 弱勢文化的悲哀--對高行健現象的反思

三、期刊文獻傳遞服務

　　當讀者學會前述的期刊目次與期刊論文索引等系統的檢索技巧，並且查詢到所需要的期刊文獻書目資料，但要如何取得原始文獻資源呢？以下介紹幾種期刊文獻傳遞服務，以供利用，但傳統的透過各圖書館館際合作複印之傳遞方式，本文不擬贅言。茲以國家圖書館遠距圖書服務系統之線上期刊文獻傳遞為例說明。

　　所謂「線上期刊文獻傳遞」，就是使用者或圖書館利用資訊網路技術，向資訊供應者進行線上期刊文獻訂購，進而取得文獻原文、影本、傳真或電子全文的服務。[5] 提供線上期刊文獻傳遞服務的機構，國內外均有，有些機構還利用 Ariel 介面，讀者可以足不出戶的以線上申請方式取得已授權使用的期刊原文文獻。國家圖書館遠距期刊文獻傳遞服務，係採個人會員網路服務方式，凡是查詢所得之單篇文獻顯示畫面上有「已掃描」「申請複印」的圖示，讀者均可點選，並可選擇其傳送方式：線上閱讀與列印、直接線上列印、傳真或郵寄，每種方式之相關費用不一，讀者可以自行選擇，並可以預付儲值款方式付費。其相關的細節規定，讀者可逕行上網查詢。以下以熱門期刊資訊——知識管理為例，顯示其畫面。

---

[5] 吳碧娟：〈期刊資源的利用〉，《國家圖書館終身學習與圖書資源利用研習班資料蒐集方法與利用班研習手冊》，頁90。

圕 ▪ 國家圖書館期刊目次服務系統

<共 646 筆>，凡資料為紅色者表示該篇文章已獲得著作權人授權，謹致謝忱

1. 引領知識價值 知識管理師認證制度
2. 「知識管理與資訊科技」研讀指引
3. 建立知識管理系統--柯火烈統整IBM秘笈
4. 喬鋒科技EDM System為企業知識管理的第一步
5. 藝術表現、創意型知識+管理=價值提昇
6. 知識管理之導入實務探討
7. 作業報導:南投縣政府知識管理e網通平臺介紹
8. 產業巨變 知識管理時代來臨 企業若不變革 只有等死
9. 「個人知識管理與圖書館多元服務專題研習班」研習心得
10. 「個人知識管理與圖書館多元服務專題研習」紀要
11. 知識管理概念於博物館數位典藏工作中的應用
12. 論企業檔案在企業知識管理中的作用
13. 知識管理:理論研究與實踐思考
14. 圖書館知識管理中的隱性知識與轉化
15. 國外知識管理方向學位論文定量分析
16. 論知識管理內容的界定及其技術平臺的搭建
17. 圖書館知識管理有效實施的相關因素研究
18. 基於知識管理的供應鏈管理研究
19. 知識管理模式--高校圖書館參考諮詢服務的發展定位
20. 論知識管理在圖書館的應用
21. 知識的組織與組織的知識--也談"高等院校圖書館的知識管理"并與彭飛同志商榷
22. 圖書館知識管理的基本理念與策略
23. 圖書館新視野:公共知識管理制度
24. 基於企業知識管理系統的知識倉庫研究
25. 試論學習型組織信息保障體系的構建--兼論廣東社科院知識管理系統建設的目標
26. 圖書館自身知識管理的網絡實現
27. 知識管理與虛擬圖書館的優化建設
28. "公共知識管理學"解構--兼與龔蛟騰等同志商榷
29. 臺灣IBM--服務為上的知識管理
30. 探索企業的知識管理架構
31. 知識管理在學校行政組織上的應用
32. 論知識擴散生命周期的知識管理
33. 建設面向知識管理信息系統的實例介紹
34. 論知識管理與圖書館學
35. 資誠會計師事務所--設身連想的次世代知識管理系統
36. 理律法律事務所以關懷、信賴為原動力的知識管理
37. 2004年知識管理國際研討會宏觀VS.微觀智慧資本論增紀實
38. 政府機關應建立知識管理機制
39. 閒聊也可以是一種知識管理
40. 從文獻管理到知識管理--圖書館基本功能的嬗變
41. 知識管理:高校圖書館管理的發展趨勢
42. 圖書館知識管理系統的構建

■ 國家圖書館期刊目次服務系統

複印本文(近六個月之資料請洽詢出版單位或各館際合作代表人)	
系統識別號	C0510531
篇　　名	引領知識價值 知識管理師認證制度
作　　者	陳思圻
刊　　名	能力雜誌
卷期／年月	587 民94.01 頁84-88

| 回上一畫面 | 回期刊熱門資訊首頁 |

四、電子期刊服務

隨著網際網路的蓬勃發展，期刊文獻的出版形式也產生了很大的變革，即電子期刊（Electronic Journals）的問世，讀者在電腦螢幕前彈指間即可瀏覽圖書館所訂購的電子期刊，並且以付費方式取得期刊全文文獻。所謂電子期刊，就廣義而言，是以連續方式出版並透過電子媒體所發行的期刊，包括各種可以電子形式獲取的期刊，如縮影光碟、線上資料庫及網路資源等不同形式；就狹義而言，電子期刊是指學術性的電子期刊，以電子形式連續出版有關智能、科技與科學的研究結果，並藉由電腦網路（如Internet）等傳遞，有些電子期刊則同時提供紙本與電子形式供讀者選擇，但也有僅有電子形式的期刊。[6]

近幾年來，電子期刊迅速發展，目前已有數千種電子期刊在網際網路上提供查檢利用服務，大多數圖書館都已提供免費或訂購之電子期刊文獻服務。部分圖書館也進行館藏期刊文獻的影像數位化計畫，提供過期的期刊館藏資源服務；另也訂購電子期刊館藏，以供讀者使用，但這些數位化或電子化的期刊文獻都須在合法授權下，才可在網際網路環境中無遠弗屆的傳佈。另有些非營利事業機構有計畫的將學術性期刊全文數位化，自創刊號開始處理，其中以JSTOR系統最著稱，目前已在網路上提供近多種主題之數百種西文學術期刊的全文影像檢索服務。電子期刊，無論是過刊或是現刊，在網路環境中快速更新，並即時提供服務，它將成為期刊文獻服務重要的一部分。

---

[6] 郭麗芳：〈網路電子期刊之發展與利用（上）〉，《中央研究院計算中心通訊》第14卷第9期（1998年4月），頁89。

第四節　結語

　　本章的第二、三節以分項說明作區分，實則可以合併敘述，主要是隨著網路資源服務的蓬勃發展，期刊文獻中之指南、目錄、聯合目錄、論文索引摘要、目次、全文及電子期刊等多項資源均已結合於一處，為讀者提供多元化服務，在網際網路環境中經由整合式的介面系統，可將之以智慧指引模式，讓讀者從搜尋資料至取得原文文獻的過程一氣呵成，讀者應善加利用。

　　國家圖書館全球資訊網頁下之「期刊文獻資訊網」中提供了多項的期刊資源，包括期刊論文索引影像、期刊目次服務、期刊出版指南、西文期刊館藏、全國報紙資訊系統、中國文化研究論文目錄、熱門期刊資訊、期刊影像資料庫、線上期刊文獻傳遞服務、我國期刊網站瀏覽以及期刊授權等功能，它是讀者汲取期刊與報紙智慧精華的最佳利器，應該多加利用。另由國家圖書館兼辦業務之漢學研究中心，有關國內外漢學研究論著目錄服務系統，則有「典藏大陸出版漢學期刊目錄」、「兩漢諸子研究目錄資料庫」、「經學研究論著目錄資料庫」及「外文期刊漢學論著目次資料庫」等網路資源檢索服務，請讀者切勿錯失這些重要漢學研究資源。

　　大陸期刊及期刊文獻，也是臺灣地區文史哲研究者與學習者之重要素材，目前在臺灣地區已提供「中國期刊網」的網路資料庫系統查檢服務，該網路系統共計有九大專輯。另在大陸的大學圖書館網頁上也提供了大陸地區的「中西日文期刊聯合目錄系統」，收錄了大陸地區三百個圖書館的八萬種期刊書目與館藏記錄，但必須是會員圖書館才能連線使用。

報紙文獻方面，有些圖書館會將主題式的剪報資料，建立剪輯目錄資料庫，並提供查詢服務。而中央通訊社也提供即時性的剪報系統查詢服務，《聯合報》更是將歷年的報紙數位化並建置成「聯合知識庫」，可提供一般性及專題性的剪報查詢服務，這是除了即時性的電子報外，另一種網路資源的報紙全文文獻檢索利器，社會科學的研究者及學習者應可多加利用。

第五章　利用網路資源蒐集資料

　　身處二十一世紀的我們，電腦及網路是每天耳熟能詳的詞彙，但是要如何善用網路上的豐富資源呢？根據網路媒體之不定期調查統計資料顯示，截至民國九十四年一月底，我國網際網路使用人口已超過一千三百八十萬人，普及率超過六成以上，其中使用寬頻人數有一千零三十一萬人。由此可見，網路資源已成為個人生活、學習與學術研究的重要利器之一。於民國九十年一月中旬公布之圖書館法，在第二條條文中也將網路資源視為圖書館應蒐集之「圖書資訊」的一種，因此針對網路資源的相關課題擬於本章中探討，以下就何謂網路資源、圖書館的網路資源，以及如何利用網路資源蒐集資料等三方面加以敘述。

第一節　何謂網路資源

　　在網際網路（Internet）蓬勃發展的環境中，網路資源是所有在網路中使用設備，提供的服務與傳佈資訊資源的統稱。首先介紹網際網路的定義，其次說明如何利用網際網路。網際網路（Internet）是指利用傳輸控制通訊協定（Transmission Control Protocol，簡稱TCP/IP）將網路與網路連結起來的大型虛擬網路，包括政府機構（.gov）、教育機構（.edu）、商業機構（.com）及一般機構與組織（.org），以及全球資訊網（World Wide Web，

簡稱（WWW）），是全球最大的網際網路。Internet通常是由三個階級所組成：即主幹（Backbone）網路（如UI-tranet）、中階層（Mid-level）網路（如NEARnet）及區域網路（Stub networks），是分散於全球各地的資訊資源寶藏與新資訊交流媒體的總和。

網際網路具有如下五個特色：(1)具有雙向溝通的神奇性；(2)無政府主義者的烏托邦；(3)通信者的快樂園地；(4)活潑的資訊檢索系統；(5)豐沛的資訊發現系統。就網路應用層面而言，Internet的主要功能有三：(1)遠程載入（Telnet）；(2)檔案傳輸（FTP）；及(3)電子郵件（E-mail）。[1]如就生活層面來看，Internet可應用於前述的各種機構與組織，而一般民眾或個人則可經由網際網路環境，彈指間臥遊全球資訊之海，並與全球各個角落的人員與資源發生連結，因此網路已成為我們日常生活的一部分，如何有效的掌握與利用網路資源則成為個人研究與學習的重要資訊素養之一。

網際網路中藏有豐富的資源，但要如何利用呢？首先必須具備使用網際網路的基本知識：即操作主機的作業系統與編輯系統，連線的方法及網路位址的識別；及基本的配備：即一部PC、數據機、網際網路服務提供者（ISP）、資訊網瀏覽器（Web Browser，如Netscape、Internet Explorer-IE）。[2]

目前網際網路上所提供的服務與功能，可區分三類：(1)資料傳遞功能（包括Telnet, FTP及E-mail）；(2)互動式討論功能（包括BBS, Mailing List及Netnews）；(3)公告式資訊系統（包括Gopher及WWW）。前述這些詞彙已成為我們日常生活用語，而

---

[1] 楊美華：《網路資源的利用》（臺北市：國家圖書館，1999年），頁7～8。

[2] 楊美華：《網路資源的利用》，頁8～10。

且每天都在使用。

　　另網際網路服務提供者之服務項目相當多樣性，可區分為：(1)撥接／專線服務；(2)檔案傳輸服務；(3)遠程載入服務；(4)電子郵遞服務；(5)全球資訊網；(6)資料庫服務；(7)多人交談系統；(8)網路論壇；(9)電子佈告欄；(10)檔案搜尋服務；(11)Gopher資訊服務系統；(12)網頁設計；(13)硬體設備服務；(14)軟體工具服務；(15)顧客技術服務諮詢等項。臺灣地區的二大ISP為SEEDNet與HiNet，主要是要將客戶家裡的電腦與網際網路之間連線起來，凡是申請帳號者均可自由自在的遨遊於Internet間。

第二節　圖書館的網路資源服務

　　對網路資源所涵蓋的定義與範圍之後，當你撰寫讀書報告時，就應該善加利用，尤其是圖書館的網路資源服務。在前述的第二至第四章間，也曾多次論及的資訊服務檢索系統（包括公用目錄查詢、資料庫檢索等），本節不再贅述，以下謹就圖書館的網頁設計內容與圖書館的網路資源服務作一綜合性的敘述。

　　通常各類型圖書館在全球資訊網上都有網頁（Homepage）設計，其功用在揭示圖書館的館藏資源與所提供的服務，其內容大致包括下列幾項：(1)圖書館導覽；(2)館藏查詢；(3)讀者服務通告；(4)資料庫檢索服務；(5)電子書、電子期刊服務；(6)文獻傳遞服務；(7)特藏資源服務；(8)網路資源；(9)佈告欄；(10)建議及交流服務；及(12)其他（如出版品等）。以下擷取幾個網站之內容，以供參考。

1. 國家圖書館全球資訊網：蘊含豐富的各類型資料庫檢索服務，
其畫面與網站指南如下：

 國家圖書館
National Central Library

⊙ 資料庫整合查詢 ○ 網頁整合查詢 查詢 [English]

- 華文知識入口網
- 國家圖書館館藏目錄系統
- 全國圖書書目資訊網
- 全國新書資訊網
- 期刊文獻資訊網
- 全國博碩士論文資訊網
- 走讀台灣

- 政府文獻資訊網
- 臺灣記憶系統
- 臺灣概覽系統
- 當代文學史料影像系統
- 古籍文獻資訊網
- 漢學研究資訊網

- 電子資源
- 公共圖書館共用資料庫
- 遠距學園
- 資圖資訊網
- 遠距圖書服務系統
- 新書選購資訊網

......請選擇資料類型......

- 本館將於94年4月1日（週五）下午2：
00－5：00，在本館文教區421教室

更多消息...

☞ 點選全國博碩士論文資訊網，它是使用全國博碩士論文的最佳網站。

進階查詢

✍ 共收集 論文全文 67944 筆／博士全文影像 13155 筆／摘要 290947 筆

請輸入檢索字串：

	不限欄位 ▼	and ▼
	不限欄位 ▼	and ▼
	不限欄位 ▼	搜尋

限制條件 (limit to)

檢索符合率 100 ▼ ％   學位類別 (ty) ▼

學年度 (yr) ▼ 至 ▼ ☐ 最新資料

記錄包含： ☐ 電子全文 ☐ 全文編號

檢索結果

[檢索策略功能表]

編號	檢索策略	篇數
-	-	

☞ 點選當代文學史料影像全文系統：

當代文學史料影像全文系統

作家查詢　查詢｜瀏覽

詳細查詢

文藝影片查詢　名句查詢

翻譯查詢　傳記查詢

作品查詢　評論查詢

翻譯文獻、名句及歷屆文學獎得獎紀錄。

照片、著作年表、作品目錄、評論文獻、

約兩千位之基本資料及其生平、

本系統收集五十位……

※行政院文化建設委員會 贊助本系統

※資料庫著作權：國家圖書館

收錄原則　原文取得　作家必看

124

☞ 以作家「林海音」查詢之畫面如下：

當代文學史料影像全文系統

本系統收集五十□□□□□代文學作家
約兩千位之基本資料及其生平、
照片、著作年表、作品目錄、評論文獻、
翻譯文獻、名句及歷屆文學獎得獎記錄。

作品查詢　評論查詢
翻譯查詢　傳記查詢
文學影像查詢　名句查詢
詳細查詢

作家作詢　林海音　查詢　瀏覽

※行政院文化建設委員會贊助本系統

※資料庫著作權：國家圖書館

收錄原則　原文取得　作家必看

☞ 以作家林海音為例，查詢所得之基本資料畫面如下：

 當代文學史料影像全文系統

作家基本資料詳目式查詢結果

再查詢	作品查詢，評論查詢，翻譯查詢，傳記查詢，名句查詢
姓名	林海音
性別	女
生年	民國 7 年 03 月 18 日
卒年	民國 90 年 12 月 01 日
籍貫	臺灣省苗栗縣
本名	林含英
學經歷	生於日本，長於北平，畢業於北平世界新聞學校，曾任北平世界日報記者、編輯。光復後返回臺灣，任國語日報編輯，聯合報副刊主編（民４２－５２年），致力發掘優秀寫作人才，對臺灣現代文學的推展極有貢獻。編輯之餘，同時從事散文、小說、兒童文學之創作。並曾受聘於省教育廳及國立編譯館編輯兒童讀物與編寫小學國語教科書，於語文教育出力不少。民５４年應美國國務院之邀請，訪問美國，研究兒童讀物。民５６年，創辦純文學月刊，次年，創辦純文學出版。四十餘年，林海音與其作家丈夫何凡（夏承楹）從事編輯、寫作、出版三項工作，從未間斷，對臺灣現代文學的推展，深具影響。
寫作風格	從民國四十四年出版第一本散文集《冬青樹》迄今，林海音的寫作從未間斷。她的作品從舊時代寫到新社會，對於轉型階段婦女在愛情與婚姻中的處境，有極深刻的探討。由於她客觀的態度、細膩的觀察和收放自如的文字，使得她的故事「藝術性很強，感動人而不瑣碎」〈齊邦媛〉。八0、九0年代所寫的散文，在憶述中呈現了臺灣文壇的變貌，有很高的歷史價值。此外，她也是個優秀的兒童文學作家。
照片	第1頁， 第2頁， 第3頁， 第4頁， 第5頁， 第6頁， 第7頁，第8頁， 第9頁， 第10頁， 第11頁， 第12頁， 第13頁， 第14頁，第15頁， 第16頁， 第17頁， 第18頁， 第19頁， 第20頁
手稿	第1頁， 第2頁
著作年表	第1頁， 第2頁
得獎記錄	作品： 獎名：五四獎 年度：88

回到 [作家 | 作品 | 評論 | 翻譯 | 傳記 | 名句 | 文學獎 | 首頁] 查詢畫面
※行政院文化建設委員會贊助本系統推廣計畫
※資料庫著作權人：國家圖書館

☞ 點選華文知識入口網查詢之畫面如下：

🌏 關於本站　📧 意見信箱　🔄 網站地圖　🏠 國圖首頁

華文知識入口網

你的IP位址是：140.109.24.254　　　常見問題　　意見調查　　館員專區　　使用說明

■ 整合查詢　❓

國內圖書館館藏目錄 ｜ 國家圖書館資訊系統 ｜ 出版資訊系統

請輸入查詢詞：［　　　　　　　　　　］　查詢

熱門查詢詞：　論文，碩博士論文，知識管理，百科全書，書
目，護理雜誌，erp，考古題，教育，電子商務，
索引，

國圖常用資料庫：

☑ 中文期刊篇目索引影像系統　　☐ 全國博碩士論文資訊網
☑ 全國新書資訊網　　　　　　　☑ 全國圖書書目資訊網
☑ 國家圖書館館藏目錄系統　　　☑ 臺灣記憶系統

資料庫查詢排行

▷ 全國博碩士論文資訊網（查
▷ 國家圖書館館藏書目資料庫
▷ 全國圖書書目資訊網（查詢
▷ 全國新書資訊網（查詢次數
▷ 中華民國期刊論文索引影像
73592）

» 其他資料庫排行

最新消息

» 其他消息

■ 網站指南　　網站搜尋：［　　　　　　　］

搜尋範圍：☑ 關鍵詞　☑ 網站名稱　☑ 內容描述
尋找

綜合
綜合　入口網站　臺灣
研究　古籍研究　漢學
研究　鄉土資源

參考工具
字典　百科　地理資源
名錄　手冊　年鑑統計
傳記年表　書目

圖書出版
出版商　資料庫廠商
網路書店　圖書館

哲學宗教
各派宗教　宗教資源

電腦網路
資訊安全　資訊教育
資訊團體　網路服務
電腦學習

自然科學
地球科學　環境科學
天文學　生物學　農業
學

醫藥保健
醫療保健常識　醫學教
育及醫療法規　特殊醫
療保健　醫療機構

商業經濟
組織機構　稅務法規
商情資訊　教育及名詞
其他

教育資源
教育資源　各級教育
機構名錄　考試資源
論文寫作　博碩士論文

政治軍事法律
人權　公共服務　兩岸
關係　政治活動　軍事
國防　國家政府　國際
關係　法律

歷史地理
人文地理　區域地理
台灣歷史　世界歷史
專史　史學研究機構

語言文學
臺灣文學　古典文學

127

2. 國立臺灣大學圖書館網頁之畫面如下：

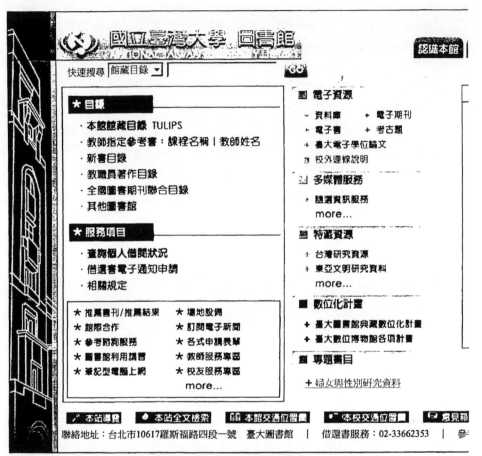

3. 淡江大學覺生紀念圖書館網頁之畫面如下：

 淡江大學覺生紀念圖書館
Tamkang University Chueh Sheng Memorial Libra.

·查尋館藏及借閱記錄·教職員著作目錄·淡江出版期刊·學術傳播·歐盟文獻中心·海博館·站內

- 圖書館簡介
- 讀者服務
- 圖書館館藏目錄
- 報紙與新聞資源
- 電子資源與期刊
- 考古題
- 圖書館網站

訊息公告
>> 開館時間
>> 影片欣賞
>> 新進館藏
>> 圖書館講習訊息
>> 試用資料庫

諮詢與建議
>> 常問問題
>> 你問我答
>> 舉薦與建議
>> 介購新資料
>> 電子資源建議

最新消息....more

94/03/18	圖書館將舉辦「蒐集資料的方法」講習，詳見
94/03/01	新增電子資料庫：Naxos Music Library 、Naxos S Library，歡迎大家踴躍利用。
94/02/18	新增電子資料庫：Scopus，自2月1日起訂，歡迎 用。

本網頁僅支援IE 5.0及Netscape 6.0以上的瀏覽
器，最佳觀賞解析度為800*860或1024*768。列
印網頁請以IE5.5或Netscape 6.0以上的瀏覽器。

淡江大學覺生紀念圖書館 / 更新日期：2005/03/24 AM 10:06:31

台北縣淡水鎮25137英專路151號
電話:(02)26215656 ext. 2287
傳真:(02)2622-6149

維護人員：數位資訊組黃鈺琪
電話:(02)26215656 ext. 2487
傳真:(02)2620-9920

參訪人數: 036160
線上人數: 000000

由前述的幾個圖書館網頁的內容設計，可將其網路資源區分為下列幾種類型：(1)館藏目錄與虛擬聯合目錄查詢；(2)線上資料庫；(3)期刊文獻服務（含電子期刊）；(4)快速參考工具資料；(5)網路資源指南與檢索工具；(6)電子論壇；(7)政府資訊；(8)生活資訊；(9)文教資訊；(10)休閒旅遊資訊；(11)終身教育；(12)網路書店等。[3]讀者可依實際需求，進行搜尋，其中以虛擬館藏目錄與資料庫檢索服務之使用頻率最高。此外，政府網路資源網（http://gisp.gsn.gov.tw/）也蘊含了豐富的政府資訊資源，社會科學研究者應可善加利用。

---

[3] 楊美華：《網路資源的利用》，頁46～47。

☞ 行政院研究發展考核委員會之「政府網路資源站」畫面如下：

政府網際服務網
GSN

優質台灣
創新政府
e-Learning 導讀

最新消息

NEW! 九十四年『政府網際服務網』委外服務說明書(草案)公開瀏覽，請點此下載。相關建議事項請填具建議表，並E-mail至本案承辦窗口：行政院研究發展考核委員會蘇高級分析師 lucky@rdec.gov.tw。(建議事項收件截止時間：2005/3/31 17:00)

NEW! 本年度『政府網際服務網』委外服務合約至94/5/31終止，94/6/1起，將依據重新委外招標結果，由新得標商依據新合約逐步承接移轉，相關服務及費率均依新約辦理。

NEW! 即日起 GSN /GSN VPN 全面提供 E1 專線供裝，月租費用仍比照 T1 專線收費(升速異動費 11,500 另計)。申請單位請於申請書速率欄位選取 2048k bps。E1 專線接取介面為 V.35 (與其他速率專線相同)，用戶路由器能否支援 E1 速率請逕洽設備供應商。

NEW! GSN 新版網頁郵件系統啟用，網址 http://www.gsnms.gov.tw，歡迎各機關多加利用。GSN 新版網頁郵件系統 (Webmail) 操作使用說明下載。

NEW! GSN 光纖網路連線服務 (FTTB) 已可受理申請，現階段可供裝地區如下：台北、台中、高雄、桃園、新竹、宜蘭、苗栗、南投、台南、花蓮、嘉義。...more

NEW! GSN 主機代管收費標準：除研考會核准之申請案外，一律部分收費。
收費方式如下：
1. 機箱月租費予定價五折優惠 (每單位原價 6000，GSN 優惠價 3000)。註：每單位 寬 48 cm * 高 30 cm * 深 90 cm。
2. 頻寬月租費同 GSN IDC 用戶，免費。

NEW! 已申請 GSN 目錄服務之各機關人員名冊。

NEW! 如欲申請 GSN ABUSE SECURE 電子郵件帳號請至：http://rs.gsn.gov.tw/gsn_index.htm

NEW! GSN 電路月租費五折優惠至 91/12/31 止，自 92 年起，ADSL 電路月租費以中華電信公告價格八折優惠，E1 速率以下專線 (含 E1) 每月電路月租費以中華電信公告價格六八折優惠，T3 專線每月電路月租費以中華電信公告價格七七折優惠，第一次安裝撥線費或異動設定費並無折扣。

>>> GCA：訂於 93.1.1 起停止簽發政府機關 (單位) 憑證及伺服器應用軟體憑證，原已簽發憑證繼續使用到效期到期為止，憑證申請可改至新版 GCA 網站。
➤ 其他 GCA 最新消息

>>> GSN-CERT/CC：弱點通告：Symantec 客戶端防火牆可能遭受拒絕服務攻擊 (DoS Attack)。
➤ 其他 GSN-CERT/CC 最新消息

、GDS：各機關目錄管理人員與應用系統管理人員標準作業流程一覽。
➤ 其他 GDS 最新消息

右側選單：

單一服務窗口
固接連線服務
ADSL 連線服務
撥接連線服務
光纖網路連線服務 (FTTB)
電子信箱服務
虛擬郵遞主機
虛擬網站主機
視訊會議群網
CoLocation 服務
虛擬專用網路(VPN)
網路電話服務
無線區域網路服務

GSN 訓練服務

SPAM 及病毒掃描區

GSN 推動計畫
GSN 推動現況
GSN 管理規範
GSN 申請須知
GSN 網域名稱註冊規範
GSN 各項服務說明
資訊安全管理
GSN 客戶服務系統
GSN 常見問題集

故障維修服務
各機關聯繫管道及問卷調查

相關連結
○ 電子政府
○ 縣路村里
○ 政府簡介
○ 出版品網
○ 出國報告
○ 偏遠地區上網推廣
○ 檔案下載
○ 電子簽章法

GCA
政府憑證管理中心

GSN-CERT/CC
政府網路危機處理中心

GDS
政府目錄服務

GOID
政府機關物件識別碼服務

最佳瀏覽解析度 800 x 600
24小時客戶服務專線：0800-080-612
連絡地址：台北市信義路一段21號數據通信大樓14樓政府網際處
主管單位：行政院研究發展考核委員會
營運單位：中華電信

第三節　如何利用網路資源蒐集資料

　　前述第二節所提及的各個圖書館的網頁，可以說是知識入口網站，通常是將相關的網路資源分類整理與呈現，讀者依指示在本網站或跨網站中進行資料搜尋與檢索，即可在浩瀚的網路資源查得所需的資訊。但要如何利用網路資源來蒐集資料呢？以下以「中央研究院圖書館服務」網頁中的網路資源為例，歸納其蒐集資料之利器：(1)搜尋系統；(2)學術研究機構錄；(3)群體論壇；及(4)網路書店。以下就搜尋系統再加以說明，在中央研究院的網頁上將之區分為中文、英文及整合式搜尋引擎（Meta-search engines）等三大類，其詳細包括項目如下頁所附畫面。

網 路 資 源

[Meta- Search Engines]

中文搜尋引擎

▶ GAIS搜尋引擎

GAIS WWW 網 頁 搜 尋 引 擎 ， 涵 蓋 了 台 灣 大 多 數 WWW 站 的 網 頁 ， 提 供 全 文 檢 索 的 功 能 。 目 前 GAIS 搜 尋 引 擎 索 引 了 國 內 外 約 20000 個 WWW 站 ， 總 數 近1300 萬 筆 網 頁 。

▶ Google搜尋引擎中文

提供全球網頁的搜索功能，可搜尋任何語文。其中文Google搜尋引擎可選擇搜尋所有網站或限定繁體中文網站。目前索引了1億多頁的網頁資料。

▶ Lycos Asia

Lycos Asia 是Lycos Inc建置之入口網站，透過新加坡、中國、台灣、香港、印度以及東南亞等九個國家地區、十一個入口網站的成立與整合。

▶ MSN 台灣網頁

MSN 是 Microsoft 所屬的網站搜尋引擎網站，除了可以搜尋 網頁資源外亦可下載到 Microsoft軟體相關資訊。

▶ Openfind台灣網路資源搜尋

Openfind 提供網上查詢搜索服務，而以中文網頁全文檢索和台灣 BBS 文章檢索爲主。其檢索功能可依分類、網頁、網址、bbs等需求加以檢索。其分類目錄提供台灣、香港及大陸等三種版本。

▶ Yahoo!奇摩

Yahoo!奇摩 收集了繁體、簡體及其他語言的網站。繁體網站做爲查詢的預設值，亦可選擇繁體與簡體網站一起檢索。Yahoo!奇摩提供Google搜尋網頁技術來輔助搜尋資料。

▶ Yahoo 中文

Yahoo! 中文隸屬美國Yahoo 分站，是 Yahoo! Inc. 爲中文讀者所開發的網站目錄，它收錄 了全球資訊網上的中文網站，包括國標碼簡體字、大五碼繁體字及圖形中文等。 其資料庫由人工建立的，由專業的人員 來分類網站資源而不用機器分類。

▶ 新浪網

133

新浪網搜尋引擎目前蒐集有BIG5碼中文網站、GB碼中文網站及英文網站，目前擁有美國、台灣、大陸、香港四地的網站，並將擴至其他華文市場。提供24小時及時新聞內容，包括財經、搜尋引擎、交友、生活、娛樂等全方位生活資訊。

▶ 蕃薯藤

國內第一個搜尋引擎，提供繁體、簡體及英文版本。蕃薯藤蒐集台灣、香港、大陸…等華文世界的繁體與簡體網站約20萬個，並以人工的方式對所搜集的網站做的描述，以利使用者能快速找到符合需求的網站。並提供「關鍵字查詢」及「分類瀏覽」的功能並 提供Google搜尋網頁技術來輔助搜尋資料。

英文搜尋引擎

▶ Alta Vista

主要提供全球網頁的搜索功能。支援英、中、日等文字。提供新聞、圖片、MP3等搜尋服務。並提供過濾內容的功能。

▶ AOL Search

美國大型媒體網絡公司，其網站上提供多種不同的資訊，提供類目、網站、黃頁等搜查功能。其前身為AOL NetFind 。

▶ Excite

search reviews 的選項，其想法是提供給使用者一個指南手冊，也就是該公司蒐集了一些位址站，從中搜尋欲找的相關主題來提供給使用者，速度上比較快，另外那些站也可能是全部搜尋中比較有參考價值的站。

▶ HotBot

非常好用的搜尋引擎，可以幫你把查找的結果依日期排列或依媒體的形式排列。

▶ Go

商業性的網路資源檢索工具，它跟其他的搜尋引不同之處在於必須付費檢索。收錄範圍包括網頁資源、網路討論社群、電腦方面的出版品、健康醫學資訊、以及即時新聞等，原為InfoSeek。

▶ Lycos

提供類目、網站、圖像及音效檔案等多種檢索功能。並對網站的描述簡明扼要，另外，提供搜索圖像和音效檔案之功能亦不錯。

▶ Yahoo

全世界第一個搜尋引擎，提供英、中 、日、韓、法、德、意、西班牙、丹
麥等10餘種語言版本。除了可以依關鍵詞彙檢索網頁資源的功能外，還有
提供詳盡且多元的主題分類索引指南，讓使用者方便使用。

整合式搜尋引擎 (Meta-Search Engines)

所謂Meta-Search Engines，即提供檢索者能同時檢索數個搜索引擎的機制，以擴大
檢索的範圍，使檢索者能同時獲得不同搜索引擎之資源。

▶ Chubba

可設定檢索範圍於Web、Dictionary、Encyclopedia及Weather等四種不
同類型，並同時檢索AltaVista、 Excite、 GoTo、 Infoseek、Lycos、
Webcrawler等搜尋擎。

▶ ProFusion

AltaVista、InfoSeek、 LookSmart、Excite、 Magellan、
WebCrawler 、GoTo、 AllTheWeb/FastSearch及Yahoo等搜尋引擎。
並提供主題分類的清單，依不同的主題建議的可檢索的搜尋引擎。

▶ Ixquick

可同時檢索 AOL、 Live Directory、 AltaVista、LookSmart、
Excite、 Lycos、 MSN、 GoTo、 Hotbot、WebCrawler、 Infoseek及
Yahoo等搜尋引擎。可設定檢索資料的範圍於Web、新聞、MP3或圖片。

▶ MetaCrawler

MetaCrawler 可同時檢索AltaVista、Excite、 Google、 GoTo、
LookSmart、 Lycos、 MetaCatalog 及WebCrawler等搜尋引擎。可設定
檢索的資料類型如Audio/MP3、影像、URL、新聞群組等。

[中文搜尋引擎]

AS·CC 您是自2000年10月16日起第 **21684** 位訪客
中央研究院計算中心

135

讀者可自行選擇較為熟悉的搜尋系統進行網站、網頁及新聞等網路資源的檢索，但由於檢索技術的精進，採用了模糊理論（Fuzzy）與同音字查詢，常常會檢索出一些啼笑皆非的資訊，使用時不可不慎。

善用館藏目錄查詢系統與線上資料庫，以協助查找所需的書目資訊或期刊文獻資源，通常在圖書館的網頁上都會詳細羅列出其中西文資料庫（包括自建的資料庫與全文系統）的清單，包括資料庫名稱、主題簡介、收錄資料年代、使用者介面與使用對象，讀者可據此進行連線查詢或親赴該館使用，尤其是限於內部網路（Intranet）資料庫。以下為中央研究院所羅列的中文資料庫清單，敬請讀者多加利用，以供參考。但要提醒讀者的是，網路資源猶如天空中「滿天星斗」，但如何辨識出找尋正確方向的「北極星」，則是最為重要。因此，如何有技巧的搜尋到既好又是有用的優質網路貨源，則是每位讀者應該學習的，以免在浩瀚的資訊之海中滅頂而不自知。另更重要的是，要向專家學者多多請益，經由學術研究專精人士的指導，除可以很快的確定研究主題與查找需用資訊的方向外，並可節省不少寶貴的時間。切記，網路不是「萬能」，但身處資訊社會的我們，沒有網路卻絕不會有「萬萬不能」的窘境。

根據謝寶煖教授的研究，在明尼蘇達大學圖書館資訊素養網站中之「研究過程與資訊資源」項目，將研究過程與蒐集資料區分為七個步驟：(1)選擇研究主題；(2)建立研究策略；(3)構建關鍵字檢索策略；(4)用圖書館線上目錄；(5)查檢期刊；(6)利用網路資源；(7)利用資料（即書目格式）。[4] 前述的這七個步驟，也可以應用於撰寫讀書報告方面，因此大學生對自己本校的圖書館

---

[4] 謝寶煖：〈大學圖書館資訊素養網站之研究〉，《圖書與資訊學刊》第30期（1999年8月），頁23。

網站應深入了解與熟悉，以便將來能運用自如，每次進行網路資源搜尋，都可以獲致滿意的結果。筆者常常利用網路環境中豐富的各項網路資源，為專家學者撰寫文章需要而查檢到許多重要又新穎的文獻，或是為國內外的圖書館同道，解決難度頗高的網路資源檢索問題。由此可見，若能有效的掌握網路資源，可以獲取相當豐碩的多元資訊，以供參用。讀者若想加強自己的資訊素養，建議可多多使用國家圖書館的遠距圖書服務。

〔一至十劃〕

資料庫名稱	主題簡介	收錄年代	
IT IS產業資訊服務網	提供目前產業的相關資訊	〔每週〕	
人力資源調查資料(主計處)	含人力資源調查(收錄自67年1月至90年5月止，共計280次調查)與14種人力資源附帶專案調查。	1978~2001	
人大書報目錄索引	收錄1978-1997年二十年間計52萬篇文獻號,標題,作者,專題名,專題號,期刊類別,年份,期號,頁號等.		
人大書報全文光碟	收錄1995年至今人大全文複印資料,資料數量每年達1億5千萬字		
人民日報五十年圖文光碟資料庫	人民日報為中國之官方報刊,要瞭解中國近代史,人民日報為一重要的參考資料。此資料庫高達上億中文字,一百一十餘萬則標題及剪報資料,約二十萬版全版影像。	1946-1995	第
九十年代	「九十年代」月刊1970年2月創刊於香港，原名「七十年代」，1984年更名為「九十年代」，1990年5月同時發行台灣版，1998年5月休刊。「九十年代合訂本光碟」收錄「九十年代」第1期至第340期的所有版面文件。	1970-1998	
中文博碩士論文索引	臺灣各大學博碩士論文所索引。包括部份香港地區博碩士論文		
中文報紙論文索引光碟資料庫	台灣發行中文紙,酌收香港報紙,以社會科學為主		
中央日報全文影像資料庫	涵蓋中央日報民國17年起之標題索引及全版影像資料,其中民國85年起影像檔案併入即時標題索引資料庫中整合查詢	1928-	

中華日報影像片	立足台南，放眼台灣，胸懷大中華，寰宇全天下，是「中華日報」基本立場，在全國唯一擁有九個版大台南新聞的報紙，涵蓋食衣住行育樂各類新聞，南市府會及南縣府會版，完整報導政府施政、議員問政、全民參政新聞，扮演上情下達、下情上達的橋樑；南市采風及南瀛鄉情兩版，報導內容以區里、寺廟、景點為主，深入基層；台南鄉親介紹地方人物；台南民生版是生活上的最佳指南；台南文教版包含校園新聞、藝文活動導覽；台南萬象版揚棄其他平面媒體對社會新聞的狹義定義，除了負面性的報導外，中華日報特別著重社會現象的觀察與探討，社會問題的剖析與導正。	民國85年-93年9月
中華法律網資料庫		
中華民國期刊論文索引系統 WWW 版	收錄發表於中華民國台灣、香港、澳門及新加坡地區出版的學術期刊之 中外論文篇目	1970-Present 每季
中國大百科全書	收錄人文學科、社會科學、自然科學三大類，共六十六個知識學門。共約八萬個詞條、一億三千萬字、五萬幅圖表。	1982-
中國國家法規數據庫	包括大陸全國人大法律、國務院行政法規、最高人民法院和最高人民檢察院司法解釋、各地方性法規和地方政府規章及中國參與的國際條約等。從中央到地方、從法律規章到通知、解釋、契約範本等廣泛蒐羅。	〔每月〕
中國期刊網	中國期刊網範圍涵蓋所有學科，共分九大專輯：理工(A、B、C)、文史哲、經濟、法律、教育與社會科學、農業、醫藥衛生、電子與 信息科學。	1994-Present

古今圖書集成Web版	「古今圖書集成」書原名「古今圖書匯編」，初稿完成於清朝康熙四十五年 (1706)，編竣後聖祖賜名「古今圖書集成」。全書共一萬卷，目錄四十卷，初版以武英殿聚珍銅活字刊行，共印六十四部，後又有石印大字本、鉛印扁字本及影印本行世。 全書根據天文、地理、人、物、理學、經濟，分為曆象、方輿、明倫、博物、理學、經濟等六彙編，把從前中國讀書人所提的「學問之道」，幾乎全包括了。每彙編之下再分若干典。曆象分乾象、歲功、曆法、庶徵4典；方輿有坤輿、職方、山川、邊裔4典；明倫包括皇極、宮闈、官常、家範、交誼、氏族、人事、閨媛8典；博物有藝術、神異、禽蟲、草木4典；理學分經籍、學行、文學、字學4典；經濟包括選舉、銓衡、食貨、禮儀、樂律、戎政、祥刑、考工8典。共計	
古今圖書集成仿真版檢索程式安裝說明	32典。每典之下再分若干部，計有6117部。每部先列匯考，紀述大事，引証古書，詳其源流；次列總論、圖表、列傳、藝文、選句、紀事、雜錄、外編等項。各部視具體情況收錄若干項。本書字數約一億七千萬字，萬餘幅圖片，引用書目達六千多種，分類細致、體例完善，匯編、典、部及下列各項，經緯交織，條理清晰，是中國現存最大的類書，國外學者稱之為「康熙百科全書」	
四庫全書 NEW		
四庫全書 檢索程式安裝說明	暫停使用	
四部叢刊	《四部叢刊》是二十世紀初由著名學者、出版家張元濟先生纂集多種我國古籍經典纂輯而成。該書共計收書477種,3,134冊、近9,000餘萬字最大特色是講究版本，是繼《四庫全書》後之另一古籍電子版鉅著。	
光華雜誌	收錄自1976年1月起至2000年12月止共25卷300期之光華雜誌全文資料。	1976~2000

台法月報		
台灣人物誌（上中下合集）	內容以日治時代人物爲主，範圍爲人士鑑、月旦評、地方大觀、學經歷傳、期刊雜誌、臺灣人士鑑、臺灣人物展望、臺灣大觀、臺灣人物誌等文獻。	
台灣時報	「臺灣時報」可說是日治時期最長壽、影響最深遠的期刊。於明治31年（1898）10月發行機關刊物《台灣協會會報》。至明治40（1907）年2月時「台灣協會」改組爲「東洋協會」。於明治42年（1909）1月創刊，並且命名爲《臺灣時報》。這份刊物從明治42年（1909）年1月發行，至大正8年5月停刊，總計發行113期。「東洋協會台灣支部」創辦這份刊物，其目的不只是「會員通訊」，更具有強烈的企圖心，慨然有左右輿論、引領風潮之志。在《臺灣時報》創辦的當時，台灣島內的主要媒體有日刊報紙四種、期刊十多種。	
台灣日誌	以日本統治臺灣時期爲斷限，擷取各種官方及民間發行的報紙、期刊和書籍中的各種記事，編輯成爲一個綜合的大事年表資料庫。其中收錄的材料來源超過50種，總條目數更高達5萬筆以上。	1895~1945
台灣地質文獻查尋	有關台灣地質的文獻目錄	1849-1990
台灣當代人物誌	「台灣當代人物誌」資料庫的蒐羅範圍，年代從（西元1946年）至現代，共計收入八萬筆。人物以臺灣地區（含外島）爲範疇，不論人物身份的懸殊，不做篩選地將各行各業、各個地方人士一併納入。資料庫蒐羅範圍包括選舉公報或選舉名冊、各類名錄及其他有人物資料的書籍。　紀錄人物的資料散見於各種書籍之中，資料本身容易被忽略，甚至佚失。本資料庫將零散的人物資料蒐集，統整內容，並且可以透過檢索功能迅速查找資料，爲使用者提供方便又有效率的服務。	
台灣醫學會雜誌	收錄的範圍從創刊號至太平洋戰爭結束前最後出版的第480期，涵蓋日治時期之醫學、人文及原住民論述。	1902-1945 明治35年-昭和20年

全國科技資訊網路(STICnet)	提供國內科技及學術人員迅速便捷的理、工、醫、農、人文、社會等領域線上資訊檢索服務，	
作家執筆者人物	明治以後活躍於日本的作家、評論家、專欄作者等其他作者個人資料。	
近代中國	收錄「近代中國」第1期至第130期的所有版面文件。	1977-1999
東吳大學中文法律論文索引資料庫	同時包括「期刊文章」、「報紙專論」、「學術論文」三種資料型態之專業法律學術檢索系統，另也收錄大陸法學期刊論著之資料。所收錄之期刊以富學術參考價值之法學相關著述為主，一般社論及政治議題類之文章則審慎收編。另亦收錄以社論、社評、專文、讀者投書為主的法律相關報紙專論以及國內法律研究所、公共行政研究所、大陸研究所等畢業博碩士論文。	1963-2002
即時報紙標題索引資料庫	內容涵括中時,聯合,經濟,工商,民生,自由,星報等國內重要報紙標題 注意：可瀏覽全文影像範圍僅限2000年中國時報, 經濟日報, 聯合報全國及地方版;其他年度各報僅提供標題索引	
美國19-20世紀初駐廈門領事檔案	「廈門領事檔案」是由美國國家檔案局(National Archives)所收藏的珍貴微縮捲資料，共分15捲，涵蓋了1844~1906年美國駐廈門領事館提交給美國國務院的政府公文，檔案都按照時間順序來排列，每一捲所涵蓋的起迄時間都有清楚的標明。由於當時的台灣的四大港口：淡水、基隆、打狗(高雄港)及台灣府，都在廈門領事館的管轄範圍內，因此許多關於台灣的重要史料，都包含在這一系列的微縮捲歷史資料中。	
財訊月刊合訂本光碟	雜誌內容包括經濟,金融,投資理財,股市及政治社會等深度報導與分析評論	

〔十一劃以上〕

資料庫名稱	主題簡介	收錄年代	使用者介面 （使用對象)
產業資訊服務網(IT IS)	提供目前產業的相關資訊	〔每週〕	Web Browser 密碼請洽各所圖書館館員
博碩士論文資料庫	本資料庫收錄 84～90 學年度各大學校院畢業之博碩士班研究生學位論文書目，資料欄位包括有：論文題目、研究生、指導教授、學校、系所、學年、論文編號、光碟編號，其中 84 學年度 6,056 篇，85 學年度 7,503 篇，86 學年度 8,032 篇，87 學年度 9,480 篇，88 學年度 9,902 篇，89學年度 697 篇，90學年度 2324 篇，共計 43994筆。	1995-2001	Web Browser 〔院內使用〕
傳記文學	收錄「傳記文學」第1期至第433期的所有版面文件。	1962-1998	TTSLink 🐌 〔院內使用〕
國科會研究報告資料庫 全文影像涵括 80~87 年度人文社會類共6133篇	本資料庫收錄 80～87 年度國科會補助之專題研究報告書目，資料欄位包括有：微縮編號、研究報告名稱、計畫主持人、執行機關、頁數、光碟編號、年度、類別、目次，研究報告內容涵蓋 人文社會類 6,133 篇，大型計畫類 1042 篇，科學教育類 1897 篇，共計 9072篇。全文影像部分目前涵括人文社會類共6133篇。	1991-1998	Web Browser 〔院內使用〕
國科會研究報告目錄資料庫	收錄自民國57年開始繳交之國科會補助專題研究計畫報告	1968-	Web Browser
電子時報（產業）資料庫	收錄最新產業新聞的電子報	〔每日〕	Web Browser

數位化論文典藏聯盟資料庫	收錄美加地區之博碩士論文全文資料，主題包括：Computer Science，History，Education，Literature，Engineer等。	1997-	Web Browser 〔院內使用〕
學術會議論文摘要資料庫	收錄自民國80年以後國內舉辦之學術會議發表論文	1991-	Web Browser
聯合知識庫	收錄聯合報系所發行的聯合報、經濟日報、民生報、聯合晚報及星報等五大報在過去五十年發行之資料。		Web Browser

第六章　撰寫提要的方法

第一節　提要的意義和作用

一、提要的名稱問題

　　提要，顧名思義是舉出重要的地方。對一本書或一篇文章來說，是要舉出它的重要論點，讓讀者在最短的時間內得知該書或該論文的大概內容，也就是在有限的時間內，取得最多的知識。

　　提要一詞起源於何時，沒有作詳細的考證，唐代韓愈的〈進學解〉有：「記事者必提其要，纂言者必鉤其玄」，雖未把「提要」二字連言，但他說「記事者必提其要」，與為某書或某文作提要的觀點很是相合。清乾隆時修纂《四庫全書》時，每一書前都附有「提要」，將這些提要彙集成一書，即《四庫全書總目》，又稱《四庫提要》。民國以後，東方文化事業委員會編有《續修四庫全書總目提要》、中華書局編有《四部備要書目提要》、王重民先生有《中國善本書提要》。

　　有提要的性質，但不以提要為名的，可能更多。如從漢代劉向整理圖書時所作的「敘錄」；宋代晁公武所作的《郡齋讀書志》，用「書志」之名；陳振孫所作的《直齋書錄解題》，用「解

「題」之名。這些名字都一直沿用到現在。晚近出現的類似名稱更多，如以「別錄」、「題解」、「要覽」、……等為名的也不少。如果要問「敘錄」、「書志」、「解題」、「別錄」、「題解」、「要覽」等名稱之間的區別如何，實在有點強人所難。

最近又有「摘要」一名，是從英文Abstract譯過來的。摘要是指對某種文獻的要點摘錄出來，不作任何評論或摘要者的意見，如將二十萬字的書摘要兩萬字，將一萬字的論文摘要一千字。既是單純的摘要，就和寫提要有所不同。所以摘要，可以說是廣義提要中的一類而已。現在的學位論文和期刊的論文，在論文前往往有提要，一般都把它稱為摘要。摘要一詞用得比較多，也僅在這一部分而已。

二、提要的作用

要討論提要的作用，應從撰寫提要者和利用提要的讀者兩方面來說明，才能真正呈現出提要在學術活動中的意義，就撰寫提要者來說，如果是老師要求學生為某書或某論文撰寫提要，至少有下面兩點意義：

其一，撰寫提要，不是拿起書來就可以寫出一篇像樣的提要，作者必須具備與該書相關的學科知識，才能準確地為該書作提要。要建立該學科的知識，必須廣泛閱讀相關書籍，就多讀書這一點來說，撰寫提要確實可以達到有效的訓練。

其二，撰寫提要，是要作者在有限的字數中去發掘該書的重點所在。為了要能達到這目的，閱讀時可能要反覆再三。作者在再三閱讀過程中，也學會如何去把握一書的重點。這對將來讀書治學將有其莫大的幫助。

如就利用提要的讀者來說，也有數點意義可說：

其一，由於當今是知識爆炸的時代，一個人即使窮一生的精力也很難看完自己想讀的書，所以有些書要精讀，有些書可能要略讀，甚至可以不讀。提要恰好可提示讀者那些書的大概內容，供讀者選擇該讀或不讀。所以，一本提要的書等於將數百本、或數千本書的精華濃縮在一起，使讀者一書在手即可掌握大部分的知識。《四庫全書總目》所以受到學者的重視，就是因擁有了它，即擁有了中華文化的精華。

其二，提要既記錄一個時段或一門學科著作的大概內容，閱讀提要就可以知道某一學科研究的現況和發展的過程。如從教育部所編的年度博碩士論文提要，可以得知那個學科有那些研究成果，研究的趨向如何。這些都可以做為自己治學的參考，且也是觀察學術發展的指標。

古人強調治學應從目錄入手，提要則不但有目錄又有內容提要。要充實學識，要了解一代學術的內容和興衰，應多讀多參考提要的著作。

第二節　提要應具備的內容

提要到底要寫些什麼，沒有一個統一的規範，每一本提要書或單篇的提要，應該都有該寫的內容規範，祇不過沒有列出標題而已。《四部備要書目提要》（臺北：臺灣中華書局，1980 年 8 月臺三版）所收各書的提要，如果該書已收入《四庫全書》，《四部備要書目提要》中各提要，就標作著者小傳、四庫提要、卷目三項。如果該書為《四庫全書》所未收，提要則標著者小傳、本書略述、卷目三項。這是明顯標出提要之項目的例子，但根據各家提要專著來考察，提要應寫的項目可能還更多。茲將提

要所應具備的內容分別敘述如下：

一、版本資料

　　為現代的著作撰寫作提要，版本資料方面，祇需記錄書名、作（譯）者、出版地、出版者、頁數、出版年月、版次等就可以。但是為古書作提要，版本資料可能要更多，至少在版式方面就應記載：

　　1. 版框的長寬是多少公分？是單欄或雙欄？

　　2. 每半頁大字幾行？幾字？有否小字？　　`

　　3. 書口是黑口、白口，魚尾是單魚尾或雙魚尾。

　　4. 版心下的刻工姓名有那些？

　　5. 那個朝代，那裡的刻本？

　　6. 是否有序跋？

　　7. 有多少藏書印？刻了那些字？

　　當然各書的情況不同，應記的事項也有異，隨時可以增訂，對於一本古書，各典藏的圖書館往往都編有善本書志，除非該書志的記錄有誤，否則直接引錄即可。有些提要作者，以為這是善本書志的事，直接查善本書志即可，而不寫入提要中。

　　版本資料的寫法，可舉明刻本《閒情小品》為例：

　　　《閒情小品》二十七種二十八卷附錄一卷，明華淑編，明刻本。四冊。半頁八行十八字，四周單邊、白口、單魚尾。框高20.4釐米，寬13.5釐米。前有陳繼儒序、陳所聞序、吳天胤跋、張恵徵跋、華淑自序。末有萬曆四十五年（1617）華淑跋。凡例三則。

二、作者簡介

　　不論是為古書或現代著作作提要，最好都應有作者簡介。作者簡介可長、可短。不論長短，資料一定要可靠。大體記其姓名、里籍、字號、生卒年、生平事蹟、著作等。《四庫全書總目》可能為了節省篇幅，作者簡介都相當短，如卷一三五子部類書類《藝文類聚》一百卷的作者簡介說：

> 唐歐陽詢撰。詢字信本，潭州臨湘人，仕隋為太常博士，入唐官至太子率更令，宏文館學士，事蹟見《唐書》本傳。

　　除對歐陽詢的字號、里籍、仕官作簡介外，指引讀者可參考《唐書》本傳。

　　有些提要把作者的簡介作比較詳細的介紹，如張舜徽編《中國史學名著題解》（北京：中國青年出版社，1984年2月）一書中各書的作者，長的有數百字之多。如《列女傳》一書的提要，介紹劉向時說：

> 劉向（約前77～前6年），本名更生，字子政，沛（今江蘇沛縣）人。楚元王劉交的後代，經歷了宣帝、元帝、成帝三朝，曾任光祿大夫、中壘校尉等官。是西漢著名學者，他奉命校理古籍，在學術文化上有很大貢獻，校閱群書，寫成《別錄》，成為我國目錄學奠基之作。他的著作不少，著名的有《新序》、《說苑》等等。他的有些著作，都有意諷諫時政，例如撰寫《列女傳》，就在趙飛

燕姊娣嬖寵之時，宋代曾鞏說：「列古女善惡所以致興亡者以戒天子，此向述作之大意也。」

不但指出劉向在目錄學上的貢獻，對劉氏著作的寓意也有所說明。

三、傳本演變

為古書作提要，除要註明所用的版本外，也應對該書的流傳演變，略作敘述。如一書開始流傳時幾卷，後來變成幾卷，何時亡佚，何時何人有輯本等，都應有所交代。當然並不是每一本書都有如此複雜的版本源流，沒有這些問題的可以不記。茲舉《四庫全書總目》卷五十史部別史類《東觀漢記》二十卷提要中述其版本源流者如下：

晉時以此書與《史記》、《漢書》為三史，人多習之。故六朝及初唐人隸事釋書，類多徵引。自唐章懷太子集諸儒註范書，盛行於代，此書遂微。北宋時尚有殘本四十三卷，趙希弁《讀書附志》、邵博《聞見後錄》並稱其書乃高麗所獻，蓋已罕得。南宋《中興書目》則止存鄧禹、吳漢、賈復、耿弇、寇恂、馮異、祭遵、景丹、蓋延九傳，共八卷。有蜀中刊本流傳，而錯誤不可讀。上蔡任始以祕閣本讎校，羅願為序行之，刻版於江夏。又陳振孫《書錄解題》稱，其所見本，卷第凡十二，而闕第七、第八二卷。卷數雖似稍多，而核其列傳之數，亦止九篇，則固無異於《書目》所載也。自元以來，此書已佚。《永樂大典》於鄧、吳、賈、耿諸韻中，並無《漢記》一語，則

所謂九篇者，明初即已不存矣。

本朝姚之駰撰《後漢書補逸》，曾蒐集遺文，析為八卷。然所採祇據劉昭《續漢書十志補註》、《後漢書註》、虞世南《北堂書鈔》、歐陽詢《藝文類聚》、徐堅《初學記》五書，又往往掇拾不盡，挂漏殊多。今謹據姚本舊文，以《永樂大典》各韻所載，參考諸書，補其闕逸，所增者幾十之六。其書久無刻版，傳寫多，姚本隨文鈔錄，謬戾百出。且《漢記》目錄雖佚，而紀、表、志、傳、載記諸體例，《史通》及各書所載，梗概尚一一可尋。姚本不加考證，隨意標題，割裂顛倒，不可殫數。今悉加釐正，分為帝紀三卷、年表一卷、志一卷、列傳十七卷、載記一卷。

這段提要敘述《東觀漢記》亡佚經過，及輯佚的過程。使讀者對此書的來龍去脈有深一層的了解。

四、內容概述

是指將被寫提要之書的內容作敘述。由於每本書的內容各有不同，提要的內容也很難作規範。大概來說，有將全書內容作綜合敘述者，如《經學研究論叢》第八輯（臺北：臺灣學生書局，2000年9月）〈出版資訊〉中章權才《宋明經學史》一書的提要：

本書是作者繼《兩漢經學史》、《魏晉南北朝隋唐經學史》的續作。作為《中國經學史》的第三分冊，它所涉及的歷史範圍是從唐朝中葉至明朝中後期的數百年時光。而全書內容除開頭的緒論外，分為八章，然要而言之，可

以用四個階段來概括這個經歷數百年發展歷程的經學系統：第一階段是唐宋之際，其中心是「明道」思潮的泛起；第二階段是兩宋時期，其中心是以程朱學派為主流地位的確立；第三階段是宋元以後，其中心是以《四書》統治局面的形成；第四階段是明代，其中心是經學由理學而轉向心學的發展，而就總的趨勢來說，則是保守性和唯心主義的日漸增強。

有逐章敘述其內容者，如《中國史學名著題解》中所作王國維《古史新證》的提要說：

> 本書分五章。第一章總論，指出新出土的地下材料，得以補正紙上之材料，或證明古書之某部分全為實錄，使人確信無疑。紙上之史料，列有《尚書》、《詩》、《易》、〈五帝德〉及〈帝繫姓〉(此二篇後入《大戴禮》)、《春秋》、《左氏傳》、《國語》、《世本》、《竹書紀年》、《戰國策》及周秦諸子、《史記》等。地下之材料，舉甲骨文與金文兩種。第二章，禹。從金文與《史記》證明禹為古之帝王。第三章，殷之先公先王。這一章，約占全書篇幅的五分之四，大量運用甲骨文，講得特別詳細，成為本書的核心部分。第四章，商諸臣。第五章，商之都邑及諸侯。後兩章很簡略。

不論是綜合性敘述其內容，或分章節敘述，最重要的是要能把該書內容的特點，用最簡潔扼要的文章表達出來。

五、內容篇目

有時為了讓讀者了解全書的卷目、章節或篇目，有些提要會把它們列出來。如《四部備要書目提要》每篇提要都有「卷目」一項，就是這個用意。在《古文辭類纂》一書的「卷目」下：

> （一至五）論辨類，（六至十）序跋類，（十一至二十）奏議類上編，（二十一至二十四）奏議類下編，（二十五至三十一）書說類，（三十二至三十四）贈序類，（三十五至三十七）詔令類，（三十八）（三十九）傳狀類，（四十）（四十一）碑志類上編，（四十二至五十一）碑志類下編，（五十二至五十九）雜記類，（六十）箴銘類，（六十一）頌贊類，（六十二至七十二）辭賦類，（七十三至七十五）哀祭類。

從這些羅列出來的卷目，可略知收錄了那些文體，各文體數量的多寡。

另外，有些論文集，如果篇目不會太多，最好也能將所收的篇名列出，如王靖宇先生的《中國早期敘事文論集》（臺北：中央研究院中國文哲研究所，1999 年）一書為它作提要時，可將所收的九篇論文篇目皆列出。

1. 中國敘事文的特性——方法論初探
2. 從《左傳》看中國古代敘事作品
3. 歷史‧小說‧敘述——以晉公子重耳出亡為例
4. 怎樣閱讀中國敘事文——從《左傳》文藝欣賞談起

5. 《左傳》晉楚鄢陵之戰析讀

6. 從敘事文學角度看《左傳》與《國語》的關係

7. 再論《左傳》與《國語》的關係

8. 從帛書《戰國縱橫家書》來看今本《戰國策》和史記的關係

9. 附錄：美國的《左傳》研究

這樣做，該書的內容如何也就一目了然，如果篇目太多無法全部列出來，也應說明收多少篇，大概的類別如何。

六、內容評價

提要不僅敘述其內容，對該書在該學科有何重要價值也應有所論述。讀者往往根據提要的評價決定要不要參考此書。作評價可長可短，但一定要客觀公正，才不會誤導讀者。茲以《中國史學名著題解》中對《高僧傳》的評價為例：

> 本書主要記述僧家事，但有較高的史料價值，能補充史書記載之不足，例如《世說新語》中涉及到的僧人二十來個，見於《晉書‧藝術傳》的僅佛圖澄一人，但十之八九均見於《高僧傳》。著名的支道林，《世說新語》中出現過四五十次，《晉書》無傳，本書中卻有一篇很長的傳。能補充史書所未載的人物和事還不少。僧人雖離俗出家，但與社會政治不能毫無關係，有時甚至關係甚大，故可供參考。也還有一些能勘誤的材料。
>
> 其次，書中保存著豐富的中西交通史料。有許多西域僧人到內地講譯佛經的記載，也有不少內地沙門西行求法

的記載，他們「西渡流沙」，歷盡千辛萬苦，同時保留一些沿途的風土人情和中西交通資料。

這篇提要從佛教史和中西交通史的角度來評價《高僧傳》，可謂相當客觀中肯。

七、流傳版本

有些提要為了讓讀者知道該書有多少種傳本，各傳本間的關係及優劣，在提要之末往往會敘述該書的傳本。如《中國史學名著題解》中敘述《四庫全書總目提要》的版本說：

> 《四庫全書總目提要》版本很多，主要有一七八九年的武英殿刊本和一七九五年浙江翻刻武英殿本。後來的一切版本基本上都是從這兩種刻本翻印的。現在通用的有一九二六年上海大東書局影印武英殿本（後附有《四庫未收書目提要》和陳乃乾編的《人名索引》）和一九三三年上海商務印書館鉛印本（後附有《四角號碼人名、書名索引》）。解放後，一九六五年中華書局又影印了浙江翻刻本，更名為《四庫全書總目》，書後附有《四庫撤燬書提要》、《四庫未收書目提要》及《四角號碼書名及著者姓名索引》。

也有的提要依時間的先後來排列版本。如鄭慶篤等編《杜集書目提要》（濟南：齊魯書社，1986年9月），在錢謙益《杜工部集箋注》二十卷提要之末列了十數種版本：

1. 康熙六年（1667）　季振宜靜思堂刊本。
2. 宣統年間　上海國學扶輪社　鉛印本八冊。
3. 宣統二年（1910）　上海寄青霞館鉛印本八冊。
4. 何焯評點　宣統二年（1910）　鉛印本四冊。
5. 宣統三年（1911）　上海時中書局石印本八冊　書名作《諸名家評定本錢箋杜詩》，書眉輯有清初查慎行、邵長蘅、吳農祥、李因篤諸家評。
6. 民國二十四年（1935）　上海世界書局據時中書局石印本鉛印　一冊　書名作《杜詩錢注》。
7. 海神州國光社排印本。
8. 一九五六年　臺灣省臺北世界書局排印本。
9. 一九五八年　中華書局據季氏靜思堂原刻斷句鉛印二冊　書名作《錢注杜詩》
10. 一九七六年　臺灣省大通書局據清康熙六年（1667）泰興季振宜靜思堂刊本影印《杜詩叢刊》本。
11. 一九七九年上海古籍出版社重印一九五八年中華書局本。

八、參考文獻

　　有些提要書在每篇提要都附有參考文獻，讀者可以根據這些參考文獻重新覆按，或根據指引，得到更多的資料。祝尚書的《宋人別集敍錄》（北京：中華書局，1999年11月），每篇提要後皆附有參考文獻，如柳開《河東先生集》十五卷，提要後所附的參考文獻有：

1. 張景《河東先生集序》（四部叢刊本《河東先生集序》

卷首）

2. 何焯〈河東先生集跋〉（《皕宋樓藏書志》卷72）

3. 盧文弨〈新雕柳仲塗河東集序〉（乾隆柳氏刊本《河東先生集》卷首）

4. 錢大昕《重刻河東先生集序》（同上）

5. 戴殿海〈重刻河東先生集跋〉（同上，卷末）

讀者可以根據這些參考文獻找到更多的資料。

第三節　重要的提要著作

提要既是學者治學的津樑，重要的提要著作就應常備案頭，供閱讀和檢索之用。茲將重要的提要舉十種解說如下：

一、四庫全書總目　　（清）紀昀等撰

臺北縣　藝文印書館　1969 年

清乾隆三十八年（1773）開始徵集圖書修《四庫全書》，把徵集來的圖書一萬一千多種都作一篇「提要」，將這些提要彙集，並經紀昀的刪改，即為今傳的《四庫全書總目》。

《四庫全書總目》共二百卷，它把這一萬一千多種書分為兩大類，一類是「著錄」，表示已收入《四庫全書》中。另一類是「存目」，表示書未收入《四庫全書》，僅存其目而已。著錄的書有三千四百多種，存目的書有六千七百多種。《四庫全書》按經、史、子、集四部分類，每部下各分小類，合計四十四類。每部有總敘，每類有小序，各書有提要。每篇提要對作者的生平事

蹟、著述淵源、全書內容、版本源流都有簡要的介紹，有些書還評論其得失。其中雖有不少偏頗的見解，敘述也有錯誤，但迄今為止，仍是檢索、了解古代書籍最好的入門書。

對《四庫全書總目》的內容作深入分析的有周積明的《文化視野下的四庫全書總目》（南寧：廣西人民出版社，1991年4月）一書。至於糾正《四庫全書總目》之訛誤的有：

1. 四庫提要辨證二十四卷　余嘉錫撰　臺北　藝文印書館　1969年

2. 四庫全書總目提要補正　胡玉縉撰　上海　中華書局　1964年

3. 四庫著錄元人別集提要補正　劉兆祐撰　臺北　東吳大學中國學術著作獎助委員會　1978年

4. 四庫提要補正　崔富章著　杭州　杭州大學出版社　1990年

5. 四庫提要訂誤　李裕民著　北京　書目文獻出版社　1990年10月

6. 四庫全書總目辨誤　楊武泉著　上海　上海古籍出版社　2001年7月

二、續修四庫全書提要　東方文化事業委員會主持

臺北　臺灣商務印書館　13冊　1971年

設在北平的東方文化事業委員會，利用日本退還我國庚子賠款的經費編輯《續修四庫全書》。先邀請學者撰寫提要，所撰提要一份寄日本京都東方文化學院，總共寄了一萬多篇，抗日戰爭爆發後中止。臺灣商務印書館將這一萬多篇提要稿整理出版，即

為此書。全書按經、史、子、集四部分類,每書列書名、卷數、刊本、著者及提要。

本書與《四庫全書總目》不同者有下列數點:

1. 佛教經典《四庫》所收不過十種,《續四庫》則儘量收錄。
2. 道教書籍《四庫》收二十種,《續四庫》收六百種。
3. 明人著述多被《四庫》刪改或歧視,《續四庫》特別注意明人著作,《四庫》不當之評語亦予修正。
4. 小說戲曲《四庫》未收者,《續四庫》則重要者儘量收錄。

所以,本書是《四庫全書總目》之後,最重要的提要著作。

當時所撰的提要稿,實有三萬多篇,中共建國後,這些文稿由中國科學院負責整理,僅完成經部,出版《續修四庫全書總目提要(經部)》(北京:中華書局,1994 年)。由於整理的花費太多,且耗費時日,中國科學院乃將全部提要稿交由齊魯書社影印出版,合計二十七冊。該影印稿按撰稿人排列,文稿以草書書寫者不少,檢索、閱讀都有相當困難。

臺灣商務版的《續修四庫全書提要》雖僅有一萬多篇,但是經過標點整理完成的,使用起來仍舊比較方便。但該提要稿有不少錯誤,為文評介補正者有:

1. 續修四庫全書提要簡介　何明撰　書目季刊　1 卷 1 期　頁58 ～68　1966 年 9 月
2. 評續修四庫全書提要　梁容若撰　國語日報書和人　第245 期　頁1 ～8　1974 年 9 月 14 日

3. 續修四庫全書提要・經部辨證㈠　陳鴻森撰　大陸雜誌　95卷6期　頁1～25　1997年12月

4. 續修四庫全書提要孝經類辨證　陳鴻森撰　中央研究院歷史語言研究所集刊　69本2分　頁295～330　1998年

5. 續修四庫全書提要・經部辨證㈡　陳鴻森　臺大文史哲學報第55期・頁375～424　2001年11月

三、中國學術名著提要　周谷城主編

上海　復旦大學出版社　1996年

全書收錄商周至現代的著名學術著作三千種。分文學卷、藝術卷、語言文學卷、歷史卷、哲學卷、宗教卷、經學卷、經濟卷、政治法律卷、教育卷、科技卷等。每一卷又分小類。各提要之內容包括：書名、版本、作者、寫作經過及成書年代、內容大意、學術影響、研究情況等。各提要之末皆有作者署名。從〈出版說明〉可知有意編成類似《四庫全書總目》的工具書。就各提要的內容來說，比《四庫全書總目》來得詳盡，對民國以來著作所作提要，可說是《四庫全書總目》、《續修四庫全書提要》的延續。

四、中國史學名著題解　張舜徽主編

北京　中國青年出版社　1冊　1984年2月

本書為古今數百種史學名著作提要。全書分古史、編年、紀傳、紀事本末、實錄、制度史、學術史、紀傳、地理和方志、雜史、史評和史論、史考、金石和甲骨考證、歷史研究法、筆記、

類書和叢書、文編、書目、表譜、索引和辭典等二十類，幾乎重要的著作皆已照顧到。

每篇提要有作者小傳、內容概述、內容評價、流傳版本等。提要短的數百字，長的數千字，每篇末皆有具名，表示負責。本書是了解古今重要史學著作最簡便的工具書。

五、唐集敘錄　萬曼著

臺北　明文書局　1 冊　1982 年2 月

本書著錄有傳本的唐人詩集、文集、詩文合集計一〇八家。對各別集的書名、作者、卷數、成書年代、編輯者、刊刻者、收藏者等作了詳盡的介紹。所引用之資料遍及唐以後各朝的官修書目、正史藝文志、《新、舊唐書》中的詩人本傳、私家藏書目錄，也汲取敦煌學的部分研究成果。是研究唐代文學和目錄版本學不可或缺的工具書。

六、宋人別集敘錄　祝尚書著

北京　中華書局　2 冊　1999 年11 月

本書考述現存宋人別集，包括詩集、詩詞集、文集、詩文集、詩文詞集等五百數十家之版本源流，並評述各傳本之優劣得失。每篇提要包括作者小傳，版本源流和參考文獻。是研究宋代文學和文獻學不可或缺的工具書。

七、清人文集別錄　張舜徽著

臺北　明文書局　1 冊　1982 年2 月

　　清人之文集可能有數千家，本書作者過目者有一千一百餘家。在讀完每一文集，往往考作者行事，記書中要旨，論究內容之得失和作者學識深淺，作成敘錄。經三十年之努力，撰定之敘錄計有六百七十餘篇，經刪汰存六百家，分二十四卷，編成本書。

　　各篇敘錄，雖未明顯分項，但大抵先考述作者事蹟，其次為內容分析，將較有學術價值的篇章，特別提出討論，最後對該文集的學術價值作綜合評論，是研究清代文學史、學術思想史必備的參考書。

八、清人詩集敘錄　袁行雲著

北京　文化藝術出版社　3冊　1994年8月

　　清人之詩集將近七千家，本書著錄二千五百十一家，可說是清人詩集的總目提要。所收詩集，以內容涉及清代時事和社會生活者為主。每篇敘錄，先述作者生平事蹟，次將詩中有關山川、名蹟、政治、經濟、學術、文化、民俗等史料，加以列舉，其中又特別重視中外關係、少數民族、小說戲曲等資料之蒐集。此外，也敘述清詩源流和對該詩集的評價。各篇敘錄之後，附文獻價值較高的詩篇。本書不但研究清代文學史應參考，即研究政治、社會史者也可從中獲得不少資料。

九、曲海總目提要　(清)無名氏撰

董康、王國維、吳梅、孟森、陳乃乾等校　天津　天津古籍書店　2冊　1992年6月

　　本書原名《樂府考略》，原書冊數不詳，約成書於清康熙五

十四年至六十一年間（1715～1722），民國十七年（1928），上海大東書局校勘整理排印，共得雜劇、傳奇六八四種。

　　每種劇本的提要大抵考證故事來源，介紹劇情梗概，間有作者小傳和評論。所收劇目，元雜劇部分大抵未超出《元曲選》範圍，主要以明代雜劇、傳奇為主，兼收部分弋陽諸腔作品。作者生於明末清初，書中所提到的劇本，大都為作者所親見，今時過境遷，不少作品已亡佚，從本書可得知其梗概。是研究古典戲曲不可或缺的工具書。

十、中國文學史書目提要 黃文吉主編

臺北　萬卷樓圖書公司　精裝1冊　1996年2月

　　本書收錄民國三十八年（1949）至民國八十三年間（1994），臺灣出版之各類中國文學史著作，及未正式出版之博碩士論文，以反映臺灣四十多年來有關中國文學史之研究成果。

　　全書分文學思想史、古代文學史、現代文學史、各體文學史、臺灣文學史等五大類，計收書二六三種。每篇提要有作者小傳、內容概述、目次，有書評者則附篇目，每篇提要後有作者署名，以示負責，書末另附有〈中國文學史總書目（1880～1994）〉。提要中的作者小傳，本書編者曾分別向作者求證，內容評述部分也大抵中肯可靠。是研究中國文學史必備的參考書。

第七章　撰寫書評的方法

　　書評是一種輔助圖書館及讀者選擇所需書籍的工具，長久以來，書評已成為美國圖書館館員選書的最佳指南，主要是美國的書評事業相當發達，為同等蓬勃發展的出版事業注入強勁的生命力，由於書評發揮畫龍點睛的效力，讓眾多的好書進入圖書館典藏及讀者的手中。我國的書評事業，在一九七二年至一九八一年《書評書目》發行期間，曾經出現發展的高潮，惜未成為風潮。目前在報紙的書刊及數種專業期刊中登載一些書評，以供讀者選書之參考。以下分(一)何謂書評（包括定義、內容、種類及價值）；(二)書評及書評索引的出版概況；(三)書評的要件；(四)書評的撰寫方法等加以敘述。

第一節　何謂書評

一、書評的定義、內容及種類

　　根據《藍燈書屋辭典》（*Random House Dictionary*）的定義，「書評是由評論家或新聞工作者等對新近出版圖書予以評論及評鑑，並刊登在報紙或雜誌上的文章。」由此可知，書評是評介新近出版品的文章，它具有評論、闡述、推薦與教育等特性，對個

人、家庭、學校及圖書館都有很大的幫助。

　　書評的內容依撰寫者的筆觸，可區分為客觀性的描述以及主觀性的批評兩種，有時二種筆調可能會在同一篇書評出現。客觀性書評，其撰寫重點在描述所評介的書籍及其著者，同時從該書的主題、大綱、範圍及內容等方面，對圖書與著者提出評述，未添加任何褒貶的文字。主觀性書評，其撰寫重點在於評論者對於該書的評價與反應，以及對該書主題的認識與看法。[1] 根據前述的說法，書評很容易和文藝評論性文章（即文評）產生混淆。事實上，文評是一種評鑑文學與藝術作品特色與品質的論述，而書評則側重在對圖書內容的評介，它是讀者與書籍之間的橋樑。

　　書評依其種類，可區分新聞報導式書評、批評性書評及專門性書評三種。新聞報導性書評大多數刊載在報紙雜誌上，以報導新近出版書訊為主，具有敘述、介紹與客觀等性質，對於讀者提供快速的新書消息，這種類型的書評，在文章的內容有原書的片斷，甚或原序言、導論直接引用，對於選書有其參考價值。批評性書評，大多數是由評論家以主觀的見解與評斷對於各主題圖書加以評鑑。這種類型的書評在文末常附有評論家的署名，其價值得視評論家的權威性而定。專門性書評，大多數刊載在定期刊行的專門性學術期刊上，而評論家大都是某一學科的專家學者，這種類型的書評多屬報導兼批評性者，對於圖書館選擇專門主題的圖書頗富參考價值。另依書評的寫作方式可區分為論述型、摘要型、源考型、比較型及感發型等五種。[2]

---

[1] 王梅玲：〈書評——圖書館選書的最佳指南〉，《全國新書資訊月刊》，第13期（2000年1月），頁3～7。

[2] 思兼：〈關於書評〉，《書評書目》，第1期（1972年9月），頁9～10。

二、書評的價值

根據前面的敘述，書評對圖書館及讀者都具有豐富的參考指引作用，由於書評對新書提供介紹與客觀評論，所以對出版社的行銷也是有助益的。因此，可將書評的價值歸納為如下幾點：

1. **選書之參考**：根據書評的文字敘述，可以在短時間內了解一書的主題、內容與範圍，因此讀者或圖書館員可以省卻不少評閱的時間，並可迅速正確的選擇所需的書籍。另各專門學科評論家的專業知識，可以彌補圖書館學科背景知識之不足，更有助於專業圖書的選購。

2. **掌握新書出版市場與文壇動態**：經由報紙的專題性週刊（如《中國時報‧開卷》、《聯合報‧讀書人》），定期的報導最近出版的新書書評，讀者易於掌握某類主題或某種文體的文學作品之出版動態，可作為廣泛性選購同類主題圖書或文學作品之參考。

3. **有助於圖書的行銷**：無論是一般圖書或專業性圖書館的書評，經由頗富盛名的評論者予以評介，將引發廣大讀者的興趣，有時候會造成選購的風潮，就出版社而言，書評對於圖書的行銷是有很大的助益的。現今的新書，在書中有時含有評論家或學科專家的導讀文章，甚或在書衣或封面、封底也會引述書評的精要，對於讀者在選購圖書時易於產生瞬間的吸引作用，且增強其購置的慾望。對於推動讀書風氣，建立書香社會也有推波助瀾的功效。

4. **提升出版品的水準**：書評是由真正具有學養、見解並能客觀獨立批評的評論家所撰寫，而被批評者也需要有器度與涵養接受別人無論是善意或惡意的批評，如此可以建立良好的批評制

度，書評風氣一旦建立，對於提高出版品的水準是富有正面意義的，因為書評可以加強著者與出版者的責任心，自然以撰寫好書及出版好書為己任；而廣大的讀者群更是書評制度的直接受惠者，因為書評對提高讀者文藝的鑑賞力也有莫大的助益。

第二節　書評及書評索引的出版概況

通常，高度開發的國家都非常尊重書籍與知識，以美國為例，其書評事業蓬勃發展，全年出版新書六萬餘種，就有二十萬餘篇書評，全美有六百多種的期刊有固定的專欄刊載書評，因此一般讀者，圖書館及專業人士很容易經由閱讀書評來選購書籍。以下就書評及書評索引的出版概況作一簡述。

一、書評出版概況

目前全球享有盛名的二種書評刊物，一為一八九六年創刊之 *New York Times Book Review*，一為一九〇一年創刊之 *Times Literary Supplement*。一九七〇年代後，英美的學術性期刊也開始刊載書評，此時探討書評原理與寫作方法的學術研究也相當活躍。書評根據前一節的定義，通常會刊載在報紙或期刊雜誌上，而期刊則可分為專業書評期刊及專業學術期刊上闢有書評專欄二種。一般性期刊及報紙上的專刊所發表的書評，大都屬於暢銷書或通俗作品。

臺灣地區書評出版品可分為四種，即(1)專業書評期刊，如《書評書目》（1972～1981）與《書評》；(2)報紙專刊，如《聯合報‧讀書人》專刊（週一出刊）、《中國時報‧開卷》週報

（原為週四出刊，現改為週日出刊）；(3)期刊上的專欄，如在《書目季刊》、《文訊》、《精湛》及《全國新書資訊月刊》等刊物；(4)學術性期刊上的書評文章，某些期刊不定期會刊登書評或書介，以饗同道。讀者及圖書館員可從前述的這些書評發表園地，仔細閱讀及選購中意的書籍。外文期刊方面，最常用者有 *Library Journal*、*Booklist*、*Choice*、*Publishers' Weekly*、*Reference Books Review*、*New York Times Book Review* 及 *Times Literary Supplement* 等刊物，這些是評選新書的最佳工具。臺灣地區每年新書出版量為二萬五千至三萬餘種，但書評文章量只有近萬篇，且偏重於暢銷書、文學、藝術等方面的圖書，專業學術圖書的評論性文章則不多，這是有待專業人士共同努力耕耘的部分。以下擬就二種專業書評期刊作一簡述。

《書評書目》是由洪建全文化基金會於民國六十一年（1972）九月創辦的一份批評性、知識性及資料性兼具的書評雜誌，它是國內第一種專門性的書評期刊，專為愛書人提供文化服務的書評雜誌。誠如陳幸蕙女士所言，它是一份「開卷令人喜悅、終卷令人智慧」的期刊。該刊主要刊載文學評論、書評、新書介紹（書介）、國內外文壇報導、作家生涯及傳記等文章，創刊時為雙月刊，自一九七四年一月改為月刊發行，更迅速地為廣大的讀者提供知識傳佈服務。該刊發行至一九八一年九月停刊，共計一百期，由於歷任主編的努力用心，一直維持從未脫刊的優良記錄，筆者當時是一位窮大學生，每個月引頸企盼這份訂閱刊物的到來，以便了解最新的出版訊息及閱讀的書評與書介。《書評書目》對推動書香社會、提倡讀書風氣、催生精緻生活進行紮根工作，也為批評觀念、批評風氣的建立從事過播種嘗試。該刊真正客觀嚴謹批評文字，建立知性與感性兼具、學術性與通俗性巧妙結合的獨特風貌，也間接為書香社會種下善因。在一個進步的國家，

書評受到重視，而書評家則受到尊敬，其主因是客觀公正的批評，透過判斷、分析、比較與欣賞後所撰寫的評論文章，它可逐漸提高讀者文藝的鑑賞能力。在該刊於一九八六年十月所出版的分類總目作者索引中，有多位專家學者對該刊之評述文字，值得進一步閱讀。

《書評》於民國八十一年（1992）十二月創刊，為雙月刊，由原臺灣省立臺中圖書館(一九九九年七月改稱國立臺中圖書館)主編，臺灣省文化處出版（現由行政院文化建設委員會出版）。該刊內容包括編者的話、書評專欄、好書導讀（包括視聽覺媒體）、新書介紹、讀書園及書香簡訊等項。「書評專欄」分為三部分，即㈠書評篇名、書評者及職稱；㈡原書之書名、著者、出版者、出版年及版次；㈢書評文章；它是一塊公開的園地，任何身份的讀者都可以投稿，每篇書評文末附有評論者的服務單位與職稱，以供參考。「好書導讀」專欄之資料項目與書評專欄雷同；「讀書園」中則刊載目前蓬勃發展讀書會的推動成果與心得分享。它是一份老少咸宜的書評性刊物，不定期編輯目次索引以供查閱。

現今，除了平面媒體的報紙書刊可以發表書評外，在廣播頻道、電子報、網路資源及電視等多元化媒體上，也有書評、書稿或書介等文化服務，讀者又多了幾種新的選擇，尤其在各地讀書會蓬勃發展之際，大家可以共同為推動書評事業而努力。

二、書評索引的出版概況

如前所述，美國每年約計有二十餘萬篇書評刊登在不同的報刊雜誌上，但要從何下手找尋這些書評呢？最常用的參考工具（即指書評索引）有 *Book Review Digest* 及 *Book Review Index*；前者

於一九〇五年創刊，每月從八十餘種期刊中選錄書評文摘，每月評介五百種左右圖書，其選錄標準相當嚴格，有其既定的原則。後者為書評索引，係自四百五十種英文期刊中輯錄書評的出處，每年約收錄十萬條書評，評論的書籍約五萬種；每一索引款目著錄的項目為：評論者的姓名、發表日期及期刊名稱，每期附有書名索引，自一九七三年以雙月刊發行，每年及每十年發行彙編本。

　　我國的書評事業自民國二〇年代才略見雛型，根據所查得的文獻得知，最早的一冊書評索引為鄭慧英所編之《書評索引初編》（民國二十三年七月廣州大學圖書館出版，民國五十九年三月臺灣學生書局景印精裝出版），該書首次將近十幾年的書評彙集一處，以供查找，惜未見附載原文的主要論評篇名，讀者在找尋書評原文時略感不變，以下簡述之。該書共收錄一、八〇六則書刊的書評文獻，原書評所評論的出版品包括中英文書刊。全書分為書名索引、分類索引及附錄三大部分；書名索引係依被評書名之筆劃為序排列，分類索引則先依十大類排序，大類下再依小類排序，全部共計七十六個小類。而每一書評文獻的著錄項目為書名、著譯編者、評論者、登載處、卷、號、頁數。書名索引部分包括中文與英文，中文在前，英文在後。書末附錄三種，即弋純之〈書評的研究〉；霍懷恕之〈書評的價值及其作法〉；許仕廉之〈書評及新書的介紹〉。[3]

　　根據《中華民國期刊論文索引系統》所查得的文獻分析，臺灣地區的書評索引文獻是刊登在某些期刊上，在民國六十二年至八十年間，在《書評書目》、《書目季刊（中國書目季刊）》、《新書月刊》及《文訊月刊》等刊物上均登載過書評索引式集評

---

[3] 鄭慧英編：《書評索引初編》（臺北：臺灣學生書局，1970 年 3 月）。

（即指書評文摘）。[4] 將刊登在期刊雜誌或報紙上刊登的書評，不定期的編輯成索引，以供查閱。民國七十五年十月，由徐月娟、孫麗娟及吳素秋等三人合編之《書評書目分類總目錄作者索引》，由書評書目出版社出版，該索引係輯錄《書評書目》第一期至一百期各欄文章成索引，其中書評索引部分係依類排比。

民國八十二年八月，臺北市立圖書館有鑑於書評具有評論、闡述、推薦及教育的特性，對個人、家庭、學校及圖書館均有助益，而創編《書評索引》半年刊，係將眾多傳播媒體中所登載的書評，輯錄成索引，旨在為國內書評報導建立查詢的管道，同時也希望能喚起各界對書評的重視。在該刊的創刊號「編輯凡例」中敘明為提倡書香社會，便利讀者及同業選書，特蒐集國內中文期刊、報紙中具有參考價值之書評，編輯出版該索引。依被評圖書內容之類別編排，同類者再依書名之筆劃順序排列，排列原則先數字，次西文、後中文；所選錄之書評按刊載日期先後排列，同一日期再以期刊、報紙名稱首字筆劃順序排列。該索引之分類係採用賴永祥之《中國圖書分類法》，但兒童讀物則另立一類；其內容分為二部分，即書目資料與書評索引，其著錄的款目與格式分述於下：書目資料之款目為編號、書名、著譯者及出版者；書評索引部分之款目為書評篇名、評者、報刊名稱、卷期、出版日期、頁版次。該索引之卷末附有書名索引與著者索引及本期收編報刊一覽表，方便讀者查檢利用。每期收錄五、六百種圖書之書評資料，收錄的報刊三十餘種，但新書介紹、出版報導、某書中一篇文章及雜誌評介、導讀及讀後心得則不在收錄之列，[5] 這是臺灣地區僅有的一種書評索引，截至民國八十八年底已發行至

---

[4] 取材自網路資源。

[5] 臺北市立圖書館編：《書評索引》，第1期（1993年8月）。

第十四期，但出版間隔長達半年，對即時參考有其影響。臺灣地區之書評事業，包括書評制度與書評查詢工具，它是圖書館界、出版界及學界應積極投注心力的一塊耕地。國家圖書館於民國八十八年創刊之《全國新書資訊月刊》在過去這五年多來，不定期的刊載一些書評、文評及讀書人語等文章，以供讀者選購新書的參考。

第三節　書評的要件

　　由前面所述，書評對一般廣大的讀者與圖書館的工作人員在選書與購書時是一項重要的指標，因此書評家必須善盡責任撰寫優良的書評。書評不同於書介，一篇完善的書評必須包括真、善、美三部分，即書評內容中所涵括的書籍外在形體、內在內容，以及評論家的公正評斷，必須讓人讀來有真善美之感，那麼一篇好的書評到底應該具備那些基本的要求與要件呢？

　　中國古書中常見的原文提要，可以說是相當於書評的文章；《四庫全書總目提要》這部書則相當於書評的提要，它一方面敘述著作的著者生平及時代背景，另一方面評鑑作品及考該書之得失。一般而言，書評之首要必載的項目為被評書籍的基本資料（包括書名、著者、冊／頁數、出版地、出版者、出版年及價格等），其次應敘述該書之組織與主要目次，再次為分析該書的內容，最後則對於該書予以評論。關於書評文字則可區分為感性讀後感與知性評介，前者以主觀直覺方式表明個人對作品的印象與感受；後者則是客觀理智分析，介紹內容，指出優劣處，並酌予適當的評價。由此可歸納出，一篇書評的基本要求是具備應有的幾個項目，及其內容完整、易懂且具權威性，並有公正的評價。

根據王梅玲之〈書評——圖書館選書的最佳指南〉一文指出，書評的內容包括八項，即(1)描述該書內容：將該書著者企圖達到的目標交代清楚；(2)介紹著者的學經歷；(3)傳達作品的主旨與特質；(4)將該書所要表現的觀念傳達給可能的讀者；(5)與相似圖書及著者類似作品做比較；(6)予以評價：對於該書品質與內容平衡性的評斷，應給予讀者一個明確的印象；(7)推薦該作品是否具可讀性；(8)提供該作品詳細的書目資料（如書名、著者、出版社、版本、出版年、價格、ISBN、圖表等）。[6] 書評是以書籍為其必要條件，目前書籍的形式與載體不同，所以其書評內容會略為差異，加上其寫作方式不同，書評所呈現的面貌相當多樣性；但文學作品的評論則稱為文評，一般將之與書評區分開來，其因是文評有其必備的文藝評論要求。

由於書評是選書的重要指南，因此歐美學者針對一篇好書評應具備的要件加以研究與討論。由Margo Wilson與Kay Bishop二人所作的一項研究，他們邀請了十六位學者專家（包括作家、書評家、書評編輯者、出版者及圖書館學者）共同討論好書評應具備的要求。根據前項引文之歸納，共有十點，如下：(1)好書評要描述所評論圖書資料的內容；(2)界定該項圖書資料的閱讀者；(3)提供該項圖書資料的相關資訊，如範圍、筆調、風格及觀點等；(4)與著者其他作品或其他相似作品的比較；(5)圖書資料文字與美工設計的配合適當性；(6)書評家個人的看法與意見；(7)所評介圖書資料的優缺點；(8)所評介圖書資料的使用；(9)文字簡潔；(10)文學品質的批判。[7]

---

[6] 王梅玲：〈書評——圖書館選書的最佳指南〉，《全國新書資訊月刊》，第13期（2000年1月）

[7] 同註6，頁5～6。

此外，書評家也是影響一篇好書評的關鍵，因此書評家應該才華、學養與識見三者兼備，而且要有高尚的道德勇氣，以及容許有不同愛好與偏嗜的雅量，秉持正確的創作態度，撰寫成功的書評，以饗讀者。

第四節　書評的撰寫方法

由前面各節所述，讀者對於書評的定義、內容、價值與功用等方面有了基本的認識，接著想談談書評的撰寫方法。通常書評是指對於新近出版的圖書資料，從思想內容、學術價值、寫作技巧以及社會影響等方面進行述評的文章。以下就書評的撰寫方法，分幾方面加以敘述。

一、書評的對象

書評是以圖書資料為其主要對象，而圖書資料通常包括印刷形式的圖書、期刊、兒童讀物，以及非印刷形式的錄音資料、錄影資料、電影片、電子書、光碟資料庫及網路資源等。如何在浩瀚的新書市場中挑選值得評介的對象呢？根據《紐約時報書評》的編輯Orville Prescott先生的看法，有三點選介的指標值得參考，即(1)該項圖書資料在此時此地及其在這個世界歷史階段的重要性；(2)可能的文學價值；(3)期望使我感興趣的書。另根據思兼（即沈謙）的看法，評選書籍時還有三個原則，即(1)經典性的名著；(2)最新的佳著；(3)具特色的書。[8] 書評家根據個人的

---

[8] 思兼：〈關於書評〉，《書評書目》，第1期，頁8～9。

廣博知識，挑選出值得評介的書籍是撰寫好書評的第一要務。

　　書評是著者與讀者之間最佳的媒介，書評家向讀者推薦好書，以節省讀者選購好書的時間，因此對該書內容的褒貶，往往會影響到其銷售。當然，每一位著者都希望自己嘔心瀝血之作，能得到書評家的青睞並予以高度的評價。因此，書評家在評選對象時不可不慎。

二、如何撰寫書評

　　書評因其目的不同，而有其不同的寫作重點，而書評所具有的社會功能也會影響到書評的寫作方式。通常，書評具有宣傳、教育、傳播知識與文化媒介等目的；因此就其不同目的，書評的撰寫重點就可區分為「介」與「評」，介是指介紹原書之內容、情節及梗概，或者直接複述原書部分；評是指評論書的內容，須揭露錯誤與缺點，並須提示讀者有關該書的優劣點。由前一小節所述，書評的寫作方法中，首先必須注意評選對象，所選的圖書資料是否有價值，是否具有代表性與影響力，都是一篇書評成敗的重要關鍵。

　　就一位初學寫作者而言，撰寫書評是磨練自己表達能力與增廣學識的良好訓練方法，因此，初學者必須注意自己的素養，宜從自己感興趣的書籍開始，主要原因是閱讀是書評撰寫的第一個步驟。一部自己喜愛的書籍，讀來得心應手，而且是一種享受，而落筆摘記重點或筆記時，也較能抓住重點且勾勒出問題，在真正撰寫書評時，也較能剖析精闢，且提出重要見解。

　　經過閱讀與筆記後，接著應著手彙整資料並下筆為文。書評的內容如前所述，評論者在品評之前，應將該項圖書資料的內容、著者生平及出版單位等作一客觀性的描述，接著是提出主觀

的批評，寫出評論者對該書的感想與評斷；[9]其文字敘述應清晰易懂、公正客觀及簡潔明瞭。由此可知，書評應具有的介紹與評論均有之。另外，一位高明的書評家，常將所評的書籍與著者類似作品或其他同類書籍作比較與評鑑，並提供讀者有系統的主題知識與概念。

評論者在批評時心中如果沒有若干標準，則很難提出公正的評斷。劉勰的《文心雕龍》中提出六觀，可作為批評的標準。在其〈知音篇〉中提及「將閱文情，先標六觀：一觀位體，二觀置辭，三觀通變，四觀奇正，五觀事義，六觀宮商。斯術既形，則優劣見矣。」所謂觀位體，即觀察作品的情志內容與體裁形式是否相稱。所謂觀置辭，即觀察作品的文字表達技巧是否完善，舉凡分章分節、遣辭用字與造句是否有瑕疵。所謂觀通變，是觀察作品與時代、社會的關係，是否能反映時代及表現出時代的精神。所謂觀奇正，是指觀察作品的寫作技巧，是否富於變化而不拘泥於某種形式。所謂觀事義，則是觀察作品中，對於題材的處理是否允當。所謂觀宮商，則是觀察作品中的音樂性，是否合乎自然的優美而不刻意造巧。[10]前述各項，即使到現在，仍是書評的重要批評標準。評論者在心中那一把尺為準的情況下，可以分析法、比較法、鑑賞法、考證法、詮釋法或評斷法來撰寫書評。

一篇成功的書評，其標題的選定也是相當重要的，不可輕忽之。通常書評的標題有下列幾種形式，評論者可依書評的文體選擇適用的標題，即(1)直接表述式；(2)開門見山式；(3)帶有情感式；(4)帶有聲色式；(5)含蓄式；(6)畫龍點睛式；(7)對聯式；及

---

[9] 朱榮智：〈談「書評寫作」〉，《明道文藝》，第44期（1979年11月），頁156～157。

[10] 同註9，頁158。

(8)古詩式。評論者可依個人喜好，以及評論對象、書評文體等因素，取用響亮的書評標題，以促使其與靈效相互增輝，達到吸引讀者閱讀的目的。

　　另如前所述，書評家個人的學養與知識也很重要，以下以王壽來先生所提之書評人十誡，以供參考。即(1)不要在書評中用那些鬆散無力的字眼；(2)在敘述你對一本書的意見時，應持有一種謙虛的態度；(3)勿以隨意洩露書中的情節為快事；(4)閱讀所要評論的書，不要浮光掠影的瀏覽；(5)當你閱讀時，將60％的注意力投置於故事的主流，另以40％注意力投諸河岸兩側；遇有所得所感，並隨手筆記；(6)在下結論時，不妨先凝思著者所要表現的是什麼；(7)著者所想表現的，是否在書中已曲盡其妙的表達了出來；(8)問你自己——依你看來——著者所想表現的，是否有其價值；(9)書評寫就後，就教於一個你所尊敬的人；(10)避免誇大其辭。[11] 以上諸點，書評家不得不慎。

　　書評是一門有著廣泛研究範圍、研究對象及研究規律的學問，因此撰述者或書評家在執筆時應把握住原著者的寫作意圖，並就其學術價值做出評斷，以供讀者閱讀或選購出版品之參考。在本書末附錄三中，收錄了三篇書評樣例，可供讀者閱讀書評之參考。

---

[11] 王壽來：〈談書評〉，《書評書目》，第34期（1976年2月），頁19～20。

第八章 撰寫詩文小說賞析的方法

以前的學者要求學生寫讀書報告最常見的是就一本書寫讀後感，或者選一個題目寫一篇小論文。其實，在中文系的課程中，有「詩選」、「詞曲選」、「文選」、「小說選」，為了提昇學生的鑑賞能力，可以要求學生就一首詩、詞、曲，或一篇短篇小說，試著去分析。這樣不但學生可以從學習賞析的過程中充實各個文類的基本知識，也學得一些賞析的技巧。

本章的立意並非直接教導讀者如何賞析各種文類中的作品，而是告訴讀者應如何充實相關知識，才能具備較高的賞析能力。當然，賞析的的能力非一蹴即可提高，賞析詩文往往「如人飲水，冷暖自如」，很難有相當一致的規範。所以本章儘量少談規範，而儘可能提供相關的參考書，讓讀者可以藉本書的指引，找到所需的參考書，並學得一些賞析的基本技巧。

第一節 撰寫詩歌賞析的方法

這裡所說的詩歌是指詩、詞、散曲等韻文。要賞析詩歌應從充實詩歌的基本知識、了解詩歌的修辭方式和表現手法入手。茲分別討論如下：

一、充實詩歌的基本知識

也許有些同學以為有修過中國文學史，對詩歌的流變已有些許理解，有關韻文的知識已足夠，要作詩詞曲賞析已不難。其實文學史大部分是談各文類的流變，有關詩歌的格律、表現技巧等反而沒討論到。所以要賞析詩歌還是要從建立詩歌的基本知識入手。

有關詩歌的基本知識，最重要的是了解詩歌的格律。所謂格律是指句式、押韻、平仄和對仗等。對這些格律的要素有某種程度的了解，在賞析詩歌時，才能了解作者遣詞用字的苦心。有關詩歌格律的著作很多，有詩詞曲合論者、有詩詞合論者，有詩、詞、曲分論者。本文無法全部羅列，茲舉較重要者如下：

1. 詩詞曲合論者

1. 詩詞曲格律　陳鋒著　哈爾濱　黑龍江人民出版社 1981年

2. 詩詞曲格律綱要　涂宗濤著　天津　天津人民出版社 1982年

3. 詩詞曲格律　上海老幹部大學主編　蘭州　甘肅人民出版社　1987年

4. 詩詞曲格律淺說　呂正惠著　臺北　大安出版社　1988年

5. 詩詞曲格律與欣賞　藍少成等編　桂林　廣西師範大學出版社　1989年7月

6. 詩詞曲的格律與用韻　耿振生著　鄭州　大象出版社 1997年

7. 詩詞曲格律淺說　何文匯著　臺北　臺灣書店　1999年3

月

　　其中以呂正惠教授的《詩詞曲格律淺說》最為簡潔扼要，也流傳較廣。

2. 詩詞合論者

1. 詩詞格律　王力著　北京　中華書局　1977 年

2. 詩詞格律概要　王力著　《王力文集》第 15 卷　濟南山東教育出版社　1989 年

3. 詩詞格律與寫作　王志華、王曉楓著　太原　山西高校聯合出版社　1994 年

這一類以王力先生的《詩詞格律》流傳最廣。

3. 專論詩者

1. 詩文聲律論稿　啟功著　香港　中華書局香港分局 1978 年 3 月

2. 漢語詩律學　王力著　北京　教育出版社　1979 年

3. 詩詞入門（上）讀詩篇　佚名著　臺北　文鏡文化事業公司　1983 年 11 月

4. 古典詩歌入門與習作指導　莊嚴編輯部編　臺北　莊嚴出版社　1981 年 9 月

5. 古典詩的形式結構　張夢機著　臺北　尚友出版社 1981 年 12 月

6. 讀詩常識　吳丈蜀著　臺北　萬卷樓圖書公司　1990 年 3 月

這一類以王力先生的《漢語詩律學》最為詳盡。吳丈蜀的《讀詩常識》最為簡要方便。

4. 專論詞者

1. 詩詞入門（下）讀詞篇　佚名著　臺北　文鏡文化事業公司　1983 年 11 月

2. 唐宋詞格律　龍沐勛著　臺北　里仁書局　1986年12月

3. 讀詞常識　陳振寰著　臺北　萬卷樓圖書公司　1990年3月

這一類以龍沐勛的書流傳最廣，陳振寰的《讀詞常識》最通俗易懂。

5. 專論曲者

1. 元人小令格律　唐圭璋著　上海　上海古籍出版社 1981年

2. 讀曲常識　劉致中、侯鏡昶著　臺北　萬卷樓圖書公司 1990年6月

劉致中的書，不但討論散曲，也涉及戲曲，是流傳較廣的書。

二、了解詩歌的技巧與風格

了解詩歌的格律等基本知識，祇是鑑賞前的準備工作，要對每一首詩歌作深入的賞析，除了要了解詩人的時代背景外，也要對形式技巧和思想風格作深入的研究。詩人的時代背景，可參考詩人的各種傳記資料。至於探索每一首詩的技巧和意境等，以前往往得從評論家的實際批評中去歸納理論，近年專談理論的書也逐漸增多，對讀者學習鑑賞詩歌，有不少助益。茲將這些著作分類編排如下：

1. 詩詞合論者

1. 古代詩詞閱讀入門　朱芳華著　蘭州　甘肅教育出版社 1990年8月

2. 詩詞鑑賞概論　陳新璋著　廣州　廣東人民出版社 1991年5月

2. 專論詩者

1. 中國詩學（設計篇）　黃永武著　臺北　巨流圖書公司　1976年6月

2. 中國詩學（鑑賞篇）　黃永武著　臺北　巨流圖書公司　1976年10月

3. 詩的技巧　謝文利著　北京　中國青年出版社　1984年10月

4. 詩文鑑賞方法二十講　文史知識編輯部編　北京　中華書局　1986年5月

5. 中國詩學　吳戰壘著　臺北　五南圖書公司　1993年11月

6. 漢語詩歌的節奏　陳本益著　臺北　文津出版社　1994年8月

7. 詩歌鑑賞入門　魏飴著　臺北　萬卷樓圖書公司　1999年6月

以上以黃永武先生的《中國詩學》分析最細密，也流傳最廣。《詩文鑑賞方法二十講》，則為當代大陸學者賞析詩文的方法結晶。其中詩的部分有十八講。

3. 專論詞者

1. 詞的審美特性　孫立著　臺北　文津出版社　1995年2月

2. 唐宋詞體通論　苗菁著　鄭州　中州古籍出版社　1998年3月

3. 唐宋詞鑑賞通論　李若鶯編著　高雄　復文圖書出版社　1996年9月

4. 專論戲劇者

1. 戲劇鑑賞入門　魏飴著　臺北　萬卷樓圖書公司　1994年9月

2. 明清傳奇結構研究　許建中著　鄭州　中州古籍出版社
1999年4月

三、多涉獵詩歌賞析的著作

實際賞析詩歌的著作可達百種以上，較有系統的是大陸出版的各種詩、詞、曲的鑑賞辭典（參見本章第四節）。這些鑑賞辭典的鑑賞品質雖高下不一，但各書所收的詩篇數量相當多，涵蓋面相當廣，其價值仍不可忽視，至於零星的鑑賞書籍，較常見的有：

1. 古典詩詞名篇鑑賞集　袁行霈、劉逸生等著　臺北　國文天地雜誌社　1989年4月
2. 唐詩三百首鑑賞　黃永武、張高評合著　臺北　尚友出版社　2冊　1983年9月
3. 唐詩的滋味　劉逸生等著　臺北　丹青圖書公司　1983年3月3版
4. 唐詩廣角鏡　劉逸生著　臺北　丹青圖書公司　1983年5月
5. 唐宋詞名家論集　葉嘉瑩著　臺北　國文天地雜誌社　1987年11月

第二節　撰寫散文賞析的方法

要賞析古典散文和現代散文，和賞析詩歌的方法相差不多，應先充實散文的相關知識、探討散文的寫作技巧和思想風格等，茲分別開立相關書目如下：

一、充實散文的相關知識

有關散文的基本知識包括散文的歷史發展、句法的特點、行文的習慣、體裁和風格等。這一方面比較值得參考的著作有：

1. 文言文的欣賞與寫作　瞿蛻園編著　臺北　莊嚴出版社　1979年9月
2. 文言常識　張中行主編　北京　人民教育出版社　1988年5月
3. 怎樣閱讀古文　鮑善淳著　臺北　萬卷樓圖書公司　1993年1月
4. 散文結構　方祖燊、邱燮友著　臺北　蘭臺書局　1970年6月

這幾部書提供相當豐富的古典散文知識，張中行主編的《文言知識》，集合當代大陸學者二十餘人的力量，分別討論文言的結構、文體和時尚、辭章，以及古典散文相關的天文曆法、職官、姓名和稱謂等，可說相當完備的古文入門書。

二、了解散文的技巧與風格

有了散文的基本知識，也應知道散文作者如何去凝鍊散文的技巧，並探討散文的風格和該文的意義。如何去學得這些技巧，就應多讀幾本有關散文寫作藝術的書，然後再閱讀多揣摩，多思考。茲將相關著作臚列如下：

1. 文章例話　周振甫著　北京　中國青年出版社　1983年
2. 中國散文藝術論　李正西著　臺北　貫雅文化公司　1991年1月

3. 散文鑑賞入門　魏飴著　臺北　萬卷樓圖書公司　1999
年6月再版

4. 議論文研究與鑑賞　孫元魁、孟慶忠編著　濟南　山東
教育出版社　1992年6月

除了上列有關古典散文鑑賞的著作外，近年出版專門討論散
文篇章結構的著作也不少，讀者也可以參考：

1. 文章章法論　仇小屏著　臺北　萬卷樓圖書公司　1998
年11月

2. 文章結構分析　陳滿銘著　臺北　萬卷樓圖書公司
1999年5月

3. 篇章結構類型論　仇小屏著　臺北　萬卷樓圖書公司
2000年2月

4. 章法學新裁　陳滿銘著　臺北　萬卷樓圖書公司　2001
年1月

以上大抵分析古典散文的著作，下列著作則是關於現代散文
的類型、修辭、意象等都有深入的分析，對讀者賞析現代散文有
相當的助益：

1. 散文藝術論　傅德岷著　重慶　重慶出版社　1988年2月

2. 現代散文構成論　鄭明娳著　臺北　大安出版社　1989
年3月

3. 現代散文類型論　鄭明娳著　臺北　大安出版社　1993
年4月

4. 現代散文現象論　鄭明娳著　臺北　大安出版社　1992
年8月

三、了解歷代散文的流變

　　從先秦到清代，每個時代都有其不同的散文風格和思想內涵。要正確分析散文的寫作技巧和思想風格，除多讀上述有關散文鑑賞的著作外，也應讀各時代散文流變的著作。此類著作相當多，茲舉例如下：

1. 中國散文簡史　謝楚發著　武漢　長江文藝出版社　1992年10月
2. 中國散文史　劉一沾、石旭紅著　臺北　文津出版社　1995年6月
3. 先秦散文藝術新探　譚家健著　北京　首都師範大學出版社　1995年10月
4. 六朝散文比較研究　張思齊著　臺北　文津出版社　1997年12月
5. 唐宋古文新探　何寄澎著　臺北　大安出版社　1990年5月
6. 唐宋散文　葛曉音著　臺北　萬卷樓圖書公司　1992年9月
7. 晚明小品論析　陳少棠著　臺北　源流出版社　1982年5月
8. 桐城文派學述　尤信雄著　臺北　文津出版社　1989年1月

　　以上祇是論述各朝代散文較常見的著作，除這些通論著作外，如果要研究某一家散文，當然要參考有關該散文家的著作，如要研究明代歸有光的散文，除相關專著外，各種單篇論文也應蒐集來參考。

四、多涉獵散文賞析的著作

這類實際批評的著作數量非常多，大陸出版一系列古文或散文鑑賞辭典（參見本章第四節）都可參考。至於在本地較容易見到的零星評論集也不少，茲舉例數種：

1. 古文觀止鑑賞　張高評主編　臺南　南一書局　1999年2月

2. 古代抒情散文鑑賞集　徐公持、吳小如等著　臺北　國文天地雜誌社　1989年6月

3. 案頭山水之勝境　沈謙著　臺北　尚友出版社　1981年12月

4. 中國散文藝術論　李正西著　臺北　貫雅文化事業公司　1991年1月

5. 現代散文欣賞　鄭明娳著　臺北　東大圖書公司　1978年5月

6. 現代散文縱橫論　鄭明娳著　臺北　大安出版社　1986年10月

以上前三種是賞析古文的著作。第四種李正西的書是古文和現代散文兼論。鄭明娳的書則專論現代散文。這類的著作數量相當多，仔細檢索可達數十種，讀者可自行參閱。

第三節　撰寫小說賞析的方法

中國古典小說的起源雖較晚，但自唐代傳奇有意創作小說起，即以相當快的速度發展，由傳奇、話本至章回小說，留下數

千種作品。在「小說選」的課程中，如果能選一些短篇小說，要求學生作分析也不失為一種很有意義的訓練。

一、充實小說的基本知識

不論是賞析古典小說或現代小說都應具備小說的基本知識，以便了解人物性格、情節衝突、主題思想等之所在。由於有關古典小說理論的著作相當缺乏，現代學者分析古典小說時，往往借用現代小說的理論來分析。這雖有許多不適合的地方，但也是不得已中的權宜辦法。

有關小說技巧的著作，由外文翻譯的相當多，茲先舉例如下：

1. 小說寫作的技巧　紀乘之譯　臺中　光啟出版社　1961年11月

2. 現代小說論　卡謬等著　臺北　十月出版社　1969年10月再版

3. 人物刻劃基本論　丁樹南譯　臺北　傳記文學出版社1970年5月

4. 小說面面觀　佛斯特著　李文彬譯　臺北　志文出版社1974年5月

5. 長篇小說作法研究　陳森譯　臺北　幼獅文化公司1975年3月

6. 經驗的河流　丁樹南譯　臺北　大地出版社　1975年11月

7. 小說的分析　W. Kenney著　陳迺臣譯　臺北　成文出版社　1977年6月

8. 短篇小說的批評門徑　C. Kaplan著　徐進夫譯　臺北

成文出版社　1977年8月

除了上述譯本外，近年國人自著的理論書籍也有多種，如：

1. 現代小說論　周伯乃著　臺北　三民書局　1971年5月
2. 小小說寫作　彭歌著　臺北　遠景出版社　1977年3月
3. 小說技巧　胡菊人著　臺北　遠景出版社　1978年9月
4. 小說家談寫作技巧　黃武忠著　臺北　學人文化公司　1979年9月
5. 小說結構美學　金健人著　臺北　木鐸出版社　1988年9月
6. 小說美學　陸志平、吳功正著　北京　人民出版社　1991年10月
7. 小說技巧　傅騰霄著　北京　中國青年出版社　1992年3月
8. 小說鑒賞入門　魏飴著　臺北　萬卷樓圖書公司　1999年6月

二、熟悉小說的寫作技巧

要能深入鑑賞小說，就要先了解小說的構成要素。根據魏飴《小說鑑賞入門》的說法，小說構成要素有人物、情節、環境、主題、語言等五點。小說鑑賞也應從這五個方向入手。

1. 人物鑑賞法

1. 從作者對人物的介紹和評價來把握人物。
2. 從人物的語言、行動和心理描寫來分析人物。
3. 從人物活動的社會歷史背景來理解人物。
4. 從多種不同的角度對人物作面面觀。

2. 情節鑑賞法

1. 找出線索，理清情節的來龍去脈。

2. 由事見人，看情節發展如何為人物塑造服務。

3. 見微知著，從場面和細節分析情節對表現主題的意義。

4. 賞析技巧，注意發現作者組織情節的藝術匠心。

3. 環境鑑賞法

1. 分析環境對主題思想的暗示。

2. 分析環境對人物形象的烘托。

3. 分析環境對小說氛圍的創造。

4. 分析環境對小說情節的推動。

4. 主題鑑賞法

1. 從作者背景看主題。

2. 從人物塑造看主題。

3. 從情節發展看主題。

4. 從語言的情感色彩看主題。

5. 從整體傾向看主題。

5. 語言鑑賞法

1. 注意鑑賞人物語言的個性特色。

2. 注意鑑賞敘述語言的概括、簡潔和傳神。

3. 注意鑑賞作者運用語言的風格。

4. 注意從作品實際出發對語言進行具體分析。

三、多涉獵小說論評的著作

有關古典小說論評的著作，內容最豐富的應是大陸出版的各種古典小說鑑賞辭典（參見本章第四節）。這些書不但鑑賞古典短篇小說，也鑑賞長篇小說，對讀者學習鑑賞技巧，有不少助益。

　　至於現代小說的論評，大陸也有《臺灣小說鑑賞辭典》之類的書。臺灣出版的論評著作也不少，茲舉例如下：

1. 當代中國小說論評　高全之著　臺北　幼獅文化公司　1978年12月　再版
2. 當代臺灣作家論　何欣著　臺北　東大圖書公司　1983年12月
3. 臺灣長篇小說論　黃重添著　臺北　稻禾出版社　1992年8月
4. 火獄的自焚──七等生小說論評　張豪編　臺北　遠行出版社　1977年9月（小草叢刊25）
5. 王謝堂前的燕子　歐陽子著　臺北　爾雅出版社　1976年4月（爾雅叢書14）
6. 白先勇論　袁良駿著　臺北　爾雅出版社　1991年6月（爾雅叢書251）

第四節　各文類賞析辭典簡目

　　賞析一篇作品既要有理論的基礎，也可以從別人的賞析文章中學得部分的分析技巧。既如此，除學習各種賞析的理論外，實地批評的著作也是重要的參考資源。這些著作到處都可見到，其中最大宗的是這二十年間大陸出版的各類型鑑賞辭典。黃文吉教授曾在《國文天地》七卷七期（1991年12月）發表〈必也正名乎──談「鑑賞辭典」〉一文，文末附有〈大陸出版的鑑賞辭典書目〉，收鑑賞辭典一百餘種。茲根據黃教授的書目略加增刪，編成本簡目，供讀者參考。

一、中外文藝合類

文藝鑑賞大成　江曾培、郝銘鑑等主編　上海文藝出版社　1988
　年10月

文藝賞析辭典　唐達成主編　四川人民出版社　1989年4月

文藝鑑賞大觀　解放軍出版社　1989年4月

中學文藝鑑賞辭典　鞠慶友等主編　明天出版社　1990年1月

中外古典文學名作鑑賞辭典　李子光主編　中國農業科技出版社
　1990年2月

中外文學名著精神分析辭典　陳思和主編　工人出版社　1988
　年10月

文學人物鑑賞辭典　吳偉斌等編　復旦大學出版社　1989年12
　月

中外散文名篇鑑賞辭典　傅德岷、張耀輝主編　安徽文藝出版社
　1989年8月

中外愛情詩鑑賞辭典　錢仲聯、范伯群主編　江蘇教育出版社
　1989年3月　臺灣國文天地雜誌社翻印，書名相同，1990年1
　月；後又分為三冊，書名分別《古代愛情詩鑑賞集》、《現代
　愛情詩鑑賞集》、《西方愛情詩鑑賞集》，1990年5月

中外現代抒情名詩鑑賞辭典　陳敬容主編　學苑出版社　1989
　年8月

古今中外朦朧詩鑑賞辭典　徐榮街、徐瑞岳主編　中州古籍出版
　社　1990年11月

中外古典藝術鑑賞辭典　成敏、王勇主編　學苑出版社　1989
　年3月

現代藝術鑑賞辭典　顧森主編　學苑出版社　1988年

中外寓言鑑賞辭典　陳蒲清主編　湖南人民出版社　1989年

二、中國文學類

1. 詩文合類

歷代名篇賞析集成　袁行霈主編　中國文聯出版公司　1988年
　　12月　臺灣五南圖書公司翻印，1991年11月

中學古詩文鑑賞辭典　郁賢皓主編　江蘇古籍出版社　1988年7
　　月　臺灣新地文學出版社翻印，改名《古詩文鑑賞入門》，
　　1990年9月

中國名勝詩文鑑賞辭典　佘樹森、喬默主編　北京大學出版社
　　1989年4月

建安詩文鑑賞辭典　王巍、李文祿主編　東北師範大學出版社
　　1994年4月

近代詩文鑑賞辭典　張正吾、陳銘主編　光明日報出版社　1991
　　年12月

2. 古文類

古文鑑賞辭典　吳功正主編　江蘇文藝出版社　1987年11月
　　※臺灣文史哲出版社翻印，改名《古文鑑賞集成》，分為《唐
　　以前古文鑑賞之部》、《唐宋金元古文鑑賞之部》、《明清古文
　　鑑賞之部》三冊　1991年3月

古代散文鑑賞辭典　王彬主編　農村讀物出版社　1987年12月

古文鑑賞大辭典　徐中玉主編　浙江教育出版社　1989年11月

古文鑑賞辭典　章培恆、陳振鵬主編　上海辭書出版社　上、下
　　冊　1997年7月

中學古文鑑賞手冊　吳功正主編　江蘇文藝出版社　1988年3月

學生古文鑑賞辭典　陳慶元主編　福建人民出版社　1992年

古文觀止・續古文觀止鑑賞辭典　關永禮主編　上海同濟大學出版社　1990年6月

唐宋八大家鑑賞辭典　關永禮主編　北嶽文藝出版社　1989年10月

唐宋八大家散文鑑賞辭典　呂晴飛主編　中國婦女出版社　1991年1月

中國雜文鑑賞辭典　樓光等主編　山西人民出版社　1991年1月

歷代小品鑑賞辭典　湯高才主編　上海三聯書店　1990年

歷代小品文精華鑒賞辭典　夏咸淳、陳如江主編　萬卷樓圖書公司　1996年3月

3. 辭賦類

歷代辭賦鑑賞辭典　霍旭東等主編　安徽文藝出版社　1992年8月

歷代山水名勝賦鑑賞辭典　章滄授主編　中國旅遊出版社　1998年5月

4. 詩歌類

1. 通代

中國古詩名篇鑑賞辭典　（日）前野直彬、石川忠久編，楊松濤譯　江蘇古籍出版社　1987年8月　本書原名《漢詩的注釋及鑑賞辭典》

中國歷代詩歌鑑賞辭典　劉亞玲、田軍、王洪主編　中國民間文藝出版社　1988年12月

古代詩歌精萃鑑賞辭典　王洪主編　北京燕山出版社　1989年8月

中國歷代詩歌名篇鑑賞辭典　俞長江、侯健主編　農村讀物出版社　1989年12月

詩詞曲賦名作鑑賞大辭典（詩歌卷、詞曲賦卷）　楊暨東等主編
　　北嶽文藝出版社　1989年11月

中國古代詩歌欣賞辭典　馬美信、賀聖遂編　漢語大詞典出版社
　　1990年6月

詩賦詞曲精鑑辭典　李春青、桑思奮主編　中國國際廣播出版社
　　1991年1月

學生古今詩詞鑑賞辭典　林庚主編　福建人民出版社　1989年9
　　月

中國古典詩詞名篇分類鑑賞辭典　夏傳才主編　中國礦業大學出
　　版社　1991年4月

中國古代山水詩鑑賞辭典　余冠英主編　江蘇古籍出版社　1987
　　年7月　臺灣新地文學出版社翻印，改名《山水詩鑑賞辭
　　典》，1991年9月

山水詩歌鑑賞辭典　張秉成主編　中國旅遊出版社　1989年10
　　月

中國古代愛情詩歌鑑賞辭典　呂美生主編　黃山書社　1990年
　　11月

古代愛情詩詞鑑賞辭典　李文祿、宋緒達主編　遼寧大學出版社
　　1990年7月

中國情詩鑑賞小辭典　成志偉主編　知識出版社　1991年4月

中國歷代花詩詞鑑賞辭典　孫映逵主編　江蘇科學技術出版社
　　1989年5月

古代花詩詞鑑賞辭典　李文祿、劉維治主編　吉林大學出版社
　　1990年8月

花鳥詩歌鑑賞辭典　中國旅遊出版社　1990年5月

歷代詩詞千首解析辭典　奚少庚、趙麗雲主編　吉林文史出版社
　　1992年5月

歷代怨詩趣詩怪詩鑑賞辭典　周溶泉等主編　江蘇文藝出版社
　　1989 年 6 月

　　2. 隋以前

詩經鑑賞辭典　任自斌、和近健主編　河海大學出版社　1989
　　年 12 月

詩經鑑賞辭典　金啟華、朱一清、程自信主編　安徽文藝出版社
　　1990 年 2 月

詩經楚辭鑑賞辭典　周嘯天主編　四川辭書出版社　1990 年 3 月

古詩鑑賞辭典　賀新輝主編　中國婦女出版社　1988 年 12 月

先秦漢魏六朝詩鑑賞辭典　馬茂元、繆鉞等撰　三秦出版社
　　1989 年

漢魏晉南北朝隋詩鑑賞辭典　盧昆、孫安邦主編　山西人民出版
　　社　1989 年 3 月

漢魏晉南北朝隋詩鑑賞辭典　本書編委會編　三晉古籍出版社
　　1989 年

漢魏六朝詩歌鑑賞辭典　呂晴飛等主編　中國和平出版社　1990
　　年 10 月

漢魏六朝詩鑑賞辭典　吳小如等著　上海辭書出版社　1992 年 9
　　月

樂府詩鑑賞辭典　李春祥主編　中州古籍出版社　1990 年 3 月

　　3. 唐以後

唐詩鑑賞辭典　蕭滌非、程千帆等撰　上海辭書出版社　1983
　　年 12 月

　　※商務印書館香港分館出香港版，改名《名家鑑賞唐詩大
　　觀》，1984 年 4 月　臺灣地球出版社翻印，略有增補，改名

《唐詩新賞》，分為十五冊　1989 年 4 月　又五南圖書公司翻印，改名《唐詩鑑賞集成》　1990 年 9 月

蒙讀唐詩鑑賞辭典　湯高才、黃銘新主編　中州古籍出版社1990 年 12 月

唐詩鑑賞辭典補編　周嘯天主編　四川文藝出版社　1990 年 6 月

唐詩精華分類鑑賞集成　潘百齊編著　河海大學出版社1989 年 8月

唐宋詩詞評析辭典　吳熊和主編　浙江人民出版社　1990 年 11月

唐宋絕句鑑賞辭典　霍松林主編　陝西人民出版社　（即將出版）

宋詩鑑賞辭典　繆鉞、霍松林等撰　上海辭書出版社　1987 年12 月

金元明清詩詞曲鑑賞辭典　田軍、王洪主編　光明日報出版社1990 年 8 月

元明清詩鑑賞辭典　周嘯天主編　四川辭書出版社　1990 年

元明清詩鑑賞辭典（遼、金、元、明）　錢仲聯等　上海辭書出版社　1994 年 12 月

清詩鑑賞辭典　張秉戍、蕭哲庵主編　重慶出版社　1992 年 12月

4. 詞

歷代詞賞析辭典　章泰和主編　黑龍江朝鮮民族出版社　1988年 11 月

唐宋詞鑑賞辭典　唐圭璋主編　江蘇古籍出版社　1986 年 12 月中華書局香港分局出香港版，改名《唐宋詞鑑賞集成》，1987年 7 月；又臺灣新地文學出版社翻印，書名相同，1991 年 4 月

唐宋詞鑑賞辭典（唐五代北宋卷、南宋遼金卷）　唐圭璋、繆鉞等撰　上海辭書出版社　1988年4月、8月　臺灣地球出版社翻印，內容略有增減，改名《宋詞新賞》，分為十五冊，1990年1月　又五南圖書公司翻印，改名《唐宋詞鑑賞集成》，分為三冊，1991年6月

宋詞鑑賞辭典　賀新輝主編　北京燕山出版社　1987年3月

金元明清詞鑑賞辭典　王步高主編　南京大學出版社　1989年4月

金元明清詞鑑賞辭典　唐圭璋主編　江蘇古籍出版社　1989年5月

唐宋元小令鑑賞辭典　陳緒萬、李德身主編　華岳文藝出版社1990年3月

愛情詞與散曲鑑賞辭典　錢仲聯主編　湖南教育出版社　1992年9月

5. 曲

元曲鑑賞辭典　賀新輝主編　中國婦女出版社　1988年5月

元曲鑑賞辭典　蔣星煜主編　上海辭書出版社　1990年7月

古代戲劇賞介辭典（元曲卷）　王志武撰　陝西人民出版社1988年5月

劇詩精華欣賞辭典（元雜劇部分）　呂后龍撰　學苑出版社1990年

中國古典名劇鑑賞辭典　徐培均、范民聲主編　上海古籍出版社1990年12月

西廂記鑑賞辭典　賀新輝主編　中國婦女出版社　1990年5月

5. 小說類

中國古典小說鑑賞辭典　關永禮、高烽等編　中國展望出版社

1989年8月

古代小說鑑賞辭典　本書編輯委員會編　學苑出版社　1989年10月

古代小說鑑賞辭典　關永禮等主編　中國新聞出版社　1989年

歷代文言小說鑑賞辭典　談鳳梁主編　江蘇文藝出版社　1991年7月

中國古代微型小說鑑賞辭典　樂牛編　北京燕山出版社　1990年

中國古典小說藝術鑑賞辭典　段啟明主編　北京師範大學出版社　1991年4月

中國古代小說六大名著鑑賞辭典　霍松林主編　華岳文藝出版社　1988年12月

金瓶梅鑑賞辭典　石昌渝主編　北京師範大學出版社　1989年5月

金瓶梅鑑賞辭典　上海市紅樓夢學會、上海師範大學文學研究所編　上海古籍出版社　1990年1月

紅樓夢鑑賞辭典　上海市紅樓夢學會、上海師範大學文學研究所編　上海古籍出版社　1988年5月

紅樓夢詩詞鑑賞辭典　賀新輝主編　紫禁城出版社　1990年6月

6. 現代文學類

現代散文鑑賞辭典　王彬主編　農村讀物出版社　1988年12月

中國現代散文欣賞辭典　王紀人主編　漢語大詞典出版社　1990年1月

中國當代散文鑑賞辭典　王強主編　中國集郵出版社　1989年6月

中國新詩鑑賞大辭典　吳奔星主編　江蘇文藝出版社　1988年12月

新詩鑑賞辭典　公木主編　上海辭書出版社　1991年11月

中國探索詩鑑賞辭典　陳超撰　河北人民出版社　1989年8月

朦朧詩名篇鑑賞辭典　齊峰主編　陝西師範大學出版社　1989
年

愛情新詩鑑賞辭典　谷輔林主編　陝西師範大學出版社　1990
年3月

中國現代武俠小說鑑賞辭典　陳東林等編著　中國國際廣播出版
社　1991年7月

魯迅名篇分類鑑賞辭典　張盛如等編　中國婦女出版社　1991
年10月

第九章　編輯研究文獻目錄的方法

　　要學生作報告、寫小論文，第一步是先蒐集資料。如果能將蒐集來的資料有系統的加以編排，編成一份研究文獻目錄，是相當有意義的訓練。這一工作不但可以讓學生蒐集資料時更小心謹慎，更可以學得如何處理資料，且也為某一主題的研究成果作了總結。如能將此一研究文獻目錄發表出來，也省卻其他研究者重複蒐集資料的時間。

　　編輯研究文獻目錄約可從傳記資料、專著資料、論文資料等幾個方面著手，茲分節敘述如下：

第一節　蒐集資料前的準備工作

　　利用圖書館蒐集資料，不是想到就去。如果貿然去做，不但浪費時間，而且也有挫折感。所以，蒐集資料前應該先做好準備工作，以下分幾點討論。

一、利用最有利的圖書館

　　既是大學生就有自己就學的學校，各個大學都有圖書館，可先利用自己大學的圖書館。如果要利用其他圖書館就應考慮利用那個圖書館的資料最多。如以收藏古籍來說，應以國家圖書館、

臺灣大學圖書館、中央研究院傅斯年圖書館最多。此外，想研究某一斷代學術，也應注意利用那個圖書館最有利，如研究明代學術，國家圖書館蒐集明代文集最多。傅斯年圖書館蒐集清人文集較豐富。想研究現代文學的人，可利用吳三連臺灣史料中心（臺北市南京東路三段二一五號十樓）。如查詢近數十年的大陸期刊論文，可利用漢學中心資料室、傅斯年圖書館、中央研究院中國文哲研究所圖書館、清華大學圖書館人社圖書分館等。

二、檢查必要的工具書

除了選對圖書館外，也應善加利用工具書，如要查傳記資料，就先將各種傳記資料索引中有關的資料錄下來，要查專著先利用各種書目、索引，查單篇論文，也要利用相關的目錄、索引，查學位論文要檢查學位論文目錄。如能先做好這些準備工作，到圖書館即可進入狀況，迅速找到所需的資料。

三、檢查相關論著

除了利用工具書來查尋資料外，也可以蒐集研究論題的相關專著，每一專著大抵都有附註和參考書目。如將這些資料條目蒐集在一起，就已有相當豐富的資料。如想研究關漢卿的學者，把坊間的數種相關專著找來已可蒐集不少資料條目，如：

1. 寧宗一、陸林、田桂民編著《元雜劇研究概述》（天津：天津教育出版社，1989 年 7 月），不但有關漢卿研究專著的提要，也有研究論文索引。

2. 劉靖之著《關漢卿三國故事雜劇研究》（香港：三聯書店香港分店，1980 年 5 月）。書末有「參考與引用書目舉要」。

3. 鍾林斌著《關漢卿戲劇論稿》（西安：陝西人民出版社，1986年9月）。書末附有閻萬鈞、朱小軍所編〈關漢卿研究文獻目錄〉。

4. 李漢秋、袁有芬編《關漢卿研究資料》（上海：上海古籍出版社，1988年10月），全書皆為古籍中有關關漢卿的資料。書末附有〈關漢卿研究論著索引〉。

5. 徐子方著《關漢卿研究》（臺北：文津出版社，1994年7月）。書末附有〈關漢卿研究資料索引〉。

將這數本書中有關關漢卿的資料條目，剔除重複，重新編排，再增補部分資料，就是一份相當完整的〈關漢卿研究文獻目錄〉。

四、隨時注意相關研究資訊

為了能得知新的研究成果，應隨時注意新的出版資訊和學術研究成果。較常報導相關資訊的刊物，如《全國新書資訊月刊》、《漢學研究通訊》、《書目季刊》、《中國文哲研究通訊》、《古今論衡》、《文訊雜誌》、《經學研究論叢》等，都可得到最新的研究資訊。

除了上述數種較具報導性和資料性的刊物外，各個專門領域都有相關的刊物，如研究哲學的有《當代》、《孔孟月刊》、《孔孟學報》、《鵝湖》、《鵝湖學誌》、《中國哲學史》、《哲學研究》等；研究文學的有《中外文學》、《文學臺灣》、《文學評論》、《文學遺產》等，都應隨時瀏覽，以取得最新的學術資訊。

第二節 蒐集傳記資料

一、傳記資料的種類

1. 索引：將史書中的列傳和文集中傳記、墓誌銘等傳記資料，按被傳人姓名的筆劃順序編成索引。此類著作相當多，也是傳記資料工具書中較重要的部分，如《二十五史人名索引》、《宋人傳記資料索引》、《中國地方志宋代人物資料索引》。

2. 辭典：將數十字至數百字的人名資料，按筆劃或音序法排列而成的工具書。如：《中國人名大辭典》、《臺灣文學家辭典》。這類辭典資料相當簡短，僅能得知被傳者的大概生平。要了解某人的大概事蹟可查這類辭典。

3. 合傳：合傳的篇幅比較長，如司馬遷《史記》中就有不少合傳。合傳由於文字較長，且寫作態度較嚴謹，可供學術參考之用。較常見的，如《清史列傳》、《民國百人傳》等。

4. 生卒年表：按歷代人物生平順序排列，每位人物註明姓名、字號、籍貫、歲數、生年、卒年等。可讓讀者在最短的時間裡得知該人物的基本傳記資料。此類書最有名的是姜亮夫的《歷代人物年里碑傳總表》。

5. 年譜：逐年逐月記載被傳人活動事蹟的傳記著作。年譜有被傳人自訂的，大部分都是後人根據相關資料編輯。用心編輯的年譜，是研究被傳人不可或缺的資料。查年譜，可利用年譜目錄。

6. 別號：古代人有別名、字號、又有別號，有些人的別名、

字號多達二十多個，讀者讀到這些別名、字號往往不知是何人，所以必須有別名字號索引。此類書較流行的有陳德芸編的《古今人物別名索引》。

二、蒐集傳記資料示例（上）

要蒐集人物傳記資料，也許並不難，唐代人物可查唐代傳記資料索引，明代人物就查明代人物傳記資料索引。但是，編輯傳記索引的人各有不同，體例、編排方式也不一致，有必要舉例加以說明。

如以明清之交的屈大均（1630～1696）為例，屈氏既跨明、清兩代，蒐集他的傳記資料，也應從這兩個時代的工具書入手。明清的傳記工具書有：

1. 明人傳記資料索引　國立中央圖書館編　臺北　該館　1965年1月
2. 明代傳記叢刊索引　周駿富編　臺北　明文書局　1992年
3. 明遺民傳記資料索引　謝正光編　臺北　新文豐出版公司　1990年12月
4. 清代傳記叢刊索引　周駿富編　臺北　明文書局　1990年

經仔細查閱後，《明人傳記資料索引》沒有收屈大均。《明代傳記叢刊索引》中僅有：

屈大均（紹隆、介子、一靈、翁山、今種）015－635

所謂015－635，是表示屈大鈞的資料在第15冊頁635，如回到

《明代傳記叢刊索引》第一冊的〈目錄表〉，就可以將此條還原作：

　　　明詩記事㈣，頁635。

　　至於《明遺民傳記資料索引》中則有相當多的屈大均資料，茲抄錄如下：

屈大均　初名紹隆　翁山　介子　華夫　僧名今種　一靈　騷餘
　廣東番禺

　　孫靜菴　《明遺民錄》　　13／4A

　　鄧之誠　《清詩紀事初編》　　2／291

　　陳伯陶　《勝朝粵東遺民錄》　　1／25B

　　王士禎　《感舊集》　　13／12B

　　陳維崧　《篋衍集》　　1／10B

　　陳　衍　《感舊集小傳拾遺》　　4／5B

　　周亮工　《結鄰集》　　4／xx

　　朱彝尊　《明詩綜》　　82／12B

　　徐　鼎　《小腆紀傳》　　55／11A

　　陳　田　《明詩紀事》　　辛11／1A

　　趙爾巽等　《清史稿》（列傳之部）　　44冊／13332

　　李　桓　《國朝耆獻類徵》（初編）　　429／14A

　　李元度　《國朝先正事略》　　38／6A

　　王　藻　錢　林　《文獻徵存錄》　　10／51A

　　汪兆鏞　《嶺南畫徵略》　　2／11B

　　葉恭綽　《清代學者象傳》　　1／xx

　　張舜徽　《清人文集別錄》　　3／68

　　楊鍾羲　《雪橋詩話續集》　　1／47A

楊鍾羲　《雪橋詩話三集》　1／25B

張其淦　《明代千遺民詩詠》（初編）　1／15A

《生壙自老》　（屈大均《翁山文外》八）

　　共有二十一筆傳記資料，各筆資料後的阿拉伯字是表示卷數和頁數。

　　《清代傳記叢刊索引》所收資料有：

011－755；018－069；018－256；018－364；

020－313；027－807；066－073；068－224；

069－622；070－082；078－789；080－102；

084－480；094－670；182－225；193－465

　　總計有十六筆，各筆資料前面的數字代表冊數，後面的數字代表頁數，逐筆查閱後，所得的資料條目，應該是：

文獻徵存錄　卷5　頁51

今世說　卷6　頁69

新世說　文學　頁19下

新世說　賞譽　頁32下

清詩紀事初編　卷2　頁291

感舊集小傳拾遺　卷4　頁6

明代千遺民詩詠　卷1　頁15

明遺民錄　卷13　頁3下

小腆紀傳　卷55　列傳48　頁602

勝朝粵東遺民錄　卷1　頁25下

清代畫史補編　頁11

嶺南畫徵略　卷2　頁22

皇清書史　卷30　頁12下

清史稿　卷484　列傳271　文苑1　頁13332

國朝耆獻類徵初編　卷429　文藝7　頁14

清朝先正事略　卷38　文苑　頁13

　　這十六筆資料，有的與《明遺民傳記資料索引》重複，可刪去。除了上述資料條目外，另有不專為明、清人編的《四庫全書傳記資料索引》。還有未收入《清代傳記叢刊》的《清史列傳》（北京：中華書局，1987年11月）、《清代人物傳稿》（上編　北京　中華書局　1984年～；下編　瀋陽　遼寧人民出版社　1984年～）等，也都應該檢索。然後將所得條目重新整理，剔除重複，就是屈大均大致的傳記資料條目，再逐條到圖書館查閱，將原始資料查出來。

　　至於古今人所作有關屈大均的年譜，可查王德毅編《中國歷代名人年譜總目》、來新夏編《近三百年人物年譜知見錄》等工具書。現代人寫的有關屈大均的傳記，可依照查現代論著的方法去查尋。

三、蒐集傳記資料示例（下）

　　上一小節以古人屈大均為例，這裡以日據時代作家張文環為例。讀者要了解臺灣文學以前是被忽略的，現在雖成為熱門之學，但學者願意為作家編傳記資料索引的可說沒有。要查他們的傳記資料，祇能從《中國文化研究論文目錄》第五冊傳記類、《中華民國期刊論文索引》、《臺灣文獻分類索引》等工具書入手。經查《中國文化研究論文目錄》，所錄張文環的資料如下：

我的國王（張文環）　張玉園　笠　84　38－40　67.4

明潭星墜‧張文環逝矣　黃得時　臺灣文藝　新6　133－137　67.6

念張文環先生　蔡瑞洋　臺灣文藝　新6　127－132　67.6

哀悼張文環先生　黃靈芝　笠　84　31－32　67.4

追憶張文環先生　龔連法　笠　84　26－28　67.4

悼念張文環先生　陳秀喜　笠　84　23－24　67.4

悼張文環兄回首前塵　巫永福　笠　84　14－22　67.4

悼張文環先生　井東襄　笠　84　33　67.4

悼張文環先生　李魁賢　笠　84　34－37　67.4

悼張文環先生　葉石濤　笠　84　25－26　67.4

粗線條的人粗線條的作品（張文環）　王詩琅　臺灣文藝
　新6　115－118　67.6

張文環及其作品簡介　羊子喬　自立晚報　10　68.4.19

張文環先生書簡　張文環　夏潮　4:4　74　67.4

張文環先生略譜　張孝宗　張良澤　笠　84　41－46　67.4

張文環君的二三事　李君晢　臺灣文藝　新6　123－126
　67.6

張文環的人間像　林芳年　夏潮　4:4　73－74　67.4

張文環紀念輯　巫永福等　笠　84　4－46　67.4

張文環與我　陳千武　笠　84　29－31　67.4

悲歡歲月──給父親（張文環）　張孝宗　臺灣文藝　新6
　139－142　67.6

給張文環的悼辭　吳建堂　笠　84　32－32　67.4

敬悼文環先生　廖清秀　笠　84　28－29　67.4

憶張文環兄也談其文學活動　巫永福　臺灣文藝　新6
　119－122　67.6

懷念文環兄　吳林英良　夏潮　4:4　71－72　67.4

計有二十三筆之多。但《中國文化研究論文目錄》收資料條
目僅至民國六十八年，之後的資料，得依賴《中華民國期刊論文

索引》、《臺灣文獻分類索引》來補足。但這兩種索引僅收期刊
條目，有不少合傳和辭典中的資料皆未收錄，如在圖書館仔細查
詢至少有：

1. 馳騁臺灣文壇的張文環　黃武忠著　日據時代臺灣新文學
   作家小傳　頁97－100　臺北　時報文化公司　1980年8
   月

2. 生息於斯的「滾地郎」——張文環（附張文環年表）　張
   建隆著　臺灣近代名人誌　第一冊　頁253－269　臺北
   自立晚報社文化出版部　1987年1月

3. 張文環　王晉民撰　臺灣文學辭典　頁112－113　成都
   四川人民出版社　1989年10月

4. 張文環　王晉民撰　臺灣文學家辭典　頁295－297　南
   寧　廣西教育出版社　1991年7月

此外，《臺灣作家全集》短篇小說卷，日據時代部分有張恆
豪主編的《張文環集》，除選錄張文環作品外，也有〈寫作年
表〉。國家圖書館《當代文學史料影像全文系統》中，也有張文
環的傳記資料。有關張氏的重要傳記資料，大抵如上而已。

第三節　蒐集著作資料

一、著作資料的類別

一位作者的著作，情況往往相當複雜，如果仔細分析，可分
為生前已完成者，後人編輯選錄者，後人託名者等類，每一類中
可再細分小類：

1. 生前已完成者

這是作者著作中最可靠的部分，由於是作者生前已完成或出版，比較沒有被篡改的可能。這一類的著作，有的是作者自己的作品，自己編輯而成，如果是友人、學生編輯，也經作者過目。有的是作者編輯性的著作，這也可以看出作者編纂的動機和思想傾向。

2. 後人編輯選錄者

有些作者生前並沒有將作品結集出版，過世後才由友人、學生輯錄成編。這樣的著作，有時會遺漏某些作品，有時也會誤收他人的作品，有時同一篇作品分別收入兩人的詩文集中，大概就是這種緣故。有時後人要編詩文選，選入某人的些許作品，如朱彝尊的《明詩綜》、沈德潛的《明詩別裁》、《清詩別裁》都是。

3. 後人託名之著作

有些學者在當時名氣很大，書商為了牟利，偽造不少書，皆假託他們的名字。如明代的楊慎、李贄、湯顯祖等人，皆有許多假託他們名字的書。在處理某人著作時，對於這類疑似偽託的書，都應另立一類來處理，不可跟其他著作相混。

二、蒐集著作資料示例（上）

要檢查屈大均的著作，應先從明、清兩代的藝文志和相關書目加以檢索。這兩個時代較重要的書目有：

1. 千頃堂書目　黃虞稷撰　上海　上海古籍出版社　1990年5月
2. 明史藝文志廣編等五種　臺北　世界書局　1963年
3. 重修清史藝文志　彭國棟纂修　臺北　臺灣商務印書館　1968年

4. 清史藝文志補遺　王紹曾主編　北京　中華書局　3冊　2000年9月

　　以上各種目錄，前三種僅能查到書名、卷數、作者名而已。第四種有註明版本。所查到的這種屈大均的著作，今藏於那些圖書館，就應再檢查各圖書館的藏書目錄。如就線裝書來說（包括善本書和普通線裝書）來說，臺灣一地應查的目錄，有下列數種：

1. 臺灣公藏善本書目書名索引　國立中央圖書館編　臺北　該館　1971年

2. 臺灣公藏善本書目人名索引　同上

3. 臺灣公藏普通本線裝書目書名索引　國立中央圖書館編　臺北　該館　1982年

4. 臺灣公藏普通本線裝書目人名索引　同上

　　這是根據臺灣八所藏有古籍圖書館的書目編輯而成。由於各圖書館的古籍書目都編於三十年前。這中間各館的古籍增加很多，有些圖書館已將目錄重編，如國立故宮博物院則編有《國立故宮博物院善本舊籍總目》。所以，除了上述索引外，這本《總目》也應檢索。另外，國家圖書館的普通線裝書比以前多數倍，現正編目中，在該館的善本古籍聯合目錄系統中可以查檢。

　　在大陸方面，有比較完善的善本聯合目錄，普通線裝書還沒有聯合目錄，但有些圖書館已編有個別的書目，茲臚列較重要的書目如下：

1. 中國古籍善本書目　上海　上海古籍出版社

　　經部　1989年10月

　　史部（上、下）　1993年4月

　　子部　1994年12月

　　集部　1998年3月

　　叢部　1990 年12 月

2. 北京圖書館古籍善本書目　北京圖書館編　北京　該館
　　1987 年

3. 北京圖書館普通古籍總目　上海圖書館編　上海　上海古
　　籍出版社　1986 年

　　此外，李靈年、楊忠等編的《清人別集總目》（安徽教育出
版社，2000）著錄清人文集相當詳備，且有註明典藏之圖書
館，檢索非常方便。

　　除了圖書館所藏的善本書和普通線裝書目外，由於有不少著
作都被收入叢書中，檢查叢書目錄也可得知屈大鈞著作被收錄的
情況。重要的叢書目錄有：

1. 中國叢書綜錄　上海圖書館編　上海　上海古籍出版社
　　1986 年

2. 中國叢書廣錄　陽海青編　武漢　湖北人民出版社　1999
　　年4 月

3. 臺灣各圖書館現存叢書子目索引　王寶先編　舊金山中文
　　資料中心　1975 ～ 1976 年

　　前兩者是檢索大陸的叢書所在，後一種是檢索臺灣的叢書。
近年編叢書的風氣很盛，像《四庫全書存目叢書》、《續修四庫
全書》、《四庫禁燬書叢刊》、《四庫未收書輯刊》、《民國叢書》
……等未收入上述叢書目錄中，要知道收有那些書祇好在電腦的
線上目錄檢索。

　　除了古籍部分外，也應該知道屈大均的著作有那些現代影印
本或點校本，是否有全集等，這可查下列書目：

1. 民國時期總書目　（1911 ～ 1949 ）　北京圖書館編　北
　　京　書目文獻出版社　1986 年8 月～

2. 全國新書目　國家出版事業管理局版本圖書館編　1950

　　年～

3. 全國總書目　　國家出版事業管理局版本圖書館編　　1949
　　年～

4. 中國國家書目　　北京圖書館《中國國家書目》編委會主編
　　北京書目文獻出版社　　1987年～

5. 古籍整理圖書目錄（1949～1991）　　國務院古籍整理出
　　版規劃小組辦公室編　　北京　　中華書局　　1992年

6. 中華民國出版圖書目錄彙編　　國立中央圖書館編　　臺北
　　該館　　1964年～1999年（改以Sinocat光碟版繼續發行）

　　這些書目份量相當多，檢查起來相當費時。有時為了節省時
間，可用電腦線上目錄檢索。

三、蒐集著作資料示例（下）

　　如就張文環來說，他生前出版的著作並不多，大部分是單篇
未結集的作品。要檢查他的專著，可利用下列工具書：

1. 中華民國作家作品目錄新編　　王燕玲等編輯　　臺北　　行政
　　院文化建設委員會　　1995年3月　　4冊

2. 中華民國作家作品目錄　1999　　封德屏主編　　臺北　　行
　　政院文化建設委員會　　1999年6月　　7冊

3. 臺灣文學作家年表與作品總錄（1945～2000）　　國家圖
　　書館參考組編輯　　臺北　　國家圖書館　　2001年3月

4. 中華民國出版圖書目錄彙編　　同前

5 臺灣文學辭典　　徐迺翔主編　　成都　　四川人民出版社
　　1989年10月

6. 臺灣文學家辭典　　王晉民主編　　南寧　　廣西教育出版社
　　1991年7月

另外，也可利用張豪主編的《張文環集》，該書後有〈寫作年表〉可參考。

如要查張文環的單篇作品發表在那裡，在日據時代部分可查：

1. 日據時期臺灣文學雜誌總目、人名索引　中島利郎編　臺北　前衛出版社　1995年3月
2. 臺灣時報總目錄　中島利郎編　東京　綠蔭書房　1997年2月
3. 日本統治期臺灣文學研究文獻目錄　中島利郎　河原功　下村作次郎、黃英哲編　東京　綠蔭書房　2000年3月

二書所著錄之篇數約有三、四十筆，至於戰後的作品並不多，也沒有合適的索引可檢查。

第四節　蒐集後人研究論著

一、後人研究論著的類別

所謂「論著」，是指論文和專著。但在臺灣，即使是碩士論文，也都有十萬字的篇幅，常常被當作專著看待。本小節討論論著的類別，是從資料的型態來區別。

1. 專著

是指有前言、章節、結論的整體性著作，這種書主題非常明確。大部分是一人獨自完成，如果是兩人以上合作撰寫，也是事先有作全盤的規劃，如任繼愈主編的《中國哲學史》、《宋明理學史》，葉國良等著的《經學通論》。

2. 論文集

集合一人或多人的論文而成的著作，單收一人論文的論文集稱為個人論文集，大部分學者會將某一段時間的研究成果集成論文集。另一種多人合著的論文集，種類繁多，有會議論文集、壽慶論文集、榮退論文集、學校建校××週年論文集。也有為了方便閱讀，將同一類的論文集合而成的論文集，如《中國經學史論文選集》。另有一種不定期，但連續性出版的書，如《經學研究論叢》、《宋代文學研究叢刊》，大陸的《中華文史論叢》、《學人》等，圖書館大多不把它當作期刊，而當作論文集處理。

3. 期刊論文

期刊是指定期出版的刊物，可分一般期刊和學報兩類。一般期刊往往由民間出資的雜誌社出版，學報大抵由學校、研究機構和基金會編輯出版。學報是某一學科研究水準的指標。大部分的學者都會先把研究成果發表在學報上，然後才收入論文集或專書中。所以，掌握期刊論文往往就能知道某學科研究的趨向。

4. 論文集論文

如把論文集視為一整體，就是一本專著，但如分開來看，當中的每一篇都是各自獨立的，可視為論文集論文。近年編論文集的風氣很盛，所以論文集論文在單篇論文中份量也相當重。不過，學術界還是比較重視期刊論文。

5. 報紙論文

刊登學術論文是臺灣報紙的特色之一。除了在副刊中常有外，有時報紙有定期的專刊，就是發表學術論文的專門園地。不然，也會以專論的形式，刊登名學者的論文，數十年前《聯合報》、《中國時報》競相刊登余英時先生的論文，對臺灣的學術界產生很大的影響。不過，一般人對報紙的論文，仍舊以通俗論文來看待，不是那麼重視。

6. 會議論文

召開學術會議所發表的論文。在臺灣的文史哲界要召開一次學術會議，往往經過一年以上的籌劃，發表的論文的學者也都是研究某問題的一時之選。所以，每篇論文都有相當的水平，不是像大陸開學術會議，誰都可以來參加，加上學者的文稿，祇兩三頁，水平並不高。歐美的某些學術會議，也祇發表一些構想而已。有些學者以國外的標準看輕臺灣的會議論文，這是有待糾正的錯誤觀念。會議論文經過篩選，編成論文集，就是論文集論文。

7. 學位論文

包括學士論文、碩士論文、博士論文。臺灣的大學本科生，大都已取消學士論文。所以，一般所謂學位論文，大都指碩、博士論文。在國外，把碩士論文當作一種學術練習，根本沒有人重視它，學校圖書館也不收藏，只有作者會留一份。在臺灣的碩士論文，大多經過兩、三年的撰寫過程，對某一學術論題也有相當程度的處理和解決，且篇幅多在十萬字以上。總體來說，有相當的學術價值，不可以國外的標準來看臺灣的學位論文。臺灣的學位論文，不但各學校有典藏，國家圖書館和政治大學社會科學資料中心也有較完整的收藏。

二、蒐集後人研究論著示例（上）

要蒐集研究屈大均的論著，由於蒐集專著和論文的工具書不完全相同，所以仍應分開來討論。

1. 檢查研究專著

1. 民國時期 ：是指民國元年至三十八年這一時段，可利用的工具書有：

民國時期總書目（1911～1949）　同前

抗日戰爭時期出版圖書聯合目錄　四川省中心圖書館委員會
　　編　成都　四川大學出版社　1992年10月

　　這一時期因為戰亂，有些圖書一出版即遭炸燬，有些書則因環境惡劣，流傳不廣，近年所編的《民國時期總書目》雖有意反映這一時期的出版狀況，但仍有許多遺漏。

　　2. 大陸地區：指民國三十八年十月中共建國後至現在，這一時期出版的專著，可利用的工具書有：

全國新書目　同前

全國總書目　同前

中國國家書目　同前

全國內部發行圖書總目（1949～1986）　中國版本圖書館
　　編　北京　中華書局　1988年8月

　　《全國新書目》為月刊本，每月發行一次，整個年度再彙集成年度的《全國總書目》。

　　3. 臺灣地區：指民國三十五年以來至現在，臺灣地區出版的研究專著，可利用的工具書有：

中華民國出版圖書目錄彙編　同前

全國新書資訊月刊　國家圖書館編　臺北　該館　1999年1
　　月～

　　比較早期出版的書，可查《中華民國出版圖書目錄彙編》，最近出版的書，可查《全國新書資訊月刊》。另外，也可以用線上目錄來檢索，如果不知書名或作者，可用「屈大均」這一關鍵詞來檢索。

2. 檢查單篇論文

　　1. 民國時期：可利用的工具書有：

國學論文索引（1～4編）　國立北平圖書館索引組編　臺

北　維新書局影印本　1968年

文學論文索引（1～3編）　陳碧如等編　臺北　臺灣學生
書局影印本　1970年

中國哲學史論文索引　方克立等編　北京　中華書局　1986
年～

中國史學論文索引（第一編）　中國科學院歷史研究所第
一、二所編　北京　科學出版社　1957年

中國史學論文索引（第二編）　中國社會科學院歷史研究所
編　北京　中華書局　1979年

重印東方雜誌全部舊刊總目錄　王雲五主持　臺北　臺灣商
務印書館　1974年

這幾種索引都有不足的地方，《國學論文索引》和《文學論文索引》僅編至民國二十四年（1935）。《中國史學論文索引》合一、二兩編，雖已編至民國三十八年（1949），所謂「史學」也指廣義的史學，但仍有不少遺漏。《東方雜誌總索引》也僅是該雜誌的索引而已。總之，這一時段的索引是非常不完備的。

2. 大陸地區，可利用的工具書有：

全國報刊索引　上海圖書館編　上海　該館　1955年3月

中國哲學史論文索引　同前

中國古典文學論文索引（1949～1980）　中山大學中文系
資料室編　南寧　廣西人民出版社　1984年6月

清史論文索引　中國社會科學院歷史研究所清史研究室編
北京　中華書局　1984年6月

《全國報刊索引》每月出版一次，是較方便的索引，但分類太瑣碎，且有不少遺漏。此外，中國人民大學出版的《複印報刊資料》中有《清史研究》，每期前有清史研究論文篇目，其中也有關屈大均的篇目。

3. 臺灣地區，可利用的工具書有：

中國文化研究論文目錄　同前

中華民國期刊論文索引（月刊、季刊本）　國立中央圖書館
　　期刊股編　臺北　該館　1970年～

中華民國期刊論文索引（年刊本）　同上　1978年～

《中國文化研究論文目錄》，收錄資料由民國三十五年（1946）至六十八年（1979），是檢查這一時段最重要的工具書，書未出齊，但已建置成資料庫系統。以後的論文篇目，可查《中華民國期刊論文索引》的年度彙編本。也可以查這一索引的光碟系統，使用上相當方便。

找到這些論文篇名後，還要能確定那個圖書館藏有該期刊。這可利用下列工具書：

全國中文期刊聯合目錄　（1833～1949）　全國圖書聯合
　　目錄編輯組編　北京　北京圖書館　1961年

臺灣地區現藏大陸期刊聯合目錄　行政院大陸委員會編　臺
　　北　行政院大陸委員會　1997年12月　修訂版

中華民國中文期刊聯合目錄　國立中央圖書館編　臺北　該
　　館　1980年

《全國中文期刊聯合目錄》可檢查民國三十八年（1949）以前各種期刊在大陸各圖書館收藏的情形。《臺灣地區現藏大陸期刊聯合目錄》，可檢查民國三十八年以後，臺灣二十七所圖書館收藏大陸期刊的情況。《中華民國中文期刊聯合目錄》，可檢查清末以來至民國六十九年（1980）間出版之期刊，臺灣各圖書館收藏之狀況。可惜已有二十多年未重編，很多新的期刊未收進去。當然，讀者也可以用線上公用目錄或「中華民國期刊指南系統」來檢索，以彌補紙本目錄的不足。

三、蒐集後人研究論著示例（下）

1. 檢查研究專著

張文環有三分之二的歲月在日據時代渡過，他可說是半個日本人，所以民國時期的各種書目，都沒有張文環的研究資料。即使大陸地區也要到一九八〇年以後，才開始研究臺灣文學。所以要檢查研究專著大抵以臺灣的工具書為主。可檢索者有：

中華民國出版圖書目錄彙編　同前

全國新書資訊月刊　同前

此外，常出版臺灣文學書籍的出版社，也隨時會有相關著作出版。

2. 檢查單篇論文

檢查單篇論文的工具書可利用：

中國文化研究論文目錄　同前

中華民國期刊論文索引（月刊、季刊本）　同前

中華民國期刊論文索引（年刊本）　同前

臺灣文獻分類索引　臺灣省文獻委員會編　臺中　該會
　　1961年～

除了這些工具書外，大陸和日本研究臺灣文學的論著資料，也有人加以整理，其中也有研究張文環的論文條目。這些工具書有：

大陸有關臺灣文學研究資料目錄索引（1979～1988）蔣朗
　　朗　臺灣文學觀察雜誌　第6期　1992年9月

日本的臺灣文學研究　孫立川、王順洪編　在《日本研究中
　　國現當代文學論著索引（1919～1989）》卷末　北京　北
　　京大學出版社　1991年8月

臺灣文學研究在日本　下村作次郎　臺灣文學觀察雜誌　第
　　6 期　1992 年 9 月

中國大陸臺灣文學研究目錄　陳信元、方美芬、吳穎文編審
　　臺南　國立文化資產保存研究中心籌備處　2002 年 11 月

　　此外，《文訊》雜誌每期都有臺灣文學研究的相關報導，也
應參考。

　　近年以現代文學作為學位論文的，逐漸多起來，要檢查學位
論文是否有張文環的資料，最常用的工具書是王茉莉、林玉泉主
編的《全國博碩士論文分類目錄》。也可檢查吳浩、楊素芬編的
〈國內有關臺灣文學研究的博碩士論文目錄〉（《臺灣文學觀察雜
誌》1、9 期）。其中也有研究張文環的學位論文條目。

第十章　撰寫小論文的方法

　　所謂小論文，是指長度在一萬字以內的論文。要求學生做期終報告，如果不是做提要、書評或編研究文獻目錄，以撰寫一萬字以內的小論文最適合。雖是小論文，從選擇論文方向、擬定論文大綱、撰寫論文初稿、作附註、編參考書目等程序，一點都不能忽略，這樣才能真正達到從寫作中累積經驗的效果。

第一節　選擇研究方向

　　一般討論學術論文寫作的書，都把這一節所要討論的，定為「如何選擇論文題目」。其實，比較準確的說法，應是如何選擇研究方向，筆者以為要選擇研究方向，至少應注意下列數點：

1. 應與興趣相合

　　大學本科四年，往往是專門學識的養成階段，有很多學生並不知興趣之所在，且有時某一種課程的讀書報告，很難依自己的興趣來選擇方向。即使如此，對某些研究對象仍有比較喜歡或不太喜歡的心理因素存在。例如詩選的課要作報告，有些同學比較喜歡杜甫，有些則喜歡李白，也有些喜歡李商隱，可以各自從喜歡的詩人中去找題目。如果是更專門的課，如「杜甫詩」，也有抒情詩、社會詩等之別，同學可依自己喜歡的程度，選擇一個類別的詩來作研究。如果特別喜歡某詩，也可以專門研究該詩。

2. 題目應大小適中

既是一篇一萬字左右的小論文，題目就不宜太大。筆者的建議是先從方向較大者蒐集資料，有深一層認識後，才把方向縮小。如果一開始就把方向定得太小，且整天祇抱著這個題目找資料，很難培養出宏觀通識的能力。

一個研究方向，往往可以分為許多層次，撰寫小論文往往選擇最小的層次來研究。為使讀者分清論題的層次，茲舉例如下：

學科＼層次	第一層次	第二層次	第三層次
經學	詩經國風研究	《詩經・國風》中的人文精神	《詩經・國風》的女性描寫
哲學	莊子思想研究	莊子的自然主義	莊子〈養生主〉研究
文學	白居易詩研究	白居易諷諭詩研究	白居易〈新豐折臂翁〉的分析

3. 資料是否容易取得

寫一篇小論文不一定要將前人的研究成果全部收羅齊全，但如果所要研究的資料，大都收藏在大陸或國外，以一位大學生的能力，就很難完成這個題目。大抵來說，應選擇自己學校或國內圖書館可找到大部分資料的論題，以免要託人向大陸和國外影印等，曠日費時，且花費不少，也非一位大學生經濟所能負擔。

4. 應有自己的心得

寫一篇小論文雖不一定特別強調創見，但總不能將數篇文章湊成一篇即了事，應該要有自己對此一論題的心得。所謂心得，是指自己對這問題的意見。這意見也不是隨隨便便的寫幾句，而是經過細密思考後的智慧結晶。如果在做報告時，按程序蒐集資

料、閱讀原典、參考後人研究成果，再進行論述，要有一點小心得應該不是難事。

在選擇研究論題時，不論是屬於經學、哲學、語言文字學，或文學、藝術的論題，都應先檢討前人研究成果，如果前人研究成果的質量已相當好，就可以不必重複研究，如果前人的研究成果雖多，但品質並不高，可以考慮研究。如果前人的研究成果相當少，就要考慮這一論題的價值尚未被發現，還是研究價值不高。一個論題有沒有研究價值，除應考慮該研究對象本身在該學科的成就外，也不可忽略該研究對象在當時的意義。

由於是授課老師所要求的讀書報告，授課老師在此一領域研究有年，與這小論文有關的問題都可請教授課老師，包括如何定題目、題目有無研究價值、如何蒐集資料、撰寫方法等，都可以請教。老師也可以從中了解學生學習過程中困難的所在，該如何為他們解決問題。學生也可以從老師的指點取得信心，順利完成報告。

第二節　撰寫小論文的程序和方法

在蒐集和閱讀過部分資料後，可以試著為自己的論文擬定寫作大綱，論文的大綱，好像是開車的標線，可協助您不違反交通規則，順利到達目的地。論文大綱應分別下列幾個部分。

一、前言部分

前言或稱導言、緒論、緒言，這是引導讀者進入論文主題的引導性文字。歸納前人的論文，此一部分應敘述：(1)在什麼動

機下研究此一論題？(2)此一論題有何學術價值或現實意義？(3)此一論題的研究對象和範圍如何？(4)前人有何相關研究成果，為何還要再研究？(5)如何進行此一論題的研究？

二、正文部分

這是論文的主體部分，依論文內容，各有不同的章節安排。論文小節的多寡也依材料而定。但應注意的是各章節間應作合理之安排。如研究一位歷史人物，總應從生平、著作討論起，才進入他的事功、思想、影響等的討論。有些學者看到一篇論文的正文一開始是討論研究對象的生平、著作，即視為方法老舊。筆者以為這要看論題而定，如果研究的是某些較不熟知的人物，該研究對象的生平、著作，仍有詳述的必要。

章節的安排以能凸顯預期的目的為主，如研究一個時段學術思想的演變，是以人為主或以思想概念為主，往往見仁見智，如果能將論文的前半篇討論思想概念的演變，後半篇討論重要思想家的思想內涵，就可兩方面皆兼顧，而不會有忽略某一方的質疑。

三、結論部分

有些人把這一部分稱為「結語」。其實，結語和結論有很大的不同。結語有時可三言兩語，或作感性的敘述，或較正經的敘述全文的主要論點；所謂結論，是為前面的論述作總結，所以比較嚴肅。一篇小論文，結論祇需四、五百字即可。這短短的篇幅，至少要將前文的論證部分作最簡要的敘述，讓讀者在很短的時間內得知論文的論證結果，甚至是論文的創見。有時一篇論文

是否有價值，看結論就可得知一二。

此外，如果有未能解決的問題，也可以在結論之末點出，以便自己或有心的研究者將來繼續研究之用。

四、引用資料的方式

寫作論文時，必然會引用到古人或時人的資料，引用時應特別注意：(1)引文長短要適中，一萬字左右的小論文，引文應盡量短小。(2)應忠於原文，不可隨意刪改，如果引文有不通順或錯誤的地方，可加註說明。(3)轉引文字必須覆按原文，以減少錯誤。

除上述應注意事項外，引文的方式較常見的是隨文引用和方塊引文。所謂隨文引用，是在行文中直接引用原文，這種方式大多以引短句為主，如：

> 就《易傳》來說，姚氏有《易傳通論》六卷，該書已亡佚。姚氏《古今偽書考》「易傳」條論《易傳》真偽時，曾說：「予別有《易傳通論》六卷。」（頁1）《四庫全書總目》所收姚氏《庸言錄》的提要說：「其姚氏說經也，如闢圖書之偽，則本之黃宗羲，……至祖歐陽修、趙汝楳汝楳之說，以《周易・十翼》為偽書，則尤橫矣。」（卷119，子部，雜家類存目6）可見姚氏並不以《易傳》為孔子所作。

這段文字引到《古今偽書考》和《四庫全書總目》兩書，都以隨文引用的方式來處理。

如果引文稍長，為凸顯該引文，可用方塊引文來處理。由於

引文稍長，每行皆低三格，形成一方塊形，所以稱「方塊引文」。例如：

> 漢人解經，注重訓詁名物；宋人解經，專講義理。這兩派截然不同。啖、趙等在中間，正好作一樞紐，一方面把從前那種沿襲的解經方法，推翻了去；一方面把後來那種獨斷的解經方法開發出來。啖、趙等傳授上與宋人無大關係，但見解上很有關係，承先啟後，他們的功勞，亦自不可埋沒啊！（梁啟超：《儒家哲學》，頁36）

這段引文，首行從第四格開始書寫，以下各行也是如此，形成一「方塊」。

五、論文大綱示例

以下以筆者所撰〈陳奐《詩毛氏傳疏》的訓釋方法〉一文的章節安排作為例子：

一、前言
二、著書經過和全書體例
三、陳氏著書的基本態度
四、對《詩序》的訓釋
五、勘正經傳文的脫誤
六、疏釋字詞和名物制度
七、結論

這個大綱除了前言和結論外，從第二至第六節，即所謂正文部分。陳奐是清中葉的《詩經》學家，所著《詩毛氏傳疏》是清乾嘉時代重要的《詩經》學著作，要討論這書如何訓釋《詩經》

和毛亨的《毛詩詁訓傳》，就應先了解陳奐的著書經過和全書體例。接著，因為《詩經》學上有所謂漢、宋學之別，陳奐既用疏體來訓釋《毛詩詁訓傳》，採的是漢學的路，這也是有必要向讀者說清楚，所以要討論陳氏著書的態度。毛亨《毛詩詁訓傳》將《詩序》納入書中，雖未對《詩序》作訓釋，但兩書合在一起，《詩序》也成了《毛詩詁訓傳》的一部分，後人也將《詩序》稱為《毛詩序》。陳奐如何訓釋《詩序》，可看出他對《詩序》的態度。至於經傳文的訛誤，字詞名物的疏釋，也都是陳奐著書的重點，都應該加以探討。

第三節　論文的附註

在寫論文的過程中隨時要把資料的出處記下來，以便作附註用。附註是現代學術論文所不可或缺的部分。沒有附註是學術論文的一大缺陷，附註不夠嚴謹也影響論文之品質，甚至影響到作者的形象。

如從作者的角度來看，附註至少有下列作用：

1. 提示資料出處，並陳述資料的權威性。

2. 指引讀者參考相關資料。

3. 補充說明正文中的論點。

4. 糾正前人資料的錯誤。

5. 向提供意見或資料者表達感謝之意。

如對讀者來說，可以根據附註來覆按資料，或藉附註的指示，得到更多的資料。

一、附註的類別和位置

一般來說，附註大抵可分為兩大類，一類是資料性的附註，這又分為兩種，一種是說明所引資料的出處，一篇論文的附註約有百分之八十屬於此類。如：

例1：見王叔岷：〈論校詩之難〉，《臺大中文學報》第3
期（1979年12月），頁15。

這一條表示王叔岷先生的〈論校詩之難〉，出於《臺大中文學報》第三期。

另一種是提示相關資料，論文中所述及的某個問題，前人也許已有不少的研究成果，作者如果願意提供所知給讀者參考，就可加註。如：

例2：討論周人天命思想的論著相當多。早期有郭沫若的
《先秦天道觀的進展》（上海：商務印書館，1933年5月）
一書，晚近討論此問題專著不少，如黎建球的《先秦天道
思想》（臺北：箴言出版社，1974年7月）；李杜的《中
西哲學思想中的天道與上帝》（臺北：聯經出版事業公
司，1978年11月）；楊慧傑的《天人關係論》（臺北：大
林出版社，1981年1月）；黃湘陽的《先秦天人思想述論》
（臺北：文史哲出版社，1984年4月）；傅佩榮《儒道天
論發微》（臺北：臺灣學生書局，1985年10月）等。這些
書對周人的天命觀都有較詳細的討論，可參考。

第二類是說明性的附註。這一類的附註又可分為數種：(1)補充說明論文中的某些論點；(2)訂正前人論點的錯誤；(3)感謝師友提供資料或意見。

　　至於附註的位置，可分為：一是隨文註，在行文中即作註：

> 近姚立方作《偽周禮論註》四本，桐鄉錢君館於其家多日，及來謁，言語疏率，瞪目者久之。囁囁嚅嚅而退，然立方所著亦不示我，但索其卷首總論觀之，直紹述宋儒所言，以為劉歆作，予稍就其卷首及宋儒所言者略辨之，惜其書不全見，不能全辨，然亦大概矣。（《西河文集・書七》，頁220）

　　二是當頁註，即在附註所在的當頁，將註文附於該頁的一邊，如果是直排，則在該頁的左邊；如果是橫排，則是在書頁的下端。如次頁範例。

　　三是文末附註，作小論文時附於全文之後。如果是有章節的學位論文，往往在每節或每章之後。

　　當今用電腦排版非常方便，三種附註中以當頁註對讀者最為方便，所以大部分的論文都已改用當頁註。

二、附註的目錄項

　　許多論文的附註，在註明出處時，往往只註作者、書名、卷數而已，其實，所引書的出版項也很重要。如果附註的目錄項體例不統一，也將影響到論文的品質。

1. 關於作者

這裡所說的作者，包括著者、編者、注疏者、輯者、點校

一九五一年五月，熊氏完成《與友人論六經》[1]一書，計有七萬餘言。其中論《周禮》一書約佔五分之三之篇幅。此為熊氏有關《周禮》思想之所在。所謂《與友人論六經》之「友人」是誰，有董必武和毛澤東二說。[2]個人以為該書應是以長函的方式寫給董必武，後來董氏轉呈給毛澤東看。董氏為中共的開國元老，並非學術中人，熊氏何以要與之論六經，且特別多談艱澀枯燥之《周禮》，後文將加以討論。

---

[1] 本文所採用者，為1988年3月明文書局排印本。

[2] 郭齊勇的《熊十力及其哲學》、《熊十力與中國傳統文化》，皆以為寫給毛澤東。翟志成〈論熊十力思想在一九四九年後的轉變〉一文曾云：「一九五一年熊十力撰《論六經》，該書實際上是向毛澤東上書，都約七萬言，力言實行社會主義。……《論六經》由林伯渠、董必武、郭沫若轉致毛澤東。」後來，郭齊勇的《熊十力傳》則以為：「友人係指董必武。熊十力春天與董見面時就想與他談儒家經典，後取筆談形式。全書於六經中對《周禮》發揮甚多，帶有空想社會主義色彩。

者、修訂者、翻譯者……等，著錄作者名，大抵根據書名頁、版權頁和封面。

(1)作者如果二位或三位，則按順序列出所有作者，再加上「合著」、「合編」、「合譯」……等字樣。

(2)若有三位以上之作者，則僅錄第一位作者，而於其後加「等撰」、「等主編」、「等譯」……之字樣。

(3)古書註釋者往往分很多層次，應分別加以註明，有時為了讓讀者了解註釋者的時代，可加上朝代名，如：

（漢）毛亨傳、鄭玄箋、（唐）孔穎達疏：《毛詩正義》。

(4)古書偽作甚多，作者可題「舊題×××撰」。

(5)古書已佚，後代有輯本者，應註明原作者和輯佚者，如：

（晉）孫毓撰、（清）馬國翰輯：《毛詩異同評》二卷。

(6)古書有點校者，應將點校者標明，如：

（清）孫詒讓撰，王文錦、陳玉霞點校：《周禮正義》

(7)作者為機關、團體時，應將機關、團體標出，如：

國立中央圖書館：《中國文化研究論文目錄》。

2. 關於書名和篇名

(1)古書有很多異名，註記時應以所引用版本之書名為主。

(2)引用之資料如有副標題，該副標題應一併註記。

(3)所引資料，如為論文集中之一篇，應先記篇名，再註記論文集名：

> 林慶彰：〈方東樹對揚州學者的批評〉，見祁龍威、林慶
> 彰主編：《清代揚州學術研究》（臺北：臺灣學生書
> 局，2001 年4 月），上冊，頁211 ～230 。

(4)期刊有分版時，應加括號註記於刊名之後，如：

> 《輔仁學誌》（文學院之部）
> 《廈門大學學報》（哲學社會科學版）

(5)期刊、報紙有改名者，引用改名前之資料，不可註記改名後之刊名，如《中國時報》原名《徵信新聞報》，引用改名前之資料，不可註記為《中國時報》。

3. 出版項

所謂出版項包括：出版地、出版者、出版日期、版次、所屬叢書等項。

(1)出版者大都在都會區，註明出版地時，都不加「市」字，如「臺北市」僅作「臺北」、「東京都」僅作「東京」。

(2)註記出版者應用全稱，但「股份」、「股份有限公司」等字可省略。如「聯經出版公司」，不可省作「聯經」。又「華文書局股份有限公司」作「華文書局」即可。

(3)某些出版者有加「臺灣」二字，不可隨意省略，如「臺灣商務印書館」，不可省作「商務印書館」。

(4)出版者改名，或學校升格改名，引用改名前之出版品，

註記時不可用改名後之名稱。如引用「中國文化學院」時代之出版品，不可註記為「中國文化大學」。

(5)出版者如果為作者本人，可註記「作者印本」。

(6)各國出版品記年法各有不同，不可隨意改為民國，但為求統一，可一併改為西元紀年。

(7)期刊、報紙之論文，不必註記出版地、出版者，僅註明出版日期即可。

(8)未出版之會議論文，註記時以會議日期為準。

(9)出版品如屬於叢書的一種，應將叢書名註記於出版日日期之後，有版次者則註記在版次之後。

4. 章節、卷期、頁數

(1)古書的卷數、頁數都刻在書口，頁數是兩頁共用一頁碼，註記時可在頁碼後加「上」、「下」之字樣，以示分別。

(2)古書的影印本往往四頁拼成一頁，且重編頁碼，引用時，仍應註記原卷數和頁碼。

(3)引用現代專著，有章節者應將章節一併註記。

(4)引用期刊論文，應註明卷期、頁數。

(5)引用報紙論文，應註明版次。

5. 再次引用

同一資料引用兩次以上（含兩次）時，可依下列方法註記：

(1)作者、書名、章節、頁數全同時，僅需註明「同前註」，卷數、頁數不同時，應將不同之卷、頁數標出，如：

註1：王叔岷：〈論校書之難〉，《臺大中文學報》第3期
　　　（1989年12月），頁1。

註2：同前註。

註3：同前註，頁3。

(2)再次徵引的註，如果不接續，可用簡式註記，即省略出版項，但仍需註記卷、頁數，如：

> 註1：徐朔方：《湯顯祖評傳》（南京：南京大學出版社，1993年7月），第2章〈坎坷的仕途〉，頁59。
> 註2：鄭培凱：《湯顯祖與晚明文化》（臺北：允晨文化公司，1995年11月），頁221。
> 註3：徐朔方：《湯顯祖評傳》，第3章〈最後的歲月〉，頁202。

第四節　論文的參考書目

一篇小論文如果有附註，所引用的資料大抵都已在附註內，可不必再編參考書目。但有些論文作者認為附註所列的僅是引用到的書而已，實際參考而未引用的還不少，有必要再列一書目，供讀者參考。既有部分作者認為需編參考書目，有關參考書目的編製方法、編排和目錄項之安排也必須加以說明。

一、編製參考書目之方法

在蒐集資料的過程中，有些人可能已編輯了一份研究主題的相關文獻目錄，可以從中挑出有參考和引用的書目，再加以增補即可。如果蒐集資料時沒有意願編輯一份相關文獻目錄，為了論文完成後編輯參考書目方便，應將所參考過的資料隨時記錄下來。記錄時，可先用書目卡來處理，經整理後再輸入電腦存檔。

專書、期刊論文、論文集論文、學位論文、報紙論文各有不同的記錄方法，下文再分別敘述。

如果自己覺得在寫作過程中，有些參考資料，並沒有很仔細的記入書目卡中，你也可以趁校對論文時，將書目卡或電腦中的檔案資料與論文核對一遍，把資料補充完備。比較麻煩的是沒有記書目卡，電腦中也沒有存檔，所借的書都已歸還圖書館或朋友，那要完整地作出一份參考書目，可能要比原來做書目卡多出數倍的時間，這是最糟糕的情況。每位論文寫作者應儘量避免此一情況的發生。

二、參考書目的編排

雖是一篇小論文，參考書目的編排也是一門大學問。現有的學位論文，或單篇論文，作者並沒有較一致的規範可遵循，所以參考書目的編排花樣甚多，有用傳統分類法的，有用現代圖書分類法的，有用書名或作者筆畫多寡排的。筆者認為參考書目除了記錄作者參考那些書外，也有提供讀者相關資料的作用，也就是要讓讀者在最短的時間內知道那一個問題，您參考了那些書。因此，參考書目仍以分類法編排比較合理。如果論文參考的古書很多，且分布在經、史、子、集各類中，則應按四部分類來編排，即使沒有四部的類名，整理書目的順序也應有四部的條理在內。四部之外，再加上論文一類即可。

如果研究的是與近當代有關的論題，參考的古書沒那麼多，就可以用現代的圖書分類方法來分類，如經學、哲學、宗教、歷史、傳記、語言文字學、文學、……等來立類，後面再加上論文即可。不論是用傳統的分類法或是現代的圖書分類法，在編排時，仍有些事項必須注意：

1.用傳統四部分類法時，四部中也應有合理的安排順序，為了避免書名分類分錯，作者時代也弄錯，可參考《四庫全書總目》的分類法作為分類的依據。

2.在論文這一項，包括學位論文、期刊論文、論文集論文、會議論文和報紙論文等。可以混合排列，也可將學位論文獨立編排，其他則混合排列，排列時仍應按內容性質作適當之分類。

3.中文論文中多少會引用一些外文資料，如果數量不多，可和中文資料混合排列。如果數量較多，可另立「外文資料」一類來容納。

三、參考書目的目錄項

參考書目的目錄項，一如附註的目錄項，每一項都應註記清楚。至於應將書名或作者列為目錄項的第一項，一直有不同的看法，筆者以為參考書目既是要讓別人知道參考那些書，就應將書名列為第一項，且古書中的作者，有原著者、注者、疏者，如：「（漢）司馬遷著、（宋）裴駰集解、（唐）司馬貞索隱、張守節正義，史記三家注」，書名可能都要排到第二行，要找個書名多麼麻煩，所以還是以書名列為第一項較理想。另外，應注意的是：

(1)參考書目所列各書，最好都不加書名號，以免符號太多，反而影響美觀。

(2)每一書之目錄項太長，必須換行時，應另起一行，比原一行縮一格書寫。

(3)書目中各目錄項間的標點可用可不用，如不用的話，各項間作空格即可。

(4)出版者之名稱，應用全稱，不可任意省略。

(5)書目直式排列時，數字一律用國字小寫；橫式排列時，用阿拉伯字。

(6)出版日期不僅記年，也應記月。

茲將各種體裁的資料列出所應註記的目錄項，舉例如下：

1. **古籍原刻本**：書名、作者、刊本。如：

　　毛詩註疏　　（漢）鄭氏箋　　（唐）孔穎達疏　　明崇禎三年
　　　毛氏汲古閣刊本

2. **影印古籍叢書**：書名、作者、叢書名、出版地、出版者、出版日期、版次（初版不用註記）。如：

　　漢上易傳　　（宋）朱震撰　　影印文淵閣四庫全書本　　臺北
　　　臺灣商務印書館　　1983 年
　　尚書考異　　（明）梅鷟撰　　百部叢書集成影印平津館叢書
　　　本　　臺北縣　　藝文印書館　　1965 年

3. **現代專著**：書名、作者、出版地、出版者、出版日期、版次。如：

　　陳乾初大學辨研究　　詹海雲撰　　臺北　　明文書局　　1986
　　　年 8 月

4. **期刊論文**：篇名、作者名、期刊名、卷期、出版日期。如：

　　清代學術思想史重要觀念通釋　　余英時撰　　史學評論　　第

5 期　1983 年 1 月

5. **論文集論文：**篇名、作者名、論文集名、出版地、出版者、出版日期。如：

宋人疑經的風氣　屈萬里撰　收入書傭論學集　臺北　臺灣開明書店　1969 年 3 月

6. **學位論文：**篇名、作者名、所屬學校名、畢業日期、指導教授。如：

日據時期臺灣社會領導階層之研究　吳文星撰　臺灣師範大學歷史研究所博士論文　1986 年　林明德指導

7. **會議論文：**篇名、作者名、會議名稱、主辦單位、會議日期。如：

黃宗羲《孟子師說》試探　古清美撰　「明代經學國際研討會」論文　臺北　中央研究院中國文哲研究所　1995 年 12 月 22～23 日

8. **報紙論文：**篇名、作者名、報紙名、版次、出版日期。如：

探求臺灣文學中的社會　李瑞騰撰　中央日報　第 18 版 1995 年 11 月 24 日

附錄

附錄一：各主要圖書分類法簡表

一、中國圖書分類法簡表*

0	**總類**	130	東方哲學
000	特藏	140	西洋哲學
010	目錄學	150	論理學
020	圖書館學	160	形而上學；玄學
030	國學	170	心理學
040	類書：百科全書	180	美學
050	普通期刊	190	倫理學
060	普通會社	2	**宗教類**
070	普通論叢	200	宗教總論
080	普通叢書	210	比較宗教學
090	群經	220	佛教
1	**哲學類**	230	道教（神仙）
100	哲學總論	240	基督教
110	思想學問概說	250	回教（伊斯蘭教）
120	中國哲學	260	猶太教（以色列教）

* 賴永祥編，增訂第七版，民國78年。

270　其他各教；群小諸宗教　　510　統計

280　神話　　　　　　　　　520　教育

290　術數；迷信　　　　　　530　禮俗

3　自然科學類　　　　　540　社會學

300　科學總論　　　　　　　550　經濟

310　數學　　　　　　　　　560　財政

320　天文　　　　　　　　　570　政治

330　物理　　　　　　　　　580　法律

340　化學　　　　　　　　　590　軍事

350　地學‧地質學　　　　**6　史地類**

360　生命科學　　　　　　　600　史地總論

370　植物　　　　　　　　　**中國**

380　動物　　　　　　　　　610　中國通史

390　人類學　　　　　　　　620　中國斷代史

4　應用科學類　　　　630　中國文化史

400　應用科學總論　　　　　640　中國外交史

410　醫藥　　　　　　　　　650　史料

420　家事；家教　　　　　　660　中國地理

430　農業　　　　　　　　　670　方志

440　工程　　　　　　　　　680　類志

450　礦冶　　　　　　　　　690　中國遊記

460　應用化學：化學工藝　**7　世界**

470　製造　　　　　　　　　710　世界史地

480　商業；各種營業　　　　720　海洋誌

490　商業；經營學　　　　　730　東洋；亞洲

5　社會科學類　　　　740　西洋

　500　社會科學總論　　　750　美洲

二、中國圖書十進分類法*

* 何日章編。

160 形上學

170 心理學

〔180〕 美學

190 倫理學

200 宗教部

210 比較宗教學

220 佛教

230 道教

240 基督教

250 回教

270 其他各教

280 神話

290 術數

300 社會科學部

310 統計學

320 政治學

330 經濟學

340 財政學

350 法律學

360 社會學

370 教育學

380 軍事學

390 禮俗，民俗學，民族學

400 語言文字學部

410 比較語言學

420 中國語言學

430 東方其餘各國語言學

440 羅馬語族

450 日耳曼語族

460 波羅的一斯拉夫語族

470 其他印歐語言

480 其他各洲語言

490 人為語

500 自然科學部

510 數學

520 天文學

530 物理學

540 化學

550 地球科學

560 生命科學

570 植物學

580 動物學

590 人類學

600 應用科學部

610 醫學

620 家政學

630 農業科學

640 工程學

650

660 化學及相關技術

670 製造

690 商業

700 藝術部

710 園林藝術

720	建築藝術	870	西方文學
730	雕塑	880	西方其他各國文學
740	中國書畫	890	美、非、大洋諸洲文學
750	西方書畫	**900**	**史 地 部**
760	電影	910	世界史地
770	攝影	920	中國史地
780	音樂	930	東方史地
790	遊藝	940	西方史地
800	**文 學 部**	950	美洲各國史地
810	比較文學	960	非洲各國史地
820	中國文學	970	大洋洲各國史地
830	中國文學作品：總集	980	傳記，譜系學
840	中國文學作品：別集	990	古物，考古學，物質文
850	中國文學作品：特種文藝		化史
860	東方文學		

三、杜威十進分類法大綱*

000　GENERALITIES　總類

010　Bibliographies　目錄學

020　Library & Information Sciences　圖書館學與資訊科學

030　General Encyclopedic Works　普通百科全書

040

050　General Serials & Their Index　一般期刊及索引

---

* 依《杜威十進分類法》第二十版，1989 年。

060 General Organizations & Museology 普通機關與博物館

070 News Media, Journalism, Publishing 新聞媒體，新聞學，出版

080 General Collections 普通叢書

090 Manuscripts & Rare Books 手稿與善本

100 PHILOSOPHY & Psychology 哲學與心理學

110 Metaphysics 形而上學

120 Epistemology, Causation, Humankind 認識論，原因，人

130 Paranormal Phenomena 超自然現象

140 Specific Philosophical Schools 哲學派別

150 Psychology 心理學

160 Logic 理則學

170 Ethics（Moral Philosophy） 倫理學

180 Ancient, Medieval, Oriental Philosophy 古代，中古及東方哲學

190 Modern Western Philosophy 近代西方哲學

200 RELIGION 宗教

210 Natural Theology 自然神學

220 Bible 聖經

230 Christian Theology 基督教神學

240 Christian Moral & Devotional Theology 基督教道德與信仰神學

250 Christian Orders & Local Church 基督教聖職與地方教會與神職

260 Christian Social Theology 基督教社會神學

270　Christian Church History　基督教教會歷史

280　Christian Denomination & Sects　基督教各教派

290　Other & Comparative Religions　其他宗教，比較宗教

| 300　THE SOCIAL SCIENCES　社會科學 |

310　General Statistics　一般統計

320　Political Science　政治學

330　Economics　經濟

340　Law　法律

350　Public Administration　公共行政

360　Social Services; Association　社會服務；社團

370　Education　教育

380　Commerce, Communications, Transport　商學、交通、運輸

390　Customs Etiquette, Folklore　民俗，禮儀，民間傳說

| 400　LANGUAGE　語言 |

410　Linguistics　語言學

420　English & Old English　英語與古英語

430　Germanic Languages　German　日耳曼語　德語

440　Romance Languages　French　法語

450　Italian, Romanian, Rhaeto-Romanic　意大利語

460　Spanish & Portuguese Languages　西班牙語與葡萄牙語

470　Italic Languages　Latin　拉丁語

480　Hellenic Languages　Classical Greek　希臘語

490　Other Languages　其他語言

| 500　NATURAL SCIENCES & MATHEMATICS 自然科學與數學 |

510　Mathematics　數學

520　Astronomy & Allied Sciences　天文學與有關科學

530　Physics　物理

540　Chemistry & Allied Sciences　化學與有關科學

550　Earth Sciences　地球科學

560　Paleontology　Paleozoology　古生物學；古動物學

570　Life Sciences　生物科學

580　Botanical Sciences　植物學

590　Zoological Sciences　動物學

600　THCHNOLOGY(APPLIED SCIENCES)　技術(應用科學)

610　Medical Sciences　Medicince　醫學

620　Engineering & Allied Operations　工程

630　Agriculture　農業

640　Home Economics & Family Living　家政與家計

650　Managerial & Auxiliary Services　管理科學

660　Chemical Engineering　化學工業

670　Manufacturing　製造

680　Manufacture for Specific Uses　其他特殊用途製造

690　Buildings　營造

700　THE ARTS　藝術

710　Civic & Landscape Art　市政藝術與景觀藝術

720　Architecture　建築

730　Plastic Arts　Sculpture　彫塑

740　Drawing & Decorative Arts　描畫與裝飾藝術

750　Painting & Paintings　繪畫

760 Graphic Arts   Printmaking & Prints   印刷術；版畫複製與印畫

770 Photography & Photographs   攝影術與照片

780 Music   音樂

790 Recreational & Performing Arts   遊藝與表演藝術

800   LITERATURE (BELLES-LETTERS)   文學

810 American Literature in English   美國文學

820 English & Old English Literatures   英國與古英語文學

830 Literatures of Germanic Languages   日耳曼語文學

840 Literatures of Romance Languages   法國文學

850 Italian, Romanian, Rhaeto-Romanic   意大利文學

860 Spanish & Portuguese Literatures   西班牙與葡萄牙文學

870 Italic Literatures   Latin   拉丁文學

880 Hellenic Literatures   Classical Greek   希臘文學

890 Literatures of Other Languages   其他語言文學

900   GEOGRAPHY & HISTORY   地理與歷史

910 Geography & Travel   普通地理及遊記

920 Biography, Genealogy, Insignia   傳記，系譜，紋章

930 History of Ancient World   古代史

940 General History of Europe   歐洲史

950 General History of Asia   Far East   亞洲史；遠東史

960 General History of Africa   非洲史

970 General History of North America   北美洲史

980 General History of South America   南美洲史

990 General History of Other Areas   其他地區史

附錄二：提要舉例

一、《中國近三百年學術史》 梁啟超撰

　　《中國近三百年學術史》是介紹中國十七至十九世紀的學術發展情況的專著。從公元一六二三年（明天啟三年）至公元一九二三年這一段時期，中國學術變遷的大勢及其在文化上的貢獻如何，這是梁啟超長期研究的問題，在他寫成《清代學術概論》之後的三年，他就從事這部書的寫作了。這部書涉及的範圍與前書差不多，但材料與組織很有些不同，內容豐富多了，共分十六章。

　　第一章〈反動與先驅〉，第二、三、四章〈清代學術變遷與政治的影響〉，他說：「清末三四十年間清代特產之考證學，雖依然有相當的部分進步，而學界活力之中樞，已經移到『外來思想之吸受』。」列有一附表〈明清之際耶穌會教士在中國者及其著述〉，見表者有六十五人之多。第五章〈陽明學派之餘波及其修正──黃梨洲〉，對黃宗羲的學術思想作了比較詳細的評述，他說：「梨洲之學，自然是以陽明為根柢，但他對於陽明『致良知』有一種新解釋，『致字即是行字』。」接著指出：「梨州的見解如此，所以他一生無日不做事，無日不讀書，獨於靜坐參悟一類工夫，絕不提倡。」因此，梁啟超認為黃宗羲不是王學的革命家，也不是王學的承繼人，而是王學的修正者。又指出其《明

夷待訪錄》是人類文化之一高貴產品，其學問影響後來最大者，在他的史學，「明史大半是萬季野稿本，而季野之史學，實傳自梨洲。」此外，還介紹了其《易學象數論》等書。

第六章〈清代經學之建設〉寫顧亭林、閻百詩。第七章〈兩畸儒〉介紹王船山、朱舜水。第八章〈清初史學之建設〉敘述萬季野、全謝山。第九、十章講張楊園、陸桴亭、陸稼書、王白田、顏習齋、李恕谷。第十一章〈科學之曙光〉，指出清代的算術和曆法極為發達，而間接影響於各門學術之治學方法也很多。他極力推崇王錫闡、梅文鼎。梅文鼎所著曆算書八十餘種，列出了書目七十一種，最後對梅文鼎在學術上的貢獻說明了五點：曆學脫離占驗迷信，而建設在真正科學基礎之上，自利瑪竇、徐光啟啟其緒，至梅文鼎才把這種觀念確定；曆學史的研究，自梅文鼎開始；梅文鼎認定曆學必須建設在數學基礎之上；他還努力於曆學的普及；他生當中西新舊兩派交哄正劇時，他雖屬新派，但尊重舊派，尊重古書，把許多古書重新加以解釋，力求本國科學的獨立發展。第十二章是〈清初學海波瀾餘錄〉。

最後第十三章至第十六章〈清代學者整理舊學之總成績〉，對經學、小學、音韻學、校注古籍、辨偽書、輯佚書、史學、方志學、地理學、傳記及譜牒學、曆算學及其他科學、樂曲學的研究成績，逐一作了介紹，不僅介紹成果，而且還總結出一些規律性知識，如在談校注古籍時，他提示了幾種校勘法：兩種本子，互相對照，記其異同，擇善而從；根據旁證、反證校正文句之原始的訛誤；發現原著原定體例，以此糾正全部通有的訛誤；根據別的資料，校正原著之錯誤或遺漏。本書對從事考證、整理古籍者，是一部很重要的參考書，研究明清史者亦不可不讀。本書收入《飲冰室合集》，列為專集第十七冊。　　　　　（王瑞明）

——錄自張舜徽主編《中國史學名著題解》（北京：中國青年出

版社，1984年2月），頁257～258。

二、《杜工部集箋註》二十卷　　　　　錢謙益撰

　　錢謙益，字受之，號牧齋，自號蒙叟、東澗遺老、虞鄉老民，人稱牧翁，常熟（今江蘇省常熟縣）人。生於明萬曆十年（1582），萬曆三十八年（1610）進士，授翰林院編修。天啟中魏閹用事，謙益以名隸東林黨罷職。崇禎初，復官，擢禮部侍郎。後坐事削籍歸里。居家，建絳雲樓，廣貯圖書。是時詩文已負盛名。福王立，官南明禮部尚書，加宮保，南京破，迎降清兵。順治三年（1646）授內秘書院學士，兼禮部侍郎，尋充明史館副總裁，不久乞歸。順治四年坐罪繫獄，後獲釋。順治七年絳雲樓火，宋刻元槧存者無幾，論者謂絳雲一炬，實江南圖書一厄運。晚歲歸皈釋教，無心著述，唯箋注杜詩，順治十八年（1661）撰寫成書。康熙三年（1664）卒，年八十三。

　　謙益人品不高，為世所譏。學問淵博，諳悉朝典，尤通明史；文章博贍，為海內推服；其詩昌大宏肆，以少陵為宗，為清初大家。其詩文有《初學集》、《有學集》（收入《四部叢刊》），編輯明詩為《列朝詩集》。

　　《箋注杜詩》乃其《讀杜小箋》、《讀杜二箋》增益而成，「年四五十即隨筆記錄，極年八十書始成」（季振宜《錢注杜詩》序）。由始撰《小箋》到《箋注杜詩》成書，前後歷三十年。崇禎六年（1633）撰成《小箋》，箋詩六十四則，分上、中、下三卷；次年又撰成《二箋》一卷，箋詩三十二則，後又增益為上、下二卷，末附《注杜詩略例》若干則，并《小箋》三卷由其門人瞿式耜於崇禎十六年（1645）合刻於《初學集》。後全本《箋注

杜詩》之精華大略具見於《小箋》、《二箋》。先是朱鶴齡方輯注《杜集》，謙益授以《小箋》、《二箋》及九家注、吳若本《杜集》，「欲其將箋本稍稍補葺，勿令為未成書耳。不謂其學問繁富，心思周折，書成之後，絕非吾本來面目。」（謙益與錢曾書）於是錢朱互相詆謀，決意各刻其書。錢乃增益《小箋》、《二箋》為全本《杜工部集箋注》，後經族孫錢曾補充纂訂，於康熙六年（1667）由泰興季振宜為之刻印。乾隆時，此書雖遭禁毀，然仍暗中流布。一九五八年中華書局上海編輯所曾據清康熙六年季氏靜思堂原刊本斷句排印，一九七九年上海古籍出版社再版。此書前有康熙六年季振宜序、錢謙益自序、《注杜詩略例》。卷前有目錄，各卷目有收詩數。書末附錄：志傳集序（元稹〈唐故檢校工部員外郎杜君墓系銘〉、《舊唐書·杜甫傳》、樊晃〈杜工部小集序〉、孫僅〈贈杜工部詩集序〉、王洙序、王琪〈後記〉、胡宗愈〈成都新刻草堂先生詩碑序〉、吳若〈杜工部集後記〉、少陵先生年譜、諸家詩話、唱酬題詠。編次與《九家注杜詩》略同，詩分古、近兩體，約略編年。卷一至卷八為古詩，四百一十五首；卷九至卷十八為近體詩，一千〇九首；卷十八附錄四十八首，即：他集互見四首、吳若本逸詩七首、《草堂詩箋》逸詩拾遺三十七首，共一千四百七十二首。卷十九、二十為文賦。

　　錢箋杜詩，側重以史證詩，以鉤稽考核歷史事實，探揣作意闡明詩旨為務。〈冬日洛城北謁玄元皇帝廟〉、〈洗兵馬〉、〈入朝〉、〈諸將〉諸箋，錢自謂乃「鑿開鴻蒙」最有創見者。《錢箋杜詩》雖難免有考核失當、穿鑿附會之處如朱鶴齡所譏評者，然畢竟瑕不掩瑜，是杜甫詩集影響極大的注本之一，清代注解杜詩者，鮮不受其影響。論者謂「錢、朱二書既出，遂大啟注杜之風，而錢氏之功尤著。」

　　此書版本有：

(1) 康熙六年（1667）　季振宜靜思堂刊本。

(2) 宣統年間　上海國學扶輪社鉛印本八冊。

(3) 宣統二年（1910）　上海寄青霞館鉛印本八冊。

(4) 何焯評點　宣統二年（1910）　鉛印本四冊。

(5) 宣統三年（1911）　上海時中書局石印本八冊　書名作《諸名家評定本錢箋杜詩》，書眉輯有清初查慎行、邵長蘅、吳農祥、李因篤諸家評。

(6) 民國二十四年（1935）　上海世界書局據時中書局石印本鉛印　一冊　書名作《杜詩錢注》。

(7) 上海神州國光社排印本。

(8) 一九五六年　臺灣省臺北世界書局排印本。

(9) 一九五八年　中華書局據季氏靜思堂原刻斷句鉛印本二冊　書名作《錢注杜詩》

(10) 一九七六年　臺灣省大通書局據清康熙六年（1667）泰興季振宜靜思堂刊本影印《杜詩叢刊》本。

(11) 一九七九年　上海古籍出版社重印　一九五八年　中華書局本。

——錄自《杜集書目提要》（濟南：齊魯書社，1986年9月），頁122～124。

附錄三：書評舉例

一、關於《中國小說史略》　　　　　　　　　　阿英

　　中國小說之有專史，始於魯迅先生的《中國小說史略》。

　　魯迅先生是喜愛小說的，他自己就說過：「少喜披覽古說。」
（《古小說鉤沈》）他在這一方面所耗精力，是相當巨大的。辛亥
（1911）革命以前，就已完成了《古小說鉤沉》，後又選校了《唐
宋傳奇集》，輯錄了有關的校勘研究資料：《小說備校》、《小說
舊聞鈔》，還寫了《六朝小說和唐代的傳奇文有怎樣的區別》、
《關於三藏取經記等》、《宋民間之所謂小說及其後來》一些單
篇。開始閱讀宋、元以後的說部，可考的，為時也很早，遠在他
的童年時期。從清末開始的對俄國以及西洋小說的研究與翻譯，
後來編寫小說史，自然更不能說沒有決定性的關係。

　　試論這部書，離開這些方面，固然是不行，不回溯到晚清的
文化思潮，和許多前輩關於小說的研究與探討，也很難徹底搞清
楚。因此，本文有必要把魯迅先生編寫《中國小說史略》前的某
些情況交代清楚。

　　中國重視小說，認為它正當而又富有教育意義，文獻以清光
緒二十三年（1897）嚴復、夏穗卿合撰的天津《國聞報》〈本館
附印小說〈緣啟〉為最早。這篇長達七千五百言的文稿，是以

進化論的原理作基礎，從人類文明史的發展，中外小說名著，說明小說的重要，把小說的價值估計在「經」、「史」之上：

> ……曹、劉、諸葛傳於羅貫中之演義，而不傳於陳壽之志；宋、吳、楊、武傳於施耐庵之《水滸傳》，而不傳於《宋史》；玄宗、楊妃傳於洪昉思之《長生殿》，而不傳於新、舊兩書。推之張生、雙文、夢梅、麗娘，或則依托姓名，或則附會事實，叢空而出，稱心而言，更能曲合乎人心者也。夫說部之興，其入人之深，行世之遠，幾幾出於經、史之上，而天下之人心風俗，遂不免為說之所恃……

最後並進一步說：「抑又聞之，有人身所作之史，有人心所構之史，而今日人心之營構，即為他日人身之所作，則小說者，又為正史之根矣。古因其虛而薄之，則古之號為經史者，豈盡實哉，豈盡實哉！」把小說的價值和影響，估計到這樣高度，是中國過去所不曾有過的。

就在這篇〈緣啟〉發表的第二年，梁啟超也發表了〈譯印政治小說序〉，以後就陸續出現了很多關於小說與社會關係的論著，和小說的研究如《小說叢話》、《小說小話》、《小說閑評》一類的短章，來評論古今中外的小說。

所以提起這些往事，是說明中國從這個時期開始，也就是接受西洋科學文明以後，才開始認識到小說的重要，視其並非「閑書」，或者「誨淫誨盜」的書。還有，就是當時的小說論著，他們的論點，都是和嚴復、夏穗卿一致，是以進化論作為基礎的，這正是當時哲學的主流。青年的魯迅先生，同樣是以這樣的精神、立場，認識小說的重要，並進行研究。他的〈月界旅行辨言〉

（1903），論點就完全和嚴復、夏穗卿一致：「實以其尚武之精神，寫此希望之進化者也。」後來也同樣說到小說的重要：

> 蓋臚陳科學，常人厭之，閱不終篇，輒欲睡去，強人所難，勢必然矣。惟假小說之能力，被優孟之衣冠，則雖析理談玄，亦能浸淫腦筋，不生厭倦，彼纖兒俗子，《山海經》、《三國志》諸書，未嘗夢見，而亦能津津然識長股奇肱之域，道周郎、諸葛之名者，實《鏡花緣》、《三國演義》之賜也。故綴取學理，去莊而諧，使讀者觸目會心，不勞思索，則必能於不知不覺間，獲一斑之智識，破遺傳之迷信，改良思想，補助文明，勢力之偉，有如此者！

當然這只是說「科學小說」而言。和嚴復、夏穗卿之以「史」比論一樣，他們都認為小說足以「導中國人群以進行」。可是，當時雖然認識到小說的重要，卻還沒有人想起寫一部小說史。《中國小說史略》，事實上就是在這樣深厚基礎上研究、發展，直到後來得著在北京大學講授的機會才形成的。

《中國小說史略》的編寫成功，無疑的，是一部有光輝的書。結構本身，就體現了魯迅先生當時寫作的基本精神：「演進」（魯迅先生自己的話）。中國小說的發展道路，成長因素，豐富而多采的智慧與經驗，以至人物的典型創造，幾乎都是通過極其簡略的敘述，深刻、突出，並有重點的表現出來。不但把晚清以來的研究發展到了頂點，也替以後用新的觀點和方法研究小說的人，準備了寬廣的道路。直到現在，魯迅先生逝世二十年了，在小說史著作方面，我們也還只有這部值得誇耀，又經得起長期考驗的書。

這部書，也反映了魯迅先生謹嚴精密的治學精神。只要研究過魯迅先生治學方法的人，我想總能說出：魯迅先生不但在西洋文化方面有深邃的研究，對中國文史有淵博深厚的基礎，在治學方法上，也是承繼了歷史上有名的浙東學派衣缽的。就從這一部書及其有關材料裡，我們不難體會，魯迅先生在掌握材料過程中，是怎樣的進行搜集、甄別，又繼之以精細反覆的校勘，以求材料的真實可靠。在研究過程中，怎樣探索傾向影響，闡明藝術特徵，然後自抒卓見，作出合理的分析論斷。寫作過程中，又如何掌握主次，去蕪存菁，並力求文字的精練。嚴肅審慎，實事求是，這正是《中國小說史略》的特色。

《中國小說史略》的產生，不但結束了過去長期零散評論小說的情況（一直到「五四」前夜的《古今小說評林》），否定了雲霧迷漫的「索隱」逆流（如《紅樓夢索隱》、《水滸傳索隱》，以及牽強附會的民族論派），也給涉及小說的當時一些文學史雜亂堆砌材料的現象進行了掃除（如《中國大文學史》）。最基本也最突出的，是以整體的、「演進」的觀念，披荊斬棘，闢草開荒，為中國歷代小說，創造性的構成了一幅色彩鮮明的畫圖。而對每一時期的演變，總是從社會生活關係上溯本究源，從藝術效果上考察影響成就，一反過去「文體論」的文藝史家所為。如論〈六朝之鬼神志怪書〉、〈唐之傳奇文〉、〈明之神魔小說〉、〈清末之譴責小說〉等篇，就是最顯著的例子。對於應涉及的小說的選擇，主要是以群眾影響作為標準，既不矜奇，也不炫僻。這樣樸實無華，是很難能的。中國人民對小說之有系統的知識，明確的觀念，可以說是從這一部書開始。

從《中國小說史略》裡，我們還可以看到，魯迅先生對每一部重要小說的研究，從題材、人物，一直到藝術價值論定，是都曾經過一系列的努力。嚴復、夏穗卿把小說價值提高到「經」、

「史」地位以上，魯迅先生對小說的重視，可以說是這種精神最積極、最典型的體現者。像他對古小說考訂的那樣精密，藝術特徵分析的那樣深刻，勞動是不亞於碩學通儒的治「經」治「史」的。幾乎每一個重要結語，都是通過自己的世界觀，深邃的藝術理解，認真負責肯定下來。《西遊記》篇在這方面是一個典範。對唐代傳奇作者，如沈亞之、陳鴻、白行簡、元稹、李公佐、李朝威、沈既濟等的作品，在藝術特徵的研究上，所表現的深度也是很驚人的。只憑個人好惡的褒貶，主觀主義的探索，或撿拾舊說，在這部書裡，基本上是不存在的。

很顯然，我們從魯迅先生《中國小說史略》的一些論斷裡，無論是時代分析方面，或者傾向說明方面，抑是作品研究方面，都很易於看到一種共同的、基本的東西，就是非常著重於和社會生活關係的聯繫，和它的深度的追求。社會生活如何影響到小說的產生，小說又如何的反映了社會生活。小說在社會生活的變化上，又怎樣的向前「演進」，以及如何逐漸的豐富多采起來。沒有停滯，也不是突變，是社會發展的必然，是「實事求是」。如論《世說新語》一類的「清談」怎樣產生，「神魔小說」是什麼促使其風行一時，繼《儒林外史》那樣「諷刺小說」之後，何以只能產生「譴責小說」，都各有其不得不然的社會生活背景，不可能有「天外飛來」的「其他」因素。就由於這樣的基本精神，魯迅先生在《中國小說史略》裡的概括和論斷，在許多方面就很準確、深刻，並突出了。這也就是魯迅先生所以說：

> 況乃錄自里巷，為國人所白心，出於造作，則思士之結想，心行曼衍，自生此品，其在文林，有如舜華，足以麗爾文明，點綴幽獨，蓋不第為廣視聽之具而止。（《古小說鉤沉》敘）

　　《中國小說史略》的這些成就，都標識了中國小說研究在「五四」時期新的開展，發展了前人的部分。不過這究竟是完成在新民主主義初期的著作，所以論《紅樓夢》，則止於曹雪芹「自敘」說，論農民革命和譴責小說，在政治上就不可能有更高的理解，若干論斷，也必然難跳出唯心範疇，還達不到從階級關係上進行研究分析。因為是《史略》，以及當時很多材料還沒有發現，也就不可能「詳」。但這絲毫不能掩卻魯迅先生的偉大，和《中國小說史略》應有的光輝。因為今天的讀者，是以歷史唯物論的觀點，以小學生的心情，接近魯迅先生和他的全部著作的。並深信無論過去、現在和將來，我們都能從這些作品裡，吸取得豐富而珍貴的營養。《中國小說史略》，同樣的不會例外。

　　——錄自伍杰等主編《中國書評精選評析》（濟南：山東教育出版社，1997年12月），頁80～85。

二、評《自說自畫》　　　　　　　　　楊裕富

　　　　自說自畫　高木森著
　　　　臺北市　東大圖書公司
　　　　民國88年9月
　　　　ISBN　9571922285　精裝

前言

　　以中文發表藝術理論建構或繪畫理論建構的書籍，相對於藝文評論與繪畫創作原本就少，而這樣的理論建構又能與西方藝術

理論互相對話，乃至於以作者的繪畫創作互為印證闡發的書籍，算得上是少之又少了。高木森先生這本《自說自畫》的出版，自然引人注目，更加值得評介。

我國藝壇從民初的蔡元培提出美育，徐悲鴻、劉海粟的引介「寫實」西畫，或是日據時期臺灣接受所謂「現代國民」的美術教育以後，造形藝術的論述主導權即呈現紛亂與外降的狀態。紛亂在於中西之爭，在於傳統與現代之爭，在於保守與改革之爭，在於純美術與設計之爭；外降在於心懸超歐趕美的不自在民風，在於從事藝術創作者眾從事藝術理論建構者寡，在於少部分藝術理論工作者自甘於買辦式教學研究，在於殖民教育的無奈。藝術的論述主導權的遲遲未能回復，該是所有藝術工作者心中永遠的遺憾吧！這種永遠遺憾，在七〇年代鄉土論戰裡稍稍獲得紓緩，在八〇年代末解嚴以後，才逐步邁開療傷止痛的藝術理論建構工作。《自說自畫》正有如此隱誨的企圖心，也是高木森教授繼《中國繪畫思想史》一書後，一本重要的著作。

高木森博士幼嗜繪畫，師承畫家呂佛庭（本書・呂序）。獲美國堪薩斯大學博士後，久居美國，任藝術史教師，現為美國加州州立聖荷西大學美術學院藝術史系教授兼主任。以如此學經歷來建構藝術理論，闡述藝術創作，記錄批判藝術教學與教育，理當值得藝壇重視。本書正是高木森先生於一九九五秋至東海大學美術系任客座教授時研究、教學成果之一（本書・自序）。

本書內容介紹與分析

「自說自畫」，簡單的說就是：以自己所建構的藝術理論來闡述、應證自己的藝術創作。本書可分為三大部分，其一、繪畫理論的建構或我國傳統文人畫論述的再建構；其二、藝術理論與創

作的關係；其三、我國美術教育現狀紀實與批判。分別編成八章，重點分述如下：

第一章，自畫像。介紹作者學畫與藝術心思的成長過程，也以本書作者不同時期的畫作，互為引證對我國繪畫轉型的期望。

第二章，詩書畫創作的理論基礎。提出文人畫的考證，文人畫為我國繪畫主流，並解釋文人畫的基本特色為詩、書、畫的結合，深入討論書與畫、詩與畫的關係，並以我國畫史上名家之作來引證這種關係。但在本章的結尾卻也提出新詩的詩境，預告了作者對國畫轉型的可能性。

第三章，文人畫三大基本精神。如果前兩章算是作者對國畫理論的整理，這第三章就算是作者刻意的建構出一種可以延伸傳統國畫卻也能適應當代國畫的理論。作者藉由對西方藝術史主流：溫克爾曼——黑格爾學派的理論，與對傳統國畫的理論兩者的融合，提出獨特的藝術理論建構。從西方藝術理論主流來看，在此所提出的理論建構滿足了眼見為憑、風格分析與文化精神貫穿造形表現的學術要求；從傳統藝術理論主流來看，在此不可諱言提出的理論建構則闡發了第二章裡所提的詩、書、畫關係，也把握了作者一貫對中國繪畫史的認識與主張。在本章作者提出了文人畫的三大基本精神分別是：樸素審美觀、自然美學與（畫家）個性表現。這三大基本精神表面上似乎潛藏著對我國繪畫發展的時間順位，更深一層的則應該是作者進一步提出此刻國畫發展上，碰到時代條件後，所可能的因應的策略。簡單的說，作者（所建構的國畫理論）認為國畫發展既能保存既有精神（詩書畫意境的互通），面對當代技術、物質與制度的激變時，當然也能活蹦亂跳的反映現實；面對西方主流藝術理論時，也能毫無愧色的以樸真、童趣來對話吧！

第四章，氣韻生動美學思想。氣韻生動為晉朝謝赫所提六法

之首，晉朝後幾乎所有文人論畫都要提提謝赫的六法。不過作者以謝赫六法的氣韻生動來論繪畫的發展，卻另有一個特點與兩個意圖。這個特點是集中精力於「氣」，而意圖則在於一方面詮釋前述建構的理論是符合傳統美學的觀點，另一方面則以「氣數」的變化來詮釋繪畫史的漸變（或進步）過程。這個過程就是：漢晉精靈之氣流，其韻滑；隋唐身體之氣實，其韻壯；兩宋自然之氣茫，其韻和；元明筆墨之氣荒，其韻玄；清朝墨彩之氣盪，其韻漾；現代建構之氣激，其韻急。至此，作者所想建構的藝術理論大致完備，可以清楚詮釋作者自己的繪畫創作了，而這也是本書的意圖，以自己的所思所想來說自己的畫：自說自畫。

第五章，作品與思想。這一章就在展現「自說自畫」。而這種自說自畫是必要的，因為基本上，第五章以後是作者於一九九五年秋，至東海大學美術系任客座教授時，教學所需與教學相長的結晶吧，如此看來既是論述建構也是論述實踐了。這一章簡單的說就是示範畫例，也是教材。作者將這期間的畫作分為五類，分別是：仿古類、抒情性風景類、大建築類、科技山水組曲與新想法類。詳細的解釋了每一張畫作的運思、想法、過程，值得一提的是，在這一章裡相對於已經建構的理論，作者又補充了兩個概念，一個是「緣畫」的概念，另一個是「設計」的概念。如此一來，既對「現代建構之氣激，其韻急」有所因應；對當代西方藝術走向也有所呼應，至此總算透了一口氣。

第六章，東西南北論藝術。這一章是作者於東海大學美術系任教時的師生對談記錄，當然也有補充「自說自畫」的意思。

第七章，漫談美術教育。這一章基本上也是作者在東大任教前後期間，思索我國美術發展、美術教育而提出的看法，說少也有補充「自說自畫」的意思。

第八章為附錄。本書的摘要英譯。

背景評論

　　藝術理論工作之困難，不在於咬文嚼字與自圓其說，而在於論述主導權的爭奪。我國藝術發展面臨這樣的困境，當代世界藝術的發展亦如是。我們從藝術史的角度來看，關乎論述主導權的議題不外乎藝術發展、創作主體性、理論建構、論述實踐這幾個面向。而解嚴後這幾個面向的中文出版品也逐漸多了起來，其中較具代表性的有：高木森《自說自畫》（1999），楊孟哲《日治時代臺灣美術教育》（1999），阮榮春、胡光華《中國近代美術史》（1997），陳傳席《中國繪畫理論史》（1997），王伯敏《中國繪畫史通論》（1997），林惺嶽《渡越驚濤駭浪的臺灣美術》（1997），王秀雄《臺灣美術發展史論》（1995），倪再沁《藝術家互動臺灣美術：細說從頭二十年》（1995），葉玉靜《臺灣美術中的臺灣意識：九〇年代臺灣美術論戰選集》（1994），郭繼生《臺灣視覺文化：藝術家二十年文集》（1995），倪再沁《臺灣當代美術初探》（1993），高木森《中國繪畫思想史》（1992），何懷碩《近代中國美術論集（1～5）》（1991），蕭瓊瑞《五月與東方：中國美術現代化運動在戰後臺灣之發展》（1991），郭繼生《藝術史與藝術批評》（1990），葉維廉《與當代藝術家對談：中國現代畫的生成》（1987）。

　　這些論著除了極少數立場鮮明者外，從某個角度來看，幾乎都企圖以西方的「語言」（或現代的語言），來完成中西藝術理論的對話，也或多或少企圖面對當代藝術發展的困境（如後現代思潮的衝擊，又如創作者與評論者分際的模糊化）與當代造形藝術與設計融合的窘境（如裝置藝術到底是純藝術呢？還是空間設計呢？）。

　　從這個較寬廣的脈絡裡，我們可以察覺到我們的藝術理論工作者，還是有相當多的議題可以再進一步探討。簡單的說，上述的理論建構，雖然盡可能的兼顧中西文化對話與自我藝術創作的主體性（兩者可能是矛盾的）。但是，怎知保守的來看，西方當今藝術論述主流還是建築與所謂純美術合論；而激進的來看，西方當今藝術論述主流更是設計與藝術合論。而上述論著絕大部分可說保守與激進兩頭落空。這說明了我國藝術理論工作者企圖中西文化「對話」時的專業性不足（如果要對話時，以西方的標準來看）；反過來說，藝術理論工作的太在意於中西文化間的對話，也顯示藝術創作與藝術論述主體性的難以掌握。就藝術理論工作者而言，要的是什麼主體性？當然不會是外國的主體性！或許這就是我國藝術理論工作者更艱巨的任務吧。

　　高木森的這本《自說自畫》明顯的對建築物有興趣，也明顯的兼容了設計，可以說，很巧妙的化解了這種任務與重擔。但是另一方面，作者也很在意自己的理論工作不可撈過界（美國情境的專業分工），卻也特意的將全書摘要英譯，可以說也很反諷的躲過了這種任務與重擔。

文本評論

　　只就本書所述的內容來作評論，本書的優點為：

　　一、《自說自畫》一書是一本藝術通透的書。本書很難得的兼顧了論述建構、論述實踐、藝術主體性、藝術發展等幾個藝術史重要的面向，更難得的是論述建構與論述實踐是緊密的聯繫在一起。讀者可以透過本書仔細品味繪畫的理論建構痕跡，也可以仔細品味繪畫創作的技巧與思維融接，更可以直接以作者的畫作來印證這個理論建構，所以說這是一本藝術通透的書。閱讀此

書，對入門者而言是一種清澈的指引，對行家而言也是一種享受。

二、本書所建構的理論具有特殊意義。本書所建構的理論可以說是我國近五十年來，頗為重要的藝術理論工作成果。這套藝術理論的特殊性在於：不卑不亢的完成了部分中西藝術論述對話的機制。雖然高木森先生還是有所掛慮的，將本書中文摘要英譯作為附錄，我們也可以視這種掛慮為中西藝術論述對話的期盼。簡單的說，由於本書是「緣書」，因作者客座教學於東海美術系而作，本書所建構的繪畫理論雖然還不很完整，但是基本上已經融合了當代繪畫經驗，也融合了西方主流藝術理論與術語，本書的影響力是可以預期的。

三、本書對傳統繪畫技巧與思維上的闡發。本書不但把握著傳統繪畫主流：文人畫的特性，將詩、書、畫的關係剖析入微，以中國人對「氣」的概念來詮釋繪畫的發展與演變，也以樸素審美觀、自然美學、個性表現，這些西方人能接受的概念來詮釋我國繪畫的發展與演變，這對中西藝術論述對話自有一定的貢獻。更重要的，全書還面對了傳統繪畫技巧與思維上的聯繫，也面對了傳統繪畫可能的困境與因素。

本書的缺點為：

一、本書過於抬舉文人畫的地位而忽略了民俗彩繪。我國繪畫的發展裡，文人畫固然是相當重要的一支，但是，本書過度抬舉了文人畫的地位，以致相對的也無意的忽略了對民俗彩繪的地位，這在繪畫理論建構上，不能不說是一種缺憾。

二、少部分畫作印刷品質可以改進。本書既強調自說自畫，顯然畫作部分也是本書的特點，可惜有少部分畫作縮印太小或色調走樣，實為美中不足。

結語

　　整體而言，本書所提出的繪畫理論建構十分值得國人參考，對一般讀者與專業者、準專業者（藝術家、設計師、設計藝術科系學生）而言，更是一本賞心悅目兼具啟發性的著作。

——原載《全國新書資訊月刊》，民國88年12月號，頁18～21。

三、評《劍橋哲學辭典》——兼論專科辭典之編纂
　　　　　　　　　　　　　　　　　　　　　劉春銀

　　本辭書係由英國劍橋大學出版社之 *The Cambridge Dictionary of Philosophy* 第二版翻譯而成，是一部全方位哲學參考書籍在中文翻譯上的首創之作，無論是觀念上、歷史上或是傳記上的各個面向，它都提供了中文讀者在哲學相關領域的閱讀與學術研究上非常重要的參考資訊。臺灣地區自一九九七年二月獲得版權起，經過五年翻譯、審定、校讀、重譯與編纂等項工作過程的《劍橋哲學辭典》中文版，終於在二〇〇二年七月由貓頭鷹出版了這部哲學百科辭典，這部超過兩百四十萬餘字的大辭書是兩岸三地的八十一位哲學教授與研究人員通力合作的成果，它可以說是臺灣哲學界的一件里程碑的創舉。這部卷帙浩繁的大書，其編輯過程、工作方法以及工作中編輯決策等都影響了全書的呈現，尤其是確立「辭條審定者制」的編譯概念，更是決定中文版品質的關鍵。

　　本辭書之範圍雖然超出了西方哲學，且實際上超出了受到狹

隘認定的哲學，但其核心焦點仍是西方哲學家與西方思想，共計收錄西方哲學之概念、術語與哲學家的正式辭條1,900餘個與參照詞目三千餘個，是一部由四百四十餘位世界知名學者共同參與撰稿而成的專科辭典。該書為全球最全面、最新穎的哲學辭典之一。本辭書之內容，涵括了人類悠久歷史長河中全部的哲學家與哲學思想，是哲學專業研究人員與師生，以及一般讀者最適合查閱的哲學專科工具書。除西方哲學的傳統觀念、術語與哲學家等方面的詞目外，本辭書亦兼收中國、日本、猶太、韓國、拉丁美洲、非洲、阿拉伯及伊斯蘭等哲學的重要觀點，並收錄相關學科中有關哲學的術語。它為讀者提供一個更豐富、更廣泛又新穎的哲學觀念與哲學家總覽，而哲學家部分包含了50位當代傑出的哲學家。一般言之，本書特別適用於哲學和其他學門重疊的學科領域，如認知科學、經濟理論、女性主義研究、語言學、文學理論、數學、哲學和宗教。每一正式辭條解說係以深入淺出、通俗流暢易懂與精確可靠之間的文字撰寫，文長不一。但其間仍難免有一些稍嫌艱澀之敘述，對初學者不易一目了然。

本辭書之正式辭條，先列出英文原稱，其次列出中文譯稱，每一正式辭條之解說詳略程度，除說明哲學名詞的基本意義之外，還討論相關的問題、爭論與學說。為避免分散並打斷文本，每一辭條之文中交互參照（即「參見」），只在辭條之文末列有參見詞目之英文與中文名稱，以供讀者進一步查閱之參考；而文外之交互參照（即「見」），則隨著主要辭條以字母排序，並指引讀者參考所討論之詞項或思想家之詞目。另在辭條之末，附有撰者及審訂者名字，以示文責及其權威性。中文版係依照收錄詞目之英文字母順序排列，每一正式辭條之內容長短與深度不一，參照詞目則僅中譯其詞目及標示出參見之詞目英文與中文名稱，以指引讀者使用。中文版之辭條皆由兩岸三地哲學領域之教授、研究

人員或研究生參與翻譯、審訂而成，每一辭條之末，標註原撰稿人與中文審訂人名字，以顯示其資料之權威性與正確性。本書之書前附有羅逖（Richard Rorty）等5位國際知名哲學家聯合推薦文字，以及 *Ethics*、*The American Reference Books Annual* 、*The Australian Journal of Philosophy* 等期刊之平面媒體書評四則，中文版審訂委員名單，中文版序（林正弘與羅伯特・奧迪），英文版第一及第二版序中譯文，編輯說明。書末附有專門符號與邏輯記號、人名索引、及「中英名詞對照表」，以供讀者參考。在「人名索引」中列出許多本辭書付梓時仍在世的哲學家，所列出之人名，都附上了一項或多項辭條，以提供有關此人之訊息。此一索引中共計收錄了六百餘位各哲學時期且致力於其所研究課題的哲學家與思想家，雖然他們並非是詞目的主題。

　　通常一部專科辭典之編輯企劃是非常重要的，本辭書之中文版翻譯是哲學出版界的一件大事，是在相當嚴謹的編審制度下完成的參考工具書。無論是選題、選詞、撰稿、譯稿、編寫、審稿、詞條審訂、體例、編排、編印、裝幀及出版等等過程，都是本辭書之所以成功的關鍵，它是值得其他專科辭典編印之參考與借鑑學習的對象。通常評鑑參考工具書與一般書評是不同的，評鑑時應就其編著者與出版者的權威性、編寫目的、收錄範圍、及時性和準確性等項標準作一評比，本辭書在前述這幾項，可以說是極佳的。因原劍橋大學出版社之英文版自一九九五年初版問世及1999年第二版增訂出版後，都普受哲學界重視與利用。

　　所謂「專科辭典」（Subject dictionaries），根據美國參考工具書權威Williams A. Katz之 *Introduction to Reference Books* 一書之解說，是指「闡釋某一專業、某一行業或特殊主題之特定語彙之辭典，這些特定語彙有時在一般辭典中也可以查找到」，即所謂的各學科領域之專門用語辭典，它是各學科初學者與圖書館參考服

務館員經常利用的重要工具書。近幾年來，臺灣地區各學門領域的中文專科辭典出版現況，可謂相當蓬勃發展，由國家圖書館近三年來的年度參考工具書評選與彙整參考書書目清單可見一斑，而哲學類的中文辭書出版則相當少。但反觀大陸之出版狀況，過去幾年內，以人類思想、哲學、世界哲學寶庫、東方思想寶庫、思想家寶庫、哲學家、中國哲學及中國哲學寶庫等選題為範疇之哲學辭書則有一定的出版量；西文方面之中文譯版也為數不少，是臺灣地區哲學研究與學者專家必查之重要工具書。

因囿於中外文各哲學辭書之選題範疇難有二種近乎雷同之工具書，以及筆者個人其他外文閱讀能力受限，難以就哲學類辭書編纂作一全面性比較，以下僅就輔仁大學出版社於一九九三年所出版之《哲學大辭書》（10 冊，以下稱「輔書」），以及 *Concise Routledge Encyclopedia of Philosophy*（2002，一冊，以下稱「勞書」）作一簡單之比較。在收錄詞目範圍方面，「輔書」以中國哲學、佛學與西方哲學等三大類之辭為主，辭條分為思想家、哲學辭彙、典籍等三種，各種辭條均有其撰寫體例。如思想家辭條包括生平、著作、思想（指在方法論、形上學、實踐哲學及其他等方面）；哲學辭彙與典籍之辭條敘述，則包括來源（歷史發展）、內容（字義及實義）、影響。而「勞書」之收錄詞目，則以西方哲學之主題與哲學家辭條為主，同時也及於當代之哲學家、觀念、派別及最新發展。而所收錄之辭條數量方面，「輔書」與「勞書」都是 2,000 個左右，與本辭書之正式辭條數目相差不多。另參與辭條撰寫人數方面，「輔書」為 60 餘位，本辭書中文版則為 80 餘位；另本辭書英文版為 440 位，而「勞書」則為 1,200 人左右。由此可見辭書之編纂陣容及完整編輯計畫之重要性，它是成書之關鍵。另外值得一提的是，「輔書」為方便學界利用，在首卷之正文前編有依外文字母順序排列之「條目外文速

檢索引」，列有外文名稱、中文名稱及頁數之對照表，方便查檢。這是本辭書應可參考改進之部分，若能將中文版辭條之正文部分，依國人慣用之詞目筆劃順序排比，並將原英文辭條依字母順序排比列入附錄，以供讀者參用。才不致讓查用者以外文工具書之使用習慣來查檢中文工具書，總有點怪怪的感覺。

　　一部專類單冊或多冊辭書之出版，須有一套完善之編纂計畫，以及一批堅強陣容的編輯群、顧問群以及學者專家的共同參與，又加上長時間的物力挹注，方可成其美事。我們企盼由國人自行重新編纂之中國哲學辭書或百科全書之新版能早一點問世，方便學界使用。因為無論是大陸版或外文中譯版的哲學辭書，都是有一點偏向或帶有馬克斯主義思想等筆觸所撰之釋文，我們讀來都略有扞格之感，這與我們自小所受的教育有其正相關。以上是筆者不揣淺陋，以一位圖書館館員的角度所寫之評論文字，敬祈方家不吝指正。另根據張錦郎老師接受某刊之專訪，他提出一份專科辭典之編輯企劃內容應包括以下12項，即宗旨與方針、讀者對象、性質與環境、選材的範圍和原則、詞目著錄項目、詞目釋文、編排與索引、圖片（照片、圖片、插圖）和附錄、人員組織工作進度、出版與發行、檔案工作等，這是相當重要的見解，值得參考。目前正在編纂中的《臺灣文學辭典》就擬定了一份詳細的編纂計畫，以供遵行，此項編纂計畫書在網路中可查得，推薦各位上網看看。

──原載《全國新書資訊月刊》，民國92年10月號，頁19～21。

附錄四：小論文舉例

《通志堂經解》之編纂及其學術價值

林慶彰

提要

《通志堂經解》、《皇清經解》、《皇清續經解》合稱為清代三大經學叢書。《通志堂經解》收唐、宋、元、明四朝人解經之書一百四十種。惟該書之輯刻者有徐乾學、納蘭成德諸說，其輯刻之經過，有需要詳加論述。另該書所收之經解，對經學研究有何價值，也需詳加討論。本文針對這些問題，蒐集前人相關論述資料，再附以己意，希望對《通志堂經解》本身及經學之研究，有所幫助。

關鍵詞：《通志堂經解》、徐乾學、納蘭成德。

一、前言

　　從宋、元以來刊刻叢書的風氣逐漸興盛起來，所刻除綜合性叢書外，也有不少說部、醫學、文學的叢書。但專為經學著作輯成一大叢書，則遲至明嘉靖間李元陽所刊刻的《十三經注疏》。[1]李氏之前各經注疏大多是單行，並未形成一套叢書。李氏刊刻《十三經注疏》以後，等於為漢、魏、晉、南北朝、唐、宋的經注疏作了總結。明末以後讀古注疏的學者愈來愈多，這套《十三經注疏》正好迎合士人的需求。

　　除了《十三經注疏》外，康熙年間，納蘭成德和徐乾學也刊刻了《通志堂經解》，這套叢書總結唐、宋、元間的經學著作，保存了這一時段的經學文獻，其有功經學自不待言。可是，這套叢書自刊刻完成後，由於署名納蘭成德，引起後人不少質疑，至於每種書前的序，也有人懷疑非納蘭氏所作。這些問題都相當複雜，也使這套帶有保存經學文獻之功的大叢書，蒙上不少污點。

　　前人研究《通志堂經解》編纂、刊刻、內容、影響等事之論著已不少，但其中重要的著作，如陳惠美的《徐乾學及其藏書刻書》、鄧愛貞的《論《通志堂經解》刊行之經過及其影響》等，[2]

---

[1] 見屈萬里先生：〈十三經注疏板刻述略〉，收入《書傭論學集》（臺北：聯經出版事業公司，1984年7月，《屈萬里先生全集》第14冊），頁215～236。

[2] 單篇論文有：(1)黃忠慎：〈《通志堂經解》所收元儒《書》學要籍評介〉，《孔孟月刊》19卷12期（1981年8月），頁41～44。(2)姚崇

並未正式出版，書中的重要論點，學者也無由得知。且也有不少問題，如《通志堂經解》中某些書的序，何以和朱彝尊《曝書亭集》中所收的序文字雷同？又《通志堂經解》各書前的序，在學術上有何價值？這些都有待進一步的討論。

當然，本文也不僅討論《通志堂經解》各書之序的問題而已，該書何以編纂、納蘭氏和徐乾學在編纂中所擔負的角色和完成後對學術的貢獻及影響等，也一併加以討論。

二、編纂《通志堂經解》的動機和經過

《通志堂經解》計收唐、宋、元、明經解一百四十種，除去唐及以前二種、明人三種、納蘭氏自撰二種，其餘一百三十三種，都是宋、元經解，說該書是宋、元人經解的總彙也不為過。

實：〈《通志堂經解・序》簡論〉，《承德師專學報》1989年4期（1989年），頁75～77轉頁86。(3)高岸：〈納蘭成德與《通志堂經解》〉，《承德師專學報》1989年4期（1989年），頁70～74。(4)黃志祥：〈《通志堂經解》輯、刻者述辨〉，《孔孟月刊》30卷7期（1992年3月），頁34～37。(5)劉德鴻：〈滿漢學者通力合作成果：《通志堂經解》述論〉，《清史研究》（1995年），頁20～31。後收入劉氏著《清初學人第一──納蘭性德研究》（北京：中國社會科學出版社，1997年9月），第3章第6節，改篇名為〈滿漢合作積累文化遺產的範例──《通志堂經解》漫議〉。

專著有兩種：(1)陳惠美：《徐乾學及其藏書刻書》（臺中：東海大學中國文學研究所碩士論文，1990年）。(2)鄧愛貞：《論《通志堂經解》刊行之經過及其影響》（香港：新亞研究所碩士論文，1992年）。

大家都知道刊刻叢書主要是保存文獻，在康熙朝崇尚朱子的時代，宋、元經解可說是當道的經說，刊刻、利用應該相當普遍，何以還要刊刻叢書以彙集它們？

如果根據《通志堂經解》納蘭成德的〈序〉，與上述的想法可能有相當的出入，納蘭氏說：

> 逮宋末元初，學者尤知尊朱子，理義愈明，講貫愈熟，其終身研求於是者，各隨所得以立言，要其歸趨，無非發明先儒之精蘊，以羽衛聖經，斯固後學之所宜取衷也。惜乎其書流傳日久，十不存一二。余向屬友人秦對巖、朱竹垞，購諸藏書之家，間有所得，雕版既漫漶斷闕，不可卒讀，鈔本謬尤多，其間完善無譌者，又十不得一二。[3]

這段序文有數點值得注意：一是宋、元人經說因流傳日久，十不得一二。所以會十不得一二，是因沒有新的刻本出現；所以沒有新的刻本，是因為沒有市場的需求。二是納蘭氏請秦松齡（對巖）、朱彝尊（竹垞）等友人，向各藏書家所購得的，都是「雕版漫漶斷闕，不可卒讀」，「鈔本謬尤多，其間完善無譌者，又十不得一二」。

何以官方崇奉的宋、元經說會流傳日稀、謬滋多？關於這一問題，必須從明永樂間《四書大全》、《五經大全》和《性理大全》的修纂說起。明成祖永樂十二年（1414）十一月甲寅，命胡廣、楊榮、金幼孜等人開始修纂《四書》、《五經大全》，至十三

---

[3] 見《通志堂經解》（臺北縣：漢京文化事業公司，1979年），第1冊，卷首。

年（1415）九月己寅完成，不論《四書》、《五經大全》，各書皆以元人之經說為底本，然後廣事蒐集其他宋、元人經說編纂而成，有了《四書》、《五經大全》，可說得了宋、元人經說的百科全書。當明成祖令禮部刊行，並頒降於府、州、縣學，作為士人讀經的基本用書。[4] 學者有此一書，還需要其他宋、元人的單行經解嗎？所以宋、元人的經說就在這種學術環境的影響下，逐漸為士人所遺忘，也因此才有納蘭氏所說的那些現象。

　　宋、元經說既已斷爛，誤到如此地步，要保存這些經說，就只有重新刊刻這一條路。但是刊刻要有人提議，要有足夠的資金和資料來源，這些條件祇要缺一項，就無法完成。就《通志堂經解》納蘭氏的〈序〉來說，最先感到有刊刻叢書的必要的是納蘭氏本人。納蘭氏說：

> 間以啟於座主徐先生，先生乃盡出其藏本示余小子曰：「是吾三十年心力所擇取而校定者。」余且喜且愕，求之先生，鈔得一百四十種。[5]

　　當納蘭氏將刊刻經解的事向徐乾學報告時，徐氏欣然同意，且將三十年心力所擇取校定的書提供出來，納蘭氏計鈔得一百四十種。當然，這一百四十種書也並非全部是徐乾學的珍藏。根據《通志堂經解》徐乾學的〈序〉說：

> 因悉余兄弟家所藏本覆加校勘，更假秀水曹秋嶽、無

---

[4] 見林慶彰：〈《五經大全》之修纂及其相關問題探究〉，《明代經學研究論集》（臺北：文史哲出版社，1994年5月），頁33～59。

[5] 見《通志堂經解》，第1冊，卷首。

錫秦對嚴、常熟錢遵王、毛斧季、溫陵黃俞邰及竹垞家藏舊版書若抄本，鼇擇是正，摠若干種，謀雕版行世。[6]

　　可知《通志堂經解》所收的書籍，除了來自徐乾學的收藏外，還有徐氏的兩位弟弟徐元文、徐秉義，其他藏書家有曹溶（秋嶽）、秦松齡（對嚴）、錢曾（遵王）、毛扆（斧季）、黃虞稷（俞邰）、朱彝尊（竹垞）等人。[7]至於從各藏書家取得經解的種數有多少，則沒有資料可論斷。雖然如此，這套《通志堂經解》說是集合當時之大藏書家之珍藏編纂而成也不為過。

　　至於刊刻書籍最主要的資金問題，根據《通志堂經解》徐乾學的〈序〉說：「門人納蘭容若尤慫恿是舉，捐金倡始，同志群相助成。」也是納蘭氏首先捐金倡議刊刻。捐款的數目多少，嚴元照的《蕙根雜記》說：「侍衛（指納蘭氏）畀尚書（指徐乾學）四十萬金」。[8]以《通志堂經解》這麼大的叢書，所需的經費必定相當龐大，除納蘭氏捐四十萬金外，其他朋友多少應該也有捐獻，所以才說「同志群相助成」。祇是各同志所捐多少，已無資料可稽。

　　《通志堂經解》始刊於何年，何年完成，說法頗有出入。根據《通志堂經解》納蘭氏所作的〈序〉，所署時間為康熙十二年（1673），另為所收經解所作的序，有署康熙十五（1676）及康熙

---

[6] 見《通志堂經解》，第1冊，卷首。《經解》收書之數目，由於附載之書計算與否，所收之數目頗有出入，有137種、139種、140種、141種等說法。詳見陳惠美：《徐乾學及其藏書刻書》，頁288。

[7] 各藏書家藏書的情況，請參考鄧愛貞：《論《通志堂經解》刊行之經過及其影響》，頁64～72。

[8] 嚴元照：《蕙根雜記》（光緒中刊《新陽趙氏彙刻》本）。

十六年（1677）者，而《通志堂經解》徐乾學所作的〈序〉，所署時間為康熙十九年（1680），但〈序〉中說：「經始於康熙癸丑，逾二年訖工。」康熙癸丑乃康熙十二年，如根據徐乾學的說法，《通志堂經解》祇花兩年時間即完成。但所收經說前納蘭氏的序或署康熙十五年或十六年，徐乾學的〈序〉又署康熙十九年，可見從刊刻到完成實不止徐氏所說的兩年，應該是十二年到十九年間，至少有八年。如就《經解》的份量，刻工刊刻的速度來計算，八年似乎是較合理的時間。

三、《通志堂經解・序》的作者問題

編纂一套叢書，並非將所蒐集來的書分類編輯成書而已，有時需要很多的加工工作，例如：作校勘，寫成校勘記；作序跋，評述該書之作者、內容、學術價值等。《通志堂經解》在刊刻前，並沒有選擇各種版本作校勘，僅為各書作了序或跋。《經解》收書一百四十種，但有序的卻僅有六十四種，為何如此，也有待研究。而這些序雖署名「納蘭成德」，卻有人以為非納蘭氏所作，真相如何，也需深入研究。

首先討論序跋的有無問題。《通志堂經解》納蘭氏的〈序〉中說：「遂略敘作者大意於各卷之首」。從這句話可見納蘭氏曾為各書作「大意」冠於各書之首，亦即按納蘭氏的話，各書之前皆有序。可是檢查《通志堂經解》各書前的序，合計僅有六十四篇，[9] 其他七十六種書的序是有撰寫未收錄進去，或是根本未撰

---

[9] 有兩篇不稱序，而是跋，分別是成伯璵〈毛詩指說跋〉、張耒〈詩說跋〉。

寫，很難判斷。但陸隴其《三魚堂日記》有一段記載說：「……錫鬯言：通志堂諸書初刻時，皆有跋，刻在成德名下，後因交不終刊去，然每頁板心，通志堂之名猶在。」[10] 錫鬯是朱彝尊。根據朱氏的話，當時初刻時，皆有跋，如根據書本的體例，在書前的是序，書後的是跋。這裡所說的跋，是否就是序，也未易判定。但這些跋雖「刻在成德名下」，是因為「交不終刊去」。所謂「交不終」是否指感情破裂，也有待研究。這些跋如果「交不終刊去」，《通志堂經解》中當然無跋。現行的《經解》中皆無跋，可見符合朱氏的說法。但仍有六十四篇序，如果朱氏所說的跋就是序，既已刊去，何以仍有六十四篇刻在《經解》各書之前？今觀朱彝尊的《曝書亭集》卷四十三，和《經義考》各書後之案語，可能就是當時所寫的跋語。

　　既知序不等於跋，《通志堂經解》各書後之跋已刊去，那麼各書前的序是否為納蘭氏所作，也有待進一步討論。莫伯驥《五十萬卷樓群書跋文》有一段話說：

　　　　各經解首葉多有序文，據張氏雲章言，知其出自朱氏彝尊之手。張與朱書云：「每見通志堂近刻經解弁首之文詞，簡而義賅，表彰先儒，其出處為人之大概與著書之微，本末具舉，每讀之，竊歎以為非我朱先生不能。」未知信否？恐海內亦別無此巨乎。見《樸村文集》卷三，題為〈與朱檢討書〉是也。……得張書而納喇氏攘竊朱名，其實據乃更為明顯。張，嘉定人。縣志稱其游京師，以校

<hr>

[10] 見陸隴其：《三魚堂日記》（上海：商務印書館，1936年12月，《叢書集成初編》本），頁136。

勘宋、元經解客尚書徐乾學所，故悉此事為確也。[11]
莫伯驥根據張雲章給朱彝尊的信，加上張雲章住在徐乾學家協助
校勘《經解》，所以斷定《經解》書前的序，出自朱彝尊之手。
但是從張雲章的信，可知張氏僅是持懷疑的態度，所以才寫信給
朱彝尊，並不能以此作為根據來判定《經解》之序出自朱氏。

　　要解決這一問題，最有效的方法，就是將《經解》各書前的
序，與朱彝尊《曝書亭集》所收經說的序一一核對，看他們異同
情形如何。朱氏《曝書亭集》卷三十四，收有〈《周易義海撮要》
序〉、〈《周易輯聞》序〉、〈《易璇璣》序〉、〈《周易集說》
序〉、〈《合訂大易集義粹言》序〉、〈《徐氏四易》序〉、〈東萊
呂氏《書說》序〉、〈雪山王氏質《詩總聞》序〉、〈聶氏《三禮
圖》序〉、〈丘氏《周禮定本》序〉、〈《讀禮通考》序〉、〈陸氏
《春秋三書》序〉、〈《春秋權衡》序〉、〈《春秋意林》序〉、〈江
陵崔氏《春秋本例》序〉、〈《春秋地名考》序〉、〈《五經翼》
序〉、〈《授經圖》序〉等十八篇，[12] 把這些序和納蘭氏《經解》
各書前的序相比較，僅發現《經解》的〈石澗俞氏周易集說
序〉，與朱氏〈《周易集說》序〉有雷同的地方。《經解》中該書
的〈序〉云：

　　　〈周易上下經說〉二卷，〈象辭說〉一卷，〈彖傳說〉
　　　二卷，〈爻傳說〉二卷，〈文言傳說〉一卷，〈繫辭傳說〉

[11] 莫伯驥：《五十萬卷樓群書跋文》（臺北：文海出版社，1968年2
月，《國學集要二編》本），頁19，〈御定補刊《通志堂經解》百四
十種一千七百八十六卷〉。

[12] 朱彝尊：《曝書亭集》（臺北：世界書局，1964年2月），卷34，頁
418～419。

二卷，〈說卦說〉一卷，〈序卦說〉一卷，〈雜卦說〉一卷，合一十三卷，各冠以序，統名曰《周易集說》，而《易圖纂要》一卷，《易外別傳》一卷附焉。吳人俞琰玉吾叟所著也。叟於寶祐間，以詞賦稱。宋亡，隱居不仕，自號石澗道人，又稱林屋洞天真逸。其書草創於至元甲申，斷手於至大辛亥，用力可謂勤矣。世之言圖書者，類以馬毛之旋，龜文之坼，獨叟之持論，謂《尚書·顧命》：「天球河圖在東序」，河圖與天球並列，則河圖亦玉也。玉之有文者爾。崑崙產玉，河源出崑崙，故河亦有玉。洛水至今有白石，洛書蓋石而白有文者。其立說頗異，至其集眾說之善，以朱子《本義》為宗，而邵子程子之學，義理象數一以貫之，誠有功於《易》者也。考叟之說《易》，尚有《經傳考證》、《讀易須知》、《六十四卦圖》、《古占法》、《卦爻象占分類》、《易圖合璧連珠》諸書，咸附於《集說》之後，而今已無存。當日共講《易》者，則有西蜀荀在川、新安王太古、括蒼葉西莊、鄱陽齊節初，其名字官閥，亦不復可考矣。嗚呼惜哉！[13]

納蘭氏的序篇幅甚長，其中「吳人俞琰玉吾叟所著也」至「蓋石而白有文者」一大段與朱彝尊的序雷同。

此外，朱氏的〈雪山王氏質《詩總聞》序〉，是為王質《詩總聞》所作的序。

王氏的書，《通志堂經解》並未收，但徐乾學所編納蘭氏的《通志堂集》在經解序的部分，卻收有〈雪山王氏《詩總聞》

---

[13] 《通志堂經解》，第7冊。

序〉。[14] 將朱氏和納蘭氏的這兩篇序相比對，除個別字詞略有出入外，文字大部分相同。可疑的是，《通志堂經解》既不收王質《詩總聞》，何以有《詩總聞》的序？且這篇序竟與朱彝尊所撰完全相同。

除了《周易集說》和《詩總聞》兩篇序有雷同現象外，其餘各篇序內容皆不相同。此外，朱氏和納蘭氏為同一書所作的序跋，觀點也有不一致的地方，如朱彝尊為王柏《詩疑》所作的跋，批評王柏膽大妄為；而納蘭氏則並未有貶抑王柏之意。[15] 再者，朱彝尊《經義考》中收有納蘭氏為俞琰《周易集說》、張耒《詩說》、朱鑒《文公詩傳遺說》、王柏《詩辨說》、朱倬《詩疑問》、王與之《周禮訂義》、張洽《春秋集注》、趙鵬飛《春秋經筌》、呂大圭《春秋五論》和《大易集義粹言合訂》等書所作的序，標納蘭氏之名，如果這些序都是朱彝尊所作，朱氏何必再標納蘭氏之名？

《通志堂經解》各書前之序，非朱彝尊所作，經以上之討論，證據已相當充分。至於《周易集說》、《詩總聞》兩篇雷同的部分應如何解釋？個人以為朱彝尊編《經義考》，蒐集各經版本，一有所得即為該書作序跋，當納蘭氏和徐乾學合編《通志堂經解》時，必定求朱氏將所撰的序跋提供參考。納蘭氏在撰寫序時，或參考朱氏之說，如《周易集說》一篇即是，所以才有一大段雷同的現象。至於《詩總聞》的序，應是朱彝尊所作，因該書未收入《通志堂經解》中，所以納蘭氏也未作序。當徐乾學在為

---

[14] 納蘭成德：《通志堂集》（上海：上海古籍出版社，1979年2月），卷10，頁25～26。

[15] 見《曝書亭集》，卷42，頁512。《通志堂集》，卷10，頁19，〈王魯齋《詩疑》序〉。

納蘭氏編《通志堂集》時，以為該序為納蘭氏所作，所以加以收入。以上的說法，雖沒有文獻記載可供印證，但應是一種合理的推測。

四、《通志堂經解》的學術價值及其影響

要討論《通志堂經解》的學術價值，可從文獻保存和經學發展的角度來論述。就文獻保存的角度來說，由於《四書大全》、《五經大全》本輯有宋、元學者的不少經說，且作為考試的參考用書，所以學者讀經書，皆以《四書》、《五經大會》為主，宋、元學者經說的原本，由於乏人問津，也逐漸湮沒無聞。納蘭氏和徐乾學所以要刊刻《通志堂經解》，就是要搶救這些經學文獻。《經解》也成了大家要利用宋、元經學文獻時，必須參考、取資的大叢書。

就這一點來說，吾人可以《摛藻堂四庫全書薈要》編纂時所用的底本作為證明。根據《四庫全書薈要》的書前提要，得知《薈要》根據《通志堂經解》本謄錄的計有九十九種之多，占《薈要》經部書一五二種中的百分之六十五。[16] 其中有四十八種是孤本，包括，易類十四種，書類三種，詩類六種，春秋類十二種，禮類四種，論語類一種，孟子類一種，四書類三種，總經解四種。足見《通志堂經解》的刊刻保存有不少孤本，足為《四庫全書薈要》編者取資之用。

此外，編撰《四庫全書》時，由於蒐書的範圍擴大，取資於《通志堂經解》者雖較少，但四庫館臣在作提要時，仍時時不忘

---

[16] 見陳惠美：《徐乾學及其藏書刻書》，頁336～340。

《通志堂經解》保存文獻的貢獻，如：

《易數鉤隱圖》三卷附《遺論九事》一卷

> 宋劉牧撰。……若胡一桂、董楷、吳澄之書，皆宗朱、蔡，牧之《圖》幾於不傳。此本為通志堂所刊，……錄而存之，亦足廣異聞也。……故曰《遺論》，本別為一卷，徐氏刻《九經解》，附之《鉤隱圖》末，今亦仍之焉。（卷2，經部，易類二）

《尚書說》七卷

> 宋黃度撰。……所注有《書說》、《詩說》、《周禮說》。《詩》與《周禮說》今佚，惟《書說》僅存。（卷11，經部，書類一）

《詩說》一卷

> 宋張耒撰。……納喇性德以其集不甚傳，因刻之《通志堂經解》中。（卷17，經部，詩類存目一）

《三禮圖集注》二十卷

> 宋聶崇義撰。……此書世所行者，為通志堂刊本。（卷22，經部，禮類四）

《春秋傳》十五卷

宋劉敞撰。……敞所作《春秋權衡》及《意林》，宋時即有刊本，此《傳》則諸家藏盍，皆寫本相傳，近時通志堂刻入《經解》，始有版本。（卷26，經部，春秋類一）

《經典釋文》三十卷

唐陸元朗撰。……此為通志堂刻本，猶其原帙，何焯《點校經解目錄》，頗嗤顧湄校勘之疏，然字句偶，規模自在，研經之士，終以是為考證之根柢焉。（卷33，經部，五經總義類）

《四書通旨》六卷

元朱公遷撰。……顧明以來說《四書》者，罕見徵引，近《通志堂經解》始刊行之，蓋久微而後出也。（卷36，經部，四書類二）

從《四庫全書總目》的敘述，可知有許多書多賴《通志堂經解》才得以流傳，《經解》保存文獻之功，於此也可得到充分的證明。

再就經學的發展來說，《通志堂經解》刻唐、宋、元、明經說一百四十種，在乾隆朝浸浸然盛的漢學潮流下，使宋學經說不至於湮沒，其貢獻已有目共睹。此外，納蘭氏為各經說所作的序，不但有考鏡源流的作用，也為《四庫全書薈要》、《四庫全

書》等書編輯時，提供較完備之體例。所以這幾套叢書所收各書前皆有提要，這提要即如《通志堂經解》各書前的序。

納蘭氏在為各書作序時，大抵就各書的內容加以評述，使讀者一覽提要即知該書之大概內容。此外，也有些提要論到學者學派的歸趨和書本體例的分合。論到學派的歸趨的，如〈《易本義附錄纂注》《啟蒙翼傳》合序〉中云：

> 近代經學至朱子而得其歸，若節齋蔡氏、槃澗董氏之於《易》，九峰蔡氏之於《書》，傳貽輔氏之於《詩》，清江張氏之於《春秋》，勉齋黃氏、信齋楊氏之於《禮》，皆朱子嫡嗣也。[17]

這段話把當時的經學家分別其學派性質，認為《易》學家之蔡淵（節齋）、董銖（槃澗），《尚書》學家之蔡沈（九峰），《詩經》學家之輔廣（傳貽），《春秋》學家之張洽（清江），《三禮》學家之黃榦（勉齋）、楊復（信齋）等，都是朱子學派的人物。

在論述書本體例之分合方面，如〈周易本義集成附錄序〉云：

> 始朱子《本義》一遵呂成公所訂古文為主，以六十四卦象爻之辭為〈上下經〉，而孔子所釋〈彖〉、〈象〉、〈文言〉及〈上下繫〉、〈說卦〉、〈序卦〉、〈雜卦〉為〈十翼〉。明永樂時編次《大全》，乃以朱子《本義》附程《傳》以行，而初本遂淆。……嗟乎！自《周易傳義大全》

---

17 《通志堂經解》第7冊，頁3947；《通志堂集》，卷11，頁5。

行，而世無知朱子《易》之為古文也久矣。故科試者往往
合周公、孔子之辭以命題，割裂紕謬，良可怪嘆，得是書
庶可一正之乎！[18]

　　這篇序說到朱子的《周易本義》是先經後傳，但永樂時編
《周易傳義大全》，將朱子《本義》附程頤《易傳》而行，朱子
《本義》的真面目遂混淆不清，如能讀熊良輔《周易本義集成》，
則可知朱子《本義》之真面目。由此可知納蘭氏的序，有辨章學
術、考鏡源流的作用。就這一點來說，對研究經學自有其貢獻。
　　談到《通志堂經解》刊行後的影響，可從兩方面來談，一方
面是編輯叢書時體例的影響，另一是宋、元經解叢書的續編工
作。就叢書的編輯體例來說，《通志堂經解》在各書前都有序，
敘述該書的內容、價值等。這一體例，後來編輯叢書大都加以繼
承，最明顯的是《四庫全書》。《四庫全書》收入的三四六七種
書，書前都有提要，未著錄而僅是存目的書也有提要，更合著錄
和存目兩大類書之提要，編為《四庫全書總目》。雖然四庫館臣
並沒有明說是受《通志堂經解》的影響，但《四庫全書》各書的
序繼承自《通志堂經解》應是很明顯的事。後來編纂的叢書大多
能繼承這一優良的傳統。
　　再就續編宋、元經解叢書來說，由於還有甚多宋、元的經解
尚未編入《通志堂經解》中，在嘉慶年間，張金吾蒐集宋、元經
解八十七種，輯成《詒經堂續經解》。「詒經堂」是張金吾的書
齋名，宛如「通志堂」是納蘭氏的書齋名。「續經解」是要續補
《通志堂經解》之不足。李兆洛有〈《詒經堂續經解》序〉，該文
說：

---

[18] 《通志堂經解》第8冊，頁4565；《通志堂集》，卷11，頁5～6。

國朝納蘭氏《通志堂經解》之刻，所以輔微抉衰，引
掖來學甚厚，傳之百餘年矣。金吾張君以遺編墜簡尚不盡
於此，乃發其家所藏書，自唐以下，復得若干種，寫定為
《詒經堂續經解》，都千二百有餘卷，將以此授之剞劂焉。
夫鑽研苦心更得引脈，使不即埋沒，大惠也。購書甚難，
況在異本，推而廣之，使人可見其盛誼也。[19]

從這序文，可見《詒經堂續經解》是要繼《通志堂經解》，
保存宋、元文獻。張金吾更自作《通志堂經解補闕》一卷附於該
書之後。由於該書的卷帙浩繁，張金吾家道中落後，根本無力刊
刻，後來流出，落入顧錫麒之手，再轉售予涵芬樓。民國二十一
年（1932）上海發生一二八之役，該書隨涵芬樓之書化為灰燼。
[20]

另外受《通志堂經解》影響而刊刻宋、元經解，輯成《經苑》
一書的是錢儀吉（1782～1850）。《碑傳集補》卷十蘇源生〈書
先師錢星湖先生事〉說：

康熙中，崑山徐健菴尚書刊宋、元諸儒說經之書百四
十種為《通志堂經解》，采摭至廣。先生以其未備，復集
同人之資，刊宋司馬光溫公《易說》六卷，……共二十五
種，名曰《經苑》，缺者補之，訛者正之。日夕丹鉛，躬
自讎校，自道光乙巳起，庚戌竣事。此外，尚有宋陳經

---

19 李兆洛：《養一齋文集》（清光緒4年重刊本），卷3。

20 參考林慶彰：〈張金吾編《詒經堂續經解》的內容及其學術價值〉，
《應用語文學報》第2號（2000年6月），頁35～49。

《尚書詳解》五十卷，……皆已寫清本，未及授梓而先生卒矣。[21]

《經苑》從道光二十五年（乙巳，1845）至三十年（庚戌，1850），以六年的時間刊刻二十五種，後十五種因錢儀吉過世，並沒有刊刻。今之《經苑》雖是錢儀吉未完成之書，但其受《通志堂經解》之影響，志在補《經解》之闕，則是相當明顯的事。

五、結論

從上文各小節的論述，可得以下數點結論：

其一，元末以來雖崇尚朱學，但明永樂年間編纂《四書》、《五經大全》，這些書收入甚多宋、元人的經說，學者讀經、應考，祇要讀《四書》、《五經大全》，已足以應付。宋、元經說的單行本也因沒有新刊本出現，逐漸稀少，如果以鈔本流傳的，也多殘闕訛誤。為保存這些宋、元經學文獻，納蘭氏向座師徐乾學報告刊刻宋、元經解的必要性，並捐款四十萬。徐氏將其三十年心力所得的宋、元經說，加上其他藏書家所藏，合計有一百四十種，從康熙十二年（1673）起開始刊刻，大概康熙十九年（1680）完成，計花費八年的時間。

其二，《通志堂經解》中納蘭氏為其作序的計有六十四篇，這些序的作者，張雲章以為朱彝尊所作。如將朱彝尊《曝書亭集》卷三十四所收各經說的序，和《通志堂經解》中納蘭氏所作的序

---

[21] 見周駿富編：《清代傳記叢刊》（臺北：明文書局，1985年5月），第120冊，頁622～624。

相比對，僅《周易集說》的序有一段文字雷同。另王質《詩總聞》，《通志堂經解》並未收，朱彝尊為王氏《詩總聞》所作的序，卻與徐乾學為納蘭氏所編的《通志堂集》中所收的王質《詩總聞》的序，大部分文字雷同。對於這種現象，筆者以為朱彝尊編《經義考》時，蒐集不少經學著作，大都有為它們作序或跋，當納蘭氏要為《通志堂經解》各書作序時，或請求朱氏所作之序提供參考，所以像《周易集說》的序則有一大段採用朱氏之說。至於王質《詩總聞》，因沒有收入《通志堂經解》中，納蘭氏根本沒有作序，當徐乾學替納蘭氏編文集時，誤將朱彝尊所作之序編入。可見《通志堂經解》書前的序，仍應視為納蘭氏的著作。

其三，《通志堂經解》最重要的貢獻，是保存了宋、元時代的經說，清乾隆以後漢學大盛，宋學受到相當激烈的攻擊，宋、元人經說也罕有人研讀，幸虧有《通志堂經解》，否則宋、元人經說湮滅的將更多。由於《通志堂經解》保存了相當多的孤本文獻，乾隆時編《四庫全書薈要》，就有九十九種書的底本採自《通志堂經解》，佔《薈要》經部書一五二種的百分之六十五。《四庫全書》的收書範圍較廣，直接採自《通志堂經解》的雖不及《薈要》那麼多，但從《四庫全書》各書的提要，時有提及某書僅有通志堂本，可知四庫館臣仍相當重視《通志堂經解》。除保存文獻之功外，《通志堂經解》中納蘭氏所作的序，也有考鏡源流、辨章學術的作用，學者要了解宋、元經學的內涵和流變，非取資於納蘭氏的序不可。

《通志堂經解》的刊刻，由於署名的問題，有不少學者提出質疑和批評。但如視為滿人和漢人合作保存文獻的實例，也可說

---

[22] 劉德鴻：〈滿漢學者通力合作成果：《通志堂經解》述論〉，即將《通志堂經解》的編纂、刊刻視為滿人和漢人學者合作的一個佳例。

是文獻學和經學史上的一段佳話。[22] 至於該書在文獻學和經學研究的貢獻，任何人都不應加以忽視。

——原載《文獻與資訊學術研討會論文集》（臺北：東吳大學中國文學系，2001 年6月），頁11～31。

附錄五：研究文獻目錄舉例

姚際恆研究文獻目錄

林慶彰

　　清宣統元年（1909），這年顧頡剛十七歲，他在孫宗弼的書架上看到姚際恆的《古今偽書考》，借回去讀了以後，在他的「頭腦裡忽然起了一次大革命」。這是近代學者和姚際恆的一次關鍵性的接觸，不但影響顧氏一生治學的命運，也左右了後來學術史發展的方向。

　　民國三年（1914），顧頡剛作了〈古今偽書考跋〉。這是近代學者第一篇有關姚氏研究的論文，也揭開後人研究姚氏學問的序幕。民國九年（1920）11月，胡適寫信給顧頡剛，詢問姚際恆的著述，也開啟了蒐集、點校姚氏著作的熱潮。直到民國八十三年（1994）六月，林慶彰編成《姚際恆著作集》（臺北：中央研究院中國文哲研究所）六冊，姚氏著作的蒐集、點校工作，才告一段落。有了這一套《著作集》作為研究的基礎，要研究姚氏已比以前容易得多，相信不久的將來必有更深入、更出色的論文出現。

　　近十數年間，研究姚氏的學位論文有多篇，單篇論文也不少。可見研究姚氏的風氣逐漸提升中。如果能將這數十年來蒐

集、點校、出版姚氏的著作，還有研究姚氏的專著和論文將其書目和篇目彙為一編，讓後來者了解前賢孜孜矻矻的研究成果，並作進一步的研究、探討時之參考，也應該是很有意義的事。

　　筆者近數年來籌劃出版《姚際恆著作集》，又蒐集日本學者研究姚際恆的論文八篇，和張寶三教授、余崇生先生一起譯為中文，彙成《姚際恆專輯（上）》（見《經學研究論叢》第 3 輯，1995 年 4 月）。由於有這些經歷，對姚氏的相關資料也較熟悉，乃自告奮勇，將手頭上所有的資料加以排比，編成〈姚際恆研究文獻目錄〉。

編輯說明

一、本〈目錄〉收錄清乾隆年間起至民國八十四年（1995）間，姚際恆的傳記資料和著作的各種傳本，以及研究姚氏的書目和篇目。

二、本〈目錄〉分上、中、下三編，上編為姚氏傳記資料，中編為姚氏著作，依《古今偽書考》、《古文尚書通論》、《詩經通論》、《儀禮通論》、《禮記通論》、《春秋通論》、《好古堂書目》、《好古堂家藏書畫記》、《續收書畫奇物記》等之順序排列。各書僅錄其知見之傳本。各傳本依時代先後排列。

三、本〈目錄〉下編為姚氏研究論著，編排順序同上編。各論著，依作者（譯者）、書名（篇名）、出處之順序著錄。各論著有兩個以上之出處者，皆依出版先後之順序排列。

四、為求資料之完整，部分非研究姚氏之專著，如有研究姚氏之相關論述，皆盡可能加以裁篇著錄。

五、民國以前的出版年月，於各年號下加附西元紀年。民國以來

的出版年月，為求統一，一律用西元紀年。

上編　姚際恆的傳記資料

1. 姚際恆　鄭江修、邵晉涵等續纂《（乾隆）杭州府志》，（清乾隆四十九年續刊本），卷90，〈儒林〉，頁21。

2. 姚際恆　吳顥撰《國朝杭郡詩輯》（清嘉慶五年守惇堂刊本），卷4，頁22～23。

3. 姚際恆　吳振棫重編《國朝杭郡詩輯》（清同治十三年錢塘丁氏刊本），卷7，頁15上～16上。

4. 姚際恆傳　故宮博物院藏《清史列傳稿》稿本35〈儒林俞汝言傳〉所附。

5. 姚際恆　佚名撰，王鍾翰點校《清史列傳》（北京：中華書局，1987年11月），卷68，頁5449～5450。

6. 姚際恆　徐世昌纂《清儒學案》（北京：中國書店，1990年9月），卷39，頁60～61。

7. 姚際恆　支偉成撰《清代樸學大師列傳》（長沙：岳麓書社，1986年3月），第10，頁293～294。

8. 姚際恆　楊立誠、金步瀛撰《中國藏書家考略》（臺北：新文豐出版公司，1978年9月），頁139～140。

9. 姚際恆　吳晗撰《江浙藏書家考略》（臺北：文史哲出版社，1982年5月），頁47。

10. 姚際恆　蔡冠洛撰《清代七百人傳》（臺北：明文書局，1985年5月，《清代傳記叢刊》本），第4編學術、樸學，頁1629。

11. 姚際恆　余天覿撰《皖志列傳稿》（民國25年排印本），卷

2，頁6～7。

12. 姚際恆　錢仲聯主編《清詩紀事》（南京：江蘇古籍出版社，1987年6月）第七冊，康熙朝卷，頁3982～3983。

中編　姚際恆的著作

古今偽書考　姚際恆著

歙西鮑廷博刻《知不足齋叢書》本　清嘉慶年間

廣漢張馥等成都刻本　清光緒三年（1877）（《受經堂叢書》之一）

蘇州文學山房活字印本　清光緒三年（1877）（日本東京大學東洋文化研究所藏有清光緒三年跋，活字本）

歸安姚氏粵東藩署校刊，覆《知不足齋》本　清光緒七年（1881）

肄水盧氏芸林仙館補刻清嘉慶歙西鮑廷博《知不足齋叢書》本　清光緒八年（1882）

長沙章恭斌經濟書堂校刊本　清光緒十五年（1889）

浙江書局刻本　清光緒十八年（1892）

廣州雅雨堂刊本　清光緒二十年（1894）

上海古書流通處影印嘉慶年間鮑氏《知不足齋叢書》本　1921年

沔陽盧靖據浙江書局本刊刻本　1923年（《慎始基齋叢書》）之一）

吳縣江杏溪輯印蘇州文學山房本　1924年（《聚珍版叢書初集》之一）

海虞瞿氏鐵琴銅劍樓重修歸安姚氏粵東藩著刊本　1934年

上海　商務印書館影印《知不足齋叢書》本　1935 年（《叢
書集成初編》之一）

蘇州　振粵書社鉛印本　民國年間

臺北　臺灣商務印書館影印本　1967 年（《國學基本叢書四
百種》之一）

臺北　新文豐出版公司影印《知不足齋叢書》本　1985 年
（《叢書集成新編》第 4 冊）

江戶昌平學問所刊本

日本文政五年（1822）官版刻本

古今偽書考　姚際恆著　顧頡剛點校

北平　樸社排印本　1929 年春

北京　中華書局排印本　1955 年（《古籍考辨叢刊》第一
集）

臺北　世界書局影印《古籍考辨叢刊》本　1961 年（《中國
學術名著》第二輯，《中國目錄學名著》第一集，《偽書
考五種》之一）

香港　太平書局影印民國十八年樸社排印本　1962 年

臺北　華聯出版社影印本　1968 年 5 月

臺北　臺灣開明書店排印本　1969 年（《開明辨偽叢刊》之
一）

古今偽書考　姚際恆、金受申、顧實、黃雲眉等著　童小鈴彙集

臺北　中央研究院中國文哲研究所　頁 390　1994 年 6 月
（《姚際恆著作集》第五冊）

古文尚書通論輯本　姚際恆著　張曉生點校

臺北　中央研究院中國文哲研究所　1994年6月（《姚際恆
　　著作集》第1冊）

詩經通論　姚際恆著
　　韓城王篤鐵琴山館刊本　道光十七年（1837）
　　成都書局重刊韓城王篤鐵琴山館本　同治六年（1867）
　　雙流鄭璧成覆刻《韓城王篤鐵琴山館刊本》　1927年
　　四川　私立北泉圖書館叢書本　1944年

詩經通論　姚際恆著　顧頡剛點校
　　北京　中華書局排印本　頁367　1958年12月
　　臺北　廣文書局影印顧氏點校本　頁367　1961年10月
　　香港　中華書局影印顧氏點校本　頁367　1963年
　　臺北　河洛圖書出版社影印顧氏點校本　頁367　1978年1
　　月
　　臺北　育民出版社影印顧氏點校本　頁367　1979年6月
　　臺北　中央研究院中國文哲研究所　頁533　1994年6月
　　（《姚際恆著作集》第1冊）

詩經論旨一卷　姚際恆著　鄭璋校
　　四川　私立北泉圖書館叢書　1944年

儀禮通論　姚際恆著
　　杭州崔永安家藏鈔本
　　顧頡剛傳鈔崔永安家藏鈔本　1932年（中國社會科學院歷
　　史研究所圖書館藏）

　　鈔本（北京圖書分藏）

上海　上海古籍出版社（《續修四庫全書》據北京圖書館分館鈔本影印）

禮記通論輯本　姚際恆著　簡啟楨、江永川輯點

臺北　中央研究院中國文哲研究所　上、下冊　1994年6月（《姚際恆著作集》第2、3冊）

春秋通論十五卷（缺卷11～13），論旨一卷，春秋無例詳考一卷　姚際恆著

原倫明藏鈔本（現藏北京圖書館）

原東方文化事業總委員會藏傳鈔倫明藏鈔本（現藏中央研究院傅斯年圖書館）

影照倫明藏鈔本（東京大學文學部漢籍中心藏）

影照倫明藏鈔本（京都大學藏）

傳鈔倫明藏鈔本（北京圖書館藏）

春秋通論（缺卷11～13）　姚際恆著　張曉生點校

臺北　中央研究院中國文哲研究所　頁360　1994年6月（《姚際恆著作集》第4冊）

好古堂書目　姚際恆著

原江蘇國學圖書館藏丁丙藏鈔本

南京中社影印江蘇國學圖書館藏丁丙藏鈔本　1929年

好古堂書目　姚際恆著　林慶彰點校

臺北　中央研究院中國文哲研究所　頁224　1994年6月（《姚際恆著作集》第五冊）

好古堂家藏書畫記二卷、續收書畫奇物記一卷　姚際恆著

　　桐川顧蒪輯刻《讀畫齋叢書》本　嘉慶4年（1799）

　　上海　商務印書館影印《讀畫齋叢書》本　1937年（《叢書
　　　集成初編・藝術類》）

　　上海　神州國光社排印本　1936年（鄧實輯《美術叢書》3
　　　集・8輯）

　　臺北　藝文印書館《百部叢書集成》影印《讀畫齋叢書》本

　　北京　中華書局重印《叢書集成初編》本　1985年　新一
　　　版

　　臺北　藝文印書館影印《美術叢書》本（第14冊）

**好古堂家藏書畫記二卷，續收書畫奇物記一卷　姚際恆著　林耀
椿點校**

　　臺北　中央研究院中國文哲研究所　頁92　1994年6月
　　（《姚際恆著作集》第6冊）

下編　姚際恆研究論著

一、專著

金受申　古今偽書考考釋
　　　　北平　中華印刷局　頁28　1924年
顧　實　重考古今偽書考
　　　　上海　大東書局　1926年7月
程大璋　古今偽書考書後

鄔慶時輯《半帆樓叢書》　民國鄔氏廣州刊本

鄔慶時輯《白堅堂叢書第1集》　民國鄔氏廣州刊本

黃雲眉　古今偽書考補證

　　　南京　金陵大學中國文化研究所　頁322　1932年8月

　　　濟南　山東人民出版社　1959年；1964年重印本

　　　臺北　文海出版社　頁348　1972年1月（影印金陵大
　　　學中國文學研究所排印本）

　　　濟南　齊魯書社　頁333　1980年6月（據山東人民出
　　　版社本重排印）

詹尊權　姚際恆的詩經學

　　　新加坡　南洋大學文學碩士論文　頁84　1987年

　　　新加坡　南安會館　1987年10月

張曉生　姚際恆及其尚書、禮記學

　　　臺北　東吳大學中國文學研究所碩士論文　頁416
　　　1990年5月　劉兆祐指導

簡啟楨　姚際恆及其詩經通論研究

　　　臺北　全賢圖書公司　頁342　1992年3月

文鈴蘭　姚際恆詩經通論之研究

　　　臺北　國立政治大學中國文學研究所博士論文　頁263
　　　1994年6月　朱守亮指導

林慶彰主編　姚際恆專輯（上）

　　　經學研究論叢　第3輯　頁217～320　臺北　聖環圖書
　　　公司　1995年4月

　　　姚際恆及其著述（坂井喚三著、林慶彰譯）

　　　姚際恆的學問（上）──關於古今偽書考（村山吉廣
　　　著、林慶彰譯）

　　　姚際恆的學問（中）──他的生涯和學風（村山吉廣

　　著、林慶彰譯）

姚際恆的學問（下）——關於詩經通論（村山吉廣著、
　　林慶彰譯）

姚際恆論（村山吉廣著、林慶彰譯）

清姚際恆的偽中庸說（藤澤誠著、張寶三譯）

姚際恆的禮記通論（村山吉廣著、余崇生譯）

姚際恆專輯（下）

經學研究論叢　第4輯　頁133～270　臺北　聖環圖書
　　公司　1996年4月

論姚際恆的學術風格（蔡長林）

論姚際恆春秋通論中的「取義」與「書法」（張曉生）

姚際恆儀禮通論未佚（陳祖武）

姚際恆禮記通論校點說明（王尹珍、張維明）

姚際恆的大學解（詹海雲）

從好古堂書目看姚際恆的詩經研究（蔣秋華）

姚際恆研究年表（林慶彰）

姚際恆研究文獻目錄（林慶彰）

二、論文

㈠總論

胡適、顧頡剛　蒐集姚際恆著述書

　　　　古史辨　第1冊　北平　樸社　1926年6月；臺北　明
　　　　倫出版社　1970年3月；上海　上海古籍出版社
　　　　1982年；臺北　藍燈文化事業公司　1987年11月

坂井喚三　姚際恆と其の著述

　　　　斯文　第七編第五號　頁21～34　1925年（大正14）

　　　　　10月

坂井喚三著、林慶彰譯　姚際恆及其著述

　　　　　經學研究論叢　第 3 輯　頁217～228　臺北　聖環圖
　　　　書公司　1995年4月

坂井喚三　姚際恆と學問（中）——ろの生涯と學風

　　　　　漢文學研究　第8號　頁34～46　1960年（昭和35）9
　　　　月

村山吉廣著、林慶彰譯　姚際恆的學問（中）——他的生涯和學
　　　　風

　　　　　經學研究論叢　第3輯　頁241～256　臺北　聖環圖書
　　　　公司　1995年4月

村山吉廣　姚際恆論

　　　　　目加田誠博士古稀記念中國文學論集　頁429～446
　　　　東京　龍溪書舍　1974年（昭和49）10月

村山吉廣者、林慶彰譯　姚際恆論

　　　　　經學研究論叢　第3輯　頁275～288　臺北　聖環圖書
　　　　公司　1995年4月

林慶彰　姚際恆及其在近代學術史上的地位

　　　　　中國文哲研究通訊　第4卷第2期　頁139～151　1994
　　　　年6月

　　　　　姚際恆著作集　第1冊　頁1～26　臺北　中央研究院
　　　　中國文哲研究所　1994年6月

林登昱　清學的絕筆與民初的啟蒙——小論姚際恆的學術風格

　　　　　大同商專學報　第9期　頁191～204　1995年10月

林慶彰　姚際恆治經的態度

　　　　　第四屆清代學術研討會論文　高雄　國立中山大學中國
　　　　文學系　1995年11月18、19日

蔡長林　論姚際恆的學術風格

　　　　經學研究論叢　第4輯　頁133～149　臺北　聖環圖書

　　　　公司　1996年4月

㈡古今偽書考

顧頡剛　古今偽書考跋

　　　　古史辨　第1冊　頁7～12　北平　樸社　1926年6

　　　　月；臺北　明倫出版社　1970年3月；上海　上海古

　　　　籍出版社　1982年；臺北　藍燈文化事業公司

　　　　1987年11月

　　　　姚際恆著作集　第5冊　古今偽書考附錄　頁342～349

　　　　臺北　中央研究院中國文哲研究所　1994年6月

顧頡剛　校點古今偽書考序

　　　　史學年報　第1卷2期　頁151～157　1930年7月

顧頡剛　古今偽書考序

　　　　古籍考辨叢刊　第1集　古今偽書考　卷前　頁1～11

　　　　北京　中華書局　1955年11月

　　　　姚際恆著作集　第4冊　古今偽書考附錄　頁350～363

　　　　臺北　中央研究院中國文哲研究所　1994年6月

村山吉廣　姚際恆の學問（上）──古今偽書考についこ

　　　　漢文學研究　第7號　頁77～94　1959年（昭和34）9

　　　　月

　　　　村山吉廣著、林慶彰譯　姚際恆的學問（上）──關於

　　　　古今偽書考

　　　　經學研究論叢　第3輯　頁229～240　臺北　聖環圖書

　　　　公司　1995年4月

姚名達　宋、胡、姚三家所論列古書對照表

　　　　顧頡剛點校古今偽書考　附錄　版本見前。

姚際恆著作集　第5冊　古今偽書考附錄　臺北　中央
研究院中國文哲研究所　1994年6月

㈢古文尚書通論

林慶彰　姚際恆對古文尚書的考辨
清初的群經辨偽學　頁207～215　臺北　文津出版社
1990年3月

㈣詩經通論

陳　柱　姚際恆詩經通論述評
東方雜誌　第24卷第7號　頁51～59　1927年4月10
日
清儒學術討論集　第1集上冊　頁1～24　上海商務印
書館　1930年5月
詩經研究論集㈡　頁525～539　臺北　臺灣學生書局
1987年9月

何定生　關於詩經通論及詩的起興
國立中山大學語言歷史學研究所週刊　第9集97期　頁
1～12　1929年9月4日

何定生　關於詩經通論及詩的起興
古史辨　第3冊　頁419～424　北平　樸社　1931年
11月；臺北　明倫出版社　1970年3月；上海　上海
古籍出版社　1982年；臺北　藍燈文化事業公司
1987年11月
詩經研究論集㈡　頁541～545　臺北　臺灣學生書局
1987年9月

鈞田正哉　姚氏詩學の檢討
東京　東京帝國大學文學部支那文學科卒業論文　1938
年（昭和13）3月

顧頡剛　詩經通論序

　　　　文史雜誌　第5卷第3、4期合刊　頁89～90　1945年
　　　　4月

　　　　詩經研究論集㈡　頁547～549　臺北　臺灣學生書局
　　　　1987年9月

　　　　姚際恆著作集　第1冊　詩經通論　卷前　頁9～11
　　　　臺北　中央研究院中國文哲研究所　1994年6月

堯　　　北泉圖書館叢書第1集提要——詩經通論18卷

　　　　文史雜誌第5卷3、4期合刊　頁91～92　1945年4月

江　九　詩經通論簡評

　　　　光明日報　文學遺產　250期　1959年3月8日（江九
　　　　即胡念貽）

　　　　關於文學遺產的批判繼承問題　頁277～279　長沙
　　　　岳麓書社　1980年；1984年6月2版（本書為胡念貽
　　　　之論文集）

村山吉廣　姚際恆の學問（下）——詩經通論について

　　　　漢文學研究　第9號　頁15～35　1961年（昭和36）9
　　　　月

村山吉廣著、林慶彰譯　姚際恆的學問（下）——關於詩經通論

　　　　經學研究論叢　第3輯　頁257～274　臺北　聖環圖書
　　　　公司　1995年4月

錢　穆　續記姚立方詩經通論

　　　　中國學術思想論叢（八）　頁182～185　臺北　東大
　　　　圖書公司1980年3月

趙制陽　姚際恆詩經通論評介

　　　　中華文化復興月刊　第13卷第12期　頁75～86　1980
　　　　年12月

詩經名著評介　頁149～177　臺北　臺灣學生書局
1983年10月

李家樹　姚際恆詩經通論和方玉潤詩經原始：清代傳統詩經學的
反動

「明清史國際會議」論文　香港　香港大學主辦　1985
年3月12～15日

詩經的歷史公案　頁125～173　臺北　大安出版社
1990年11月

趙沛霖　詩經通論提要

詩經研究的反思　頁360～365　天津　天津教育出版
社　1989年6月

李景瑜　姚際恆詩經通論之研究

臺中商專學報（文史、社會篇）　第26期　頁205～
365　1994年6月

林慶彰　姚際恆對朱子詩集傳的批評

第二屆詩經國際學術研討會論文　中國詩經學會、河北
師範學院主辦　1995年8月10～14日

蔣秋華　姚際恆對子貢詩傳、申培詩說的考辨

第二屆詩經國際學術研討會論文　中國詩經學會、河北
師範學院主辦　1995年8月10日～14日

林慶彰　姚際恆對朱子詩集傳的批評

中國文哲研究集刊　第8期　頁1～24　1996年3月

蔣秋華　姚際恆對子貢詩傳、申培詩說的批評

中國文哲研究集刊　第8期　頁257～304　1996年3月

㈤儀禮通論

陳祖武　姚際恆儀禮通論未佚

經學研究論叢　第4輯　頁151～176　臺北　聖環圖書

公司　1996年4月

㈥禮記通論

柳詒徵　劬堂讀書錄——杭世駿續禮記集說、姚際恆禮記通論
　　　　　文瀾學報　第1期　頁209～228　1935年1月

錢　穆　記姚立方禮記通論
　　　　　國立北京大學國學季刊　第6卷第2期　頁89～106
　　　　　1937年6月
　　　　　中國學術思想史論叢㈧　頁164～181　臺北　東大圖
　　　　　書公司　1980年3月

村山吉廣　姚際恆　禮記通論
　　　　　Philosophia　第45號　頁45～53　1963年（昭和38）9
　　　　　月
　　　　　中國關係論說資料　第2號第1分冊　頁102～106
　　　　　1964年（昭和39）

村山吉廣著、余崇生譯　姚際恆的禮記通論
　　　　　經學研究論叢　第3輯　頁305～312　臺北　聖環圖書
　　　　　公司　1995年4月

王尹珍、張維明　姚際恆禮記通論校點說明
　　　　　經學研究論叢　第4輯　頁181～186　臺北　聖環圖書
　　　　　公司　1996年4月

林慶彰　姚際恆對大學的考辨
　　　　　清初的群經辨偽學　頁381～386　臺北　文津出版社
　　　　　1990年3月

詹海雲　姚際恆的大學解
　　　　　經學研究論叢　第4輯　頁187～222　臺北　聖環圖書
　　　　　公司　1996年4月

藤澤誠　清の姚際恆の偽中庸說について

信州大學紀要　第1卷1號　頁1～13　1950年（昭和
25）12月

藤澤誠著、張寶三譯　清姚際恆的偽中庸說

經學研究論叢　第3輯　頁289～304　臺北　聖環圖書
公司　1995年4月

林慶彰　姚際恆對中庸的考辨

清初的群經辨偽學　頁397～409　臺北　文津出版社
1990年3月

㈦**春秋通論**

服部武　姚際恆著春秋通論に就いこ

東方學報（東京）　第5冊續編　頁309～322　1935
年（昭和10）7月

服部武著、余崇生譯　關於姚際恆著春秋通論

經學研究論叢　第3輯　頁313～320　臺北　聖環圖書
公司　1995年4月

林慶彰　姚際恆的春秋學

町田三郎教授退官紀念中國思想史論叢（下）　頁124
～141　福岡　中國書店　1995年3月

張曉生　論姚際恆春秋通論中的「取義」與「書法」

經學研究論叢　第4輯　頁151～176　臺北　聖環圖書
公司　1996年4月

㈧**好古堂書目**

蔣秋華　從好古堂書目看姚際恆的詩經研究

經學研究論叢　第4輯　頁223～242　臺北　聖環圖書
公司　1996年4月

——原載《經學研究論叢》第4輯（臺北：聖環圖書公司，1996

年 4 月），頁257～270。

收入本書時增補傳記資料部分。

附錄六：大陸簡體字與正體字對照表

2畫	门〔門〕	区〔區〕	为〔為〕	戋〔戔〕
	义〔義〕	车〔車〕	斗〔鬥〕	扑〔撲〕
厂〔廠〕	卫〔衛〕	【丨】	忆〔憶〕	节〔節〕
卜〔蔔〕	飞〔飛〕	冈〔岡〕	订〔訂〕	术〔術〕
儿〔兒〕	习〔習〕	贝〔貝〕	计〔計〕	龙〔龍〕
几〔幾〕	马〔馬〕	见〔見〕	讣〔訃〕	厉〔厲〕
了〔瞭〕	乡〔鄉〕	【丿】	认〔認〕	灭〔滅〕
		气〔氣〕	讥〔譏〕	东〔東〕
3畫	**4畫**	长〔長〕	【乛】	轧〔軋〕
		仆〔僕〕	丑〔醜〕	【丨】
干〔乾〕	【一】	币〔幣〕	队〔隊〕	卢〔盧〕
〔幹〕	丰〔豐〕	从〔從〕	办〔辦〕	业〔業〕
亏〔虧〕	开〔開〕	仑〔侖〕	邓〔鄧〕	旧〔舊〕
才〔纔〕	无〔無〕	仓〔倉〕	劝〔勸〕	帅〔帥〕
万〔萬〕	韦〔韋〕	风〔風〕	双〔雙〕	归〔歸〕
与〔與〕	专〔專〕	仅〔僅〕	书〔書〕	叶〔葉〕
千〔韆〕	云〔雲〕	凤〔鳳〕		号〔號〕
亿〔億〕	艺〔藝〕	乌〔烏〕	**5畫**	电〔電〕
个〔個〕	厅〔廳〕	【丶】	【一】	只〔隻〕
么〔麼〕	历〔歷〕	闩〔閂〕	击〔擊〕	〔祇〕
广〔廣〕	〔曆〕			

叽〔嘰〕	写〔寫〕	动〔動〕	迈〔邁〕	乔〔喬〕
叹〔嘆〕	让〔讓〕	执〔執〕	毕〔畢〕	伟〔偉〕
【丿】	礼〔禮〕	巩〔鞏〕	【丨】	传〔傳〕
们〔們〕	讪〔訕〕	圹〔壙〕	贞〔貞〕	伛〔傴〕
仪〔儀〕	讫〔訖〕	扩〔擴〕	师〔師〕	优〔優〕
丛〔叢〕	训〔訓〕	扪〔捫〕	当〔當〕	伤〔傷〕
尔〔爾〕	议〔議〕	扫〔掃〕	〔噹〕	伥〔倀〕
乐〔樂〕	讯〔訊〕	扬〔揚〕	尘〔塵〕	价〔價〕
处〔處〕	记〔記〕	场〔場〕	吁〔籲〕	伦〔倫〕
冬〔鼕〕	【乛】	亚〔亞〕	吓〔嚇〕	伧〔傖〕
鸟〔鳥〕	辽〔遼〕	芗〔薌〕	虫〔蟲〕	华〔華〕
务〔務〕	边〔邊〕	朴〔樸〕	曲〔麯〕	伙〔夥〕
刍〔芻〕	出〔齣〕	机〔機〕	团〔團〕	伪〔偽〕
饥〔饑〕	发〔發〕	权〔權〕	〔糰〕	向〔嚮〕
【丶】	〔髮〕	过〔過〕	吗〔嗎〕	后〔後〕
邝〔鄺〕	圣〔聖〕	协〔協〕	屿〔嶼〕	会〔會〕
冯〔馮〕	对〔對〕	压〔壓〕	岁〔歲〕	杀〔殺〕
闪〔閃〕	台〔臺〕	厌〔厭〕	回〔迴〕	合〔閤〕
兰〔蘭〕	〔檯〕	库〔庫〕	岂〔豈〕	众〔眾〕
汇〔匯〕	〔颱〕	页〔頁〕	则〔則〕	爷〔爺〕
〔彙〕	纠〔糾〕	夸〔誇〕	刚〔剛〕	伞〔傘〕
头〔頭〕	驭〔馭〕	夺〔奪〕	网〔網〕	创〔創〕
汉〔漢〕	丝〔絲〕	达〔達〕	【丿】	杂〔雜〕
宁〔寧〕		夹〔夾〕	钆〔釓〕	负〔負〕
讦〔訐〕	6畫	轨〔軌〕	钇〔釔〕	犷〔獷〕
江〔訌〕		尧〔堯〕	朱〔硃〕	犸〔獁〕
讨〔討〕	【一】 玑〔璣〕	划〔劃〕	迁〔遷〕	凫〔鳧〕

邬〔鄔〕　许〔許〕　纡〔紆〕　抚〔撫〕　觅〔覓〕

饦〔飥〕　讹〔訛〕　红〔紅〕　坛〔壇〕　苁〔蓯〕

饧〔餳〕　讷〔訢〕　纣〔紂〕　〔罎〕　苍〔蒼〕

【、】　论〔論〕　驮〔馱〕　抟〔摶〕　严〔嚴〕

壮〔壯〕　讻〔訩〕　纤〔縴〕　坏〔壞〕　芦〔蘆〕

冲〔衝〕　讼〔訟〕　〔纖〕　抠〔摳〕　劳〔勞〕

妆〔妝〕　讽〔諷〕　纥〔紇〕　坜〔壢〕　克〔剋〕

庄〔莊〕　农〔農〕　驯〔馴〕　扰〔擾〕　苏〔蘇〕

庆〔慶〕　设〔設〕　纨〔紈〕　坝〔壩〕　〔囌〕

刘〔劉〕　访〔訪〕　约〔約〕　贡〔貢〕　极〔極〕

齐〔齊〕　诀〔訣〕　级〔級〕　扨〔摑〕　杨〔楊〕

产〔產〕　【フ】　纩〔纊〕　折〔摺〕　两〔兩〕

闭〔閉〕　寻〔尋〕　纪〔紀〕　抡〔掄〕　丽〔麗〕

问〔問〕　尽〔盡〕　驰〔馳〕　抢〔搶〕　医〔醫〕

闯〔闖〕　〔儘〕　纫〔紉〕　坞〔塢〕　励〔勵〕

关〔關〕　导〔導〕　　　　　坟〔墳〕　还〔還〕

灯〔燈〕　孙〔孫〕　**7畫**　护〔護〕　矶〔磯〕

汤〔湯〕　阵〔陣〕　【一】　壳〔殼〕　奁〔奩〕

忏〔懺〕　阳〔陽〕　寿〔壽〕　块〔塊〕　歼〔殲〕

兴〔興〕　阶〔階〕　麦〔麥〕　声〔聲〕　来〔來〕

讲〔講〕　阴〔陰〕　玛〔瑪〕　报〔報〕　欤〔歟〕

讳〔諱〕　妇〔婦〕　进〔進〕　拟〔擬〕　轩〔軒〕

讴〔謳〕　妈〔媽〕　远〔遠〕　㧑〔撝〕　连〔連〕

军〔軍〕　戏〔戲〕　违〔違〕　芜〔蕪〕　轫〔軔〕

讵〔詎〕　观〔觀〕　韧〔韌〕　苇〔葦〕　【｜】

讶〔訝〕　欢〔歡〕　划〔劃〕　芸〔蕓〕　卤〔鹵〕

讷〔訥〕　买〔買〕　运〔運〕　苈〔藶〕　〔滷〕

319

邺〔鄴〕　岗〔崗〕　饨〔飩〕　灶〔竈〕　识〔識〕

坚〔堅〕　岘〔峴〕　饩〔餼〕　炀〔煬〕　诇〔詗〕

时〔時〕　帐〔帳〕　饪〔飪〕　沣〔灃〕　诈〔詐〕

呒〔嘸〕　岚〔嵐〕　饫〔飫〕　沤〔漚〕　诉〔訴〕

县〔縣〕　【丿】　饬〔飭〕　沥〔瀝〕　诊〔診〕

里〔裏〕　针〔針〕　饭〔飯〕　沦〔淪〕　诋〔詆〕

呓〔囈〕　钉〔釘〕　饮〔飲〕　沧〔滄〕　诌〔謅〕

呕〔嘔〕　钊〔釗〕　系〔係〕　沨〔渢〕　词〔詞〕

园〔園〕　钋〔釙〕　　〔繫〕　沟〔溝〕　诎〔詘〕

呖〔嚦〕　钉〔釘〕　【丶】　沩〔溈〕　诏〔詔〕

旷〔曠〕　乱〔亂〕　冻〔凍〕　沪〔滬〕　讲〔講〕

围〔圍〕　体〔體〕　状〔狀〕　沈〔瀋〕　诒〔詒〕

吨〔噸〕　佣〔傭〕　亩〔畝〕　怃〔憮〕　【乛】

旸〔暘〕　伤〔傷〕　庑〔廡〕　怀〔懷〕　灵〔靈〕

邮〔郵〕　彻〔徹〕　库〔庫〕　怄〔慪〕　层〔層〕

困〔睏〕　余〔餘〕　疖〔癤〕　忧〔憂〕　迟〔遲〕

员〔員〕　佥〔僉〕　疗〔療〕　忾〔愾〕　张〔張〕

呗〔唄〕　谷〔穀〕　应〔應〕　怅〔悵〕　际〔際〕

听〔聽〕　邻〔鄰〕　庐〔廬〕　怆〔愴〕　陆〔陸〕

呛〔嗆〕　肠〔腸〕　这〔這〕　穷〔窮〕　陇〔隴〕

呜〔嗚〕　龟〔龜〕　闰〔閏〕　证〔證〕　陈〔陳〕

别〔彆〕　犹〔猶〕　闱〔闈〕　诂〔詁〕　坠〔墜〕

财〔財〕　狈〔狽〕　闲〔閑〕　诃〔訶〕　陉〔陘〕

囵〔圇〕　鸠〔鳩〕　间〔間〕　启〔啟〕　妪〔嫗〕

赆〔贐〕　条〔條〕　闵〔閔〕　评〔評〕　妩〔嫵〕

帏〔幃〕　岛〔島〕　闷〔悶〕　补〔補〕　妫〔嬀〕

岖〔嶇〕　邹〔鄒〕　灿〔燦〕　诅〔詛〕　刭〔剄〕

劲〔勁〕　現〔現〕　柜〔櫃〕　轰〔轟〕　刬〔剗〕

鸡〔鷄〕　责〔責〕　枫〔楓〕　顷〔頃〕　剀〔剴〕

纬〔緯〕　表〔錶〕　枧〔梘〕　转〔轉〕　凯〔凱〕

绉〔紜〕　珑〔瓏〕　枨〔棖〕　轭〔軛〕　峄〔嶧〕

驱〔驅〕　规〔規〕　板〔闆〕　斩〔斬〕　败〔敗〕

纯〔純〕　瓯〔甌〕　枞〔樅〕　轮〔輪〕　账〔賬〕

纰〔紕〕　拢〔攏〕　松〔鬆〕　软〔軟〕　贩〔販〕

纱〔紗〕　拣〔揀〕　枪〔槍〕　鸢〔鳶〕　贬〔貶〕

纲〔綱〕　垆〔壚〕　枫〔楓〕　【丨】　贮〔貯〕

纳〔納〕　担〔擔〕　构〔構〕　齿〔齒〕　图〔圖〕

纴〔紝〕　顶〔頂〕　丧〔喪〕　虏〔虜〕　购〔購〕

驳〔駁〕　拥〔擁〕　画〔畫〕　肾〔腎〕　【丿】

纵〔縱〕　势〔勢〕　枣〔棗〕　贤〔賢〕　钍〔釷〕

纶〔綸〕　拦〔攔〕　卖〔賣〕　昙〔曇〕　钎〔釺〕

纷〔紛〕　扤〔攏〕　郁〔鬱〕　国〔國〕　钏〔釧〕

纸〔紙〕　拧〔擰〕　矾〔礬〕　畅〔暢〕　钐〔釤〕

纹〔紋〕　拨〔撥〕　矿〔礦〕　咙〔嚨〕　钓〔釣〕

纺〔紡〕　择〔擇〕　砀〔碭〕　虮〔蟣〕　钒〔釩〕

驴〔驢〕　茏〔蘢〕　码〔碼〕　黾〔黽〕　钔〔鍆〕

绀〔紺〕　苹〔蘋〕　厕〔廁〕　鸣〔鳴〕　钕〔釹〕

纽〔紐〕　茑〔蔦〕　奋〔奮〕　咛〔嚀〕　钖〔鍚〕

纾〔紓〕　范〔範〕　态〔態〕　咝〔噝〕　钗〔釵〕

　　　　茔〔塋〕　瓯〔甌〕　罗〔羅〕　制〔製〕

8畫　茕〔煢〕　欧〔歐〕　岽〔崠〕　刮〔颳〕

　　　　茎〔莖〕　殴〔毆〕　岿〔歸〕　侠〔俠〕

【一】　枢〔樞〕　垄〔壟〕　帜〔幟〕　侥〔僥〕

玮〔瑋〕　枥〔櫪〕　郏〔郟〕　岭〔嶺〕　侦〔偵〕

环〔環〕

侧〔側〕	狞〔獰〕	泷〔瀧〕	郓〔鄆〕	参〔參〕
凭〔憑〕	备〔備〕	泸〔瀘〕	衬〔襯〕	艰〔艱〕
侨〔僑〕	枭〔梟〕	泪〔淚〕	祎〔禕〕	线〔線〕
侩〔儈〕	饯〔餞〕	泺〔濼〕	视〔視〕	绀〔紺〕
货〔貨〕	饰〔飾〕	泞〔濘〕	诛〔誅〕	继〔繼〕
侪〔儕〕	饱〔飽〕	泻〔瀉〕	话〔話〕	绂〔紱〕
侬〔儂〕	饲〔飼〕	泼〔潑〕	诞〔誕〕	练〔練〕
质〔質〕	饳〔飿〕	泽〔澤〕	诟〔詬〕	组〔組〕
征〔徵〕	饴〔飴〕	泾〔涇〕	诠〔詮〕	驵〔駔〕
径〔徑〕	【丶】	怜〔憐〕	诡〔詭〕	绅〔紳〕
舍〔捨〕	变〔變〕	怆〔愴〕	询〔詢〕	绌〔絀〕
刽〔劊〕	庞〔龐〕	怿〔懌〕	诣〔詣〕	细〔細〕
郐〔鄶〕	庙〔廟〕	峃〔嶨〕	诤〔諍〕	驶〔駛〕
怂〔慫〕	疟〔瘧〕	学〔學〕	该〔該〕	驸〔駙〕
籴〔糴〕	疠〔癘〕	宝〔寶〕	详〔詳〕	驷〔駟〕
觅〔覓〕	疡〔瘍〕	宠〔寵〕	诧〔詫〕	驹〔駒〕
贪〔貪〕	剂〔劑〕	审〔審〕	诨〔諢〕	终〔終〕
贫〔貧〕	废〔廢〕	帘〔簾〕	诩〔詡〕	织〔織〕
馂〔餕〕	闸〔閘〕	实〔實〕	【乛】	骀〔駘〕
肤〔膚〕	闹〔鬧〕	诓〔誆〕	肃〔肅〕	绉〔縐〕
胨〔腖〕	郑〔鄭〕	诔〔誄〕	隶〔隸〕	驻〔駐〕
肿〔腫〕	卷〔捲〕	试〔試〕	录〔錄〕	绊〔絆〕
胀〔脹〕	单〔單〕	诖〔詿〕	弥〔彌〕	驼〔駝〕
肮〔骯〕	炜〔煒〕	诗〔詩〕	〔瀰〕	绋〔紼〕
胁〔脅〕	炝〔熗〕	诘〔詰〕	陕〔陝〕	绌〔絀〕
迩〔邇〕	炉〔爐〕	诙〔詼〕	驽〔駑〕	绍〔紹〕
鱼〔魚〕	浅〔淺〕	诚〔誠〕	驾〔駕〕	驿〔驛〕

绎〔繹〕　挥〔揮〕　药〔藥〕　轳〔轤〕　蚁〔蟻〕

经〔經〕　挗〔擣〕　标〔標〕　轴〔軸〕　蚂〔螞〕

驼〔駝〕　荐〔薦〕　栈〔棧〕　轶〔軼〕　虽〔雖〕

绐〔紿〕　荚〔莢〕　栉〔櫛〕　轷〔軤〕　骂〔罵〕

贯〔貫〕　贳〔貰〕　栊〔櫳〕　轸〔軫〕　哕〔噦〕

　　　　荛〔蕘〕　栋〔棟〕　轹〔轢〕　剐〔剮〕

9畫　荜〔蓽〕　栌〔櫨〕　轺〔軺〕　郐〔鄶〕

【一】　带〔帶〕　栎〔櫟〕　轻〔輕〕　勋〔勛〕

贰〔貳〕　茧〔繭〕　栏〔欄〕　鸦〔鴉〕　哗〔嘩〕

帮〔幫〕　荞〔蕎〕　柠〔檸〕　蛋〔薑〕　响〔響〕

珑〔瓏〕　荟〔薈〕　柽〔檉〕　**【丨】**　哙〔噲〕

顸〔頇〕　荠〔薺〕　树〔樹〕　战〔戰〕　哝〔噥〕

轪〔軑〕　荡〔蕩〕　鸫〔鶇〕　觇〔覘〕　哟〔喲〕

垭〔埡〕　垩〔堊〕　郦〔酈〕　点〔點〕　峡〔峽〕

挜〔掗〕　荣〔榮〕　咸〔鹹〕　临〔臨〕　峣〔嶢〕

挝〔撾〕　荤〔葷〕　砖〔磚〕　览〔覽〕　帧〔幀〕

项〔項〕　荥〔滎〕　砗〔硨〕　竖〔豎〕　罚〔罰〕

挞〔撻〕　荦〔犖〕　砚〔硯〕　尝〔嘗〕　峤〔嶠〕

挟〔挾〕　荧〔熒〕　砜〔碸〕　眍〔瞘〕　贱〔賤〕

挠〔撓〕　荨〔蕁〕　面〔麵〕　眬〔矓〕　贴〔貼〕

赵〔趙〕　胡〔鬍〕　牵〔牽〕　哑〔啞〕　贶〔貺〕

贲〔賁〕　荩〔藎〕　鸥〔鷗〕　显〔顯〕　贻〔貽〕

挡〔擋〕　荪〔蓀〕　龚〔龔〕　哒〔噠〕　**【丿】**

垲〔塏〕　荫〔蔭〕　残〔殘〕　哓〔嘵〕　钘〔鈃〕

挢〔撟〕　荬〔蕒〕　殇〔殤〕　哔〔嗶〕　钙〔鈣〕

垫〔墊〕　荭〔葒〕　轱〔軲〕　贵〔貴〕　钚〔鈈〕

挤〔擠〕　荮〔葤〕　轲〔軻〕　虾〔蝦〕　钛〔鈦〕

钗〔釵〕	〔複〕	狲〔猻〕	间〔間〕	浏〔瀏〕
钝〔鈍〕	〔覆〕	贸〔貿〕	阎〔閻〕	济〔濟〕
钞〔鈔〕	笃〔篤〕	饵〔餌〕	阐〔闡〕	浐〔滻〕
钟〔鐘〕	传〔傳〕	饶〔饒〕	阁〔閣〕	浑〔渾〕
〔鍾〕	俨〔儼〕	蚀〔蝕〕	阑〔闌〕	浒〔滸〕
钡〔鋇〕	俩〔倆〕	饷〔餉〕	阂〔閡〕	浓〔濃〕
钢〔鋼〕	俪〔儷〕	饸〔餄〕	养〔養〕	浔〔潯〕
钠〔鈉〕	贷〔貸〕	饹〔餎〕	姜〔薑〕	浕〔濜〕
钥〔鑰〕	顺〔順〕	饺〔餃〕	类〔類〕	恸〔慟〕
钦〔欽〕	俭〔儉〕	饻〔餏〕	娄〔婁〕	怅〔悵〕
钧〔鈞〕	剑〔劍〕	饼〔餅〕	总〔總〕	恺〔愷〕
铃〔鈴〕	鸽〔鴿〕	【丶】	炼〔煉〕	恻〔惻〕
钨〔鎢〕	鸼〔鵃〕	峦〔巒〕	炽〔熾〕	恼〔惱〕
钩〔鈎〕	须〔須〕	弯〔彎〕	烁〔爍〕	恽〔惲〕
钪〔鈧〕	〔鬚〕	孪〔孿〕	烂〔爛〕	举〔舉〕
钫〔鈁〕	胧〔朧〕	娈〔孌〕	烃〔烴〕	觉〔覺〕
钬〔鈥〕	胨〔腖〕	将〔將〕	洼〔窪〕	宪〔憲〕
钭〔鈄〕	胪〔臚〕	奖〔獎〕	洁〔潔〕	窃〔竊〕
钮〔鈕〕	胆〔膽〕	疠〔癘〕	洒〔灑〕	诚〔誠〕
钯〔鈀〕	胜〔勝〕	疮〔瘡〕	达〔達〕	诬〔誣〕
毡〔氈〕	胫〔脛〕	疯〔瘋〕	浃〔浹〕	语〔語〕
氢〔氫〕	鸰〔鴒〕	亲〔親〕	浇〔澆〕	袄〔襖〕
选〔選〕	狭〔狹〕	飒〔颯〕	浈〔湞〕	诮〔誚〕
适〔適〕	狮〔獅〕	闺〔閨〕	浉〔溮〕	祢〔禰〕
种〔種〕	独〔獨〕	闻〔聞〕	浊〔濁〕	误〔誤〕
鞑〔韃〕	狯〔獪〕	闼〔闥〕	测〔測〕	诰〔誥〕
复〔復〕	狱〔獄〕	闽〔閩〕	浍〔澮〕	诱〔誘〕

诲〔誨〕　骅〔驊〕　损〔損〕　桤〔榿〕　监〔監〕

诳〔誑〕　绘〔繪〕　埙〔壎〕　桥〔橋〕　紧〔緊〕

鸩〔鴆〕　骆〔駱〕　埚〔堝〕　桦〔樺〕　党〔黨〕

说〔說〕　骈〔駢〕　捡〔撿〕　桧〔檜〕　唛〔嘜〕

诵〔誦〕　绞〔絞〕　贽〔贄〕　桩〔樁〕　晒〔曬〕

诶〔誒〕　骇〔駭〕　挚〔摯〕　样〔樣〕　晓〔曉〕

【丁】　统〔統〕　热〔熱〕　贾〔賈〕　唝〔嗊〕

垦〔墾〕　绗〔絎〕　捣〔搗〕　逦〔邐〕　唠〔嘮〕

昼〔晝〕　给〔給〕　壶〔壺〕　砺〔礪〕　鸭〔鴨〕

费〔費〕　绚〔絢〕　聂〔聶〕　砾〔礫〕　唡〔啢〕

逊〔遜〕　绛〔絳〕　莱〔萊〕　础〔礎〕　晔〔曄〕

陨〔隕〕　络〔絡〕　莲〔蓮〕　砻〔礱〕　晕〔暈〕

险〔險〕　绝〔絕〕　莳〔蒔〕　顾〔顧〕　鸮〔鴞〕

贺〔賀〕　　　　　萬〔蕆〕　轼〔軾〕　唢〔嗩〕

怼〔懟〕　**10 畫**　获〔獲〕　轻〔輕〕　喎〔喎〕

垒〔壘〕　**【一】**　　　〔穫〕　轿〔轎〕　蚬〔蜆〕

娅〔婭〕　艳〔艷〕　犹〔猶〕　辂〔輅〕　鸯〔鴦〕

娆〔嬈〕　项〔項〕　恶〔惡〕　较〔較〕　崂〔嶗〕

娇〔嬌〕　珲〔琿〕　　　〔噁〕　鸰〔鴒〕　崃〔崍〕

绑〔綁〕　蚕〔蠶〕　劳〔勞〕　顿〔頓〕　罢〔罷〕

绒〔絨〕　顽〔頑〕　莹〔瑩〕　趸〔躉〕　圆〔圓〕

结〔結〕　盏〔盞〕　莺〔鶯〕　毙〔斃〕　觊〔覬〕

绔〔絝〕　捞〔撈〕　鸪〔鴣〕　致〔緻〕　贼〔賊〕

骁〔驍〕　载〔載〕　莼〔蒓〕　**【丨】**　贿〔賄〕

绕〔繞〕　赶〔趕〕　桡〔橈〕　龀〔齔〕　赂〔賂〕

经〔經〕　盐〔鹽〕　桢〔楨〕　鸱〔鴟〕　赃〔臟〕

骄〔驕〕　埘〔塒〕　档〔檔〕　虑〔慮〕　赅〔賅〕

赈〔賑〕	铋〔鉍〕	〔髒〕	准〔準〕	润〔潤〕
【丿】	铌〔鈮〕	脐〔臍〕	离〔離〕	涧〔澗〕
钰〔鈺〕	铍〔鈹〕	脑〔腦〕	颃〔頏〕	涨〔漲〕
钱〔錢〕	铍〔鏺〕	胶〔膠〕	资〔資〕	烫〔燙〕
钲〔鉦〕	铎〔鐸〕	脓〔膿〕	竞〔競〕	涩〔澀〕
钳〔鉗〕	氩〔氬〕	鸱〔鴟〕	阃〔閫〕	悭〔慳〕
钴〔鈷〕	牺〔犧〕	玺〔璽〕	阄〔鬮〕	悯〔憫〕
钵〔鉢〕	敌〔敵〕	钏〔釩〕	阄〔鬮〕	宽〔寬〕
钶〔鈳〕	积〔積〕	鸲〔鴝〕	阅〔閱〕	家〔傢〕
钷〔鉅〕	称〔稱〕	猃〔獫〕	阆〔閬〕	宾〔賓〕
钹〔鈸〕	笕〔筧〕	鸵〔鴕〕	郸〔鄲〕	窍〔竅〕
钺〔鉞〕	笔〔筆〕	袅〔裊〕	烦〔煩〕	窎〔窵〕
钻〔鑽〕	债〔債〕	鸳〔鴛〕	烧〔燒〕	请〔請〕
钼〔鉬〕	借〔藉〕	皱〔皺〕	烛〔燭〕	诸〔諸〕
钽〔鉭〕	倾〔傾〕	饽〔餑〕	烨〔燁〕	诹〔諏〕
钾〔鉀〕	赁〔賃〕	饿〔餓〕	烩〔燴〕	诺〔諾〕
铀〔鈾〕	颀〔頎〕	馁〔餒〕	烬〔燼〕	诼〔諑〕
钿〔鈿〕	徕〔徠〕	**【丶】**	递〔遞〕	读〔讀〕
铁〔鐵〕	舰〔艦〕	栾〔欒〕	涛〔濤〕	诽〔誹〕
铂〔鉑〕	舱〔艙〕	挛〔攣〕	涝〔澇〕	袜〔襪〕
铃〔鈴〕	耸〔聳〕	恋〔戀〕	涞〔淶〕	祯〔禎〕
铄〔鑠〕	爱〔愛〕	桨〔槳〕	涟〔漣〕	课〔課〕
铅〔鉛〕	鸰〔鴒〕	浆〔漿〕	涠〔潿〕	诿〔諉〕
铆〔鉚〕	颁〔頒〕	症〔癥〕	涢〔溳〕	谀〔諛〕
铈〔鈰〕	颂〔頌〕	痈〔癰〕	涡〔渦〕	谁〔誰〕
铉〔鉉〕	脍〔膾〕	痉〔痙〕	涂〔塗〕	谂〔諗〕
铊〔鉈〕	脏〔臟〕	斋〔齋〕	涤〔滌〕	调〔調〕

诏〔詔〕	鸶〔鷥〕	萧〔蕭〕	【丨】	铕〔銪〕
谅〔諒〕		萨〔薩〕	颅〔顱〕	铗〔鋏〕
谆〔諄〕	**11畫**	梦〔夢〕	喷〔噴〕	铙〔鐃〕
谇〔誶〕	**【一】**	觋〔覡〕	啰〔囉〕	铛〔鐺〕
谈〔談〕	焘〔燾〕	检〔檢〕	悬〔懸〕	铝〔鋁〕
谊〔誼〕	琏〔璉〕	梾〔檮〕	啭〔囀〕	铜〔銅〕
谉〔讅〕	琎〔璡〕	啬〔嗇〕	跃〔躍〕	锦〔錦〕
【乛】	琐〔瑣〕	匮〔匱〕	啮〔嚙〕	铟〔銦〕
悬〔懸〕	麸〔麩〕	酝〔醞〕	跄〔蹌〕	铠〔鎧〕
剧〔劇〕	掳〔擄〕	厣〔厴〕	蛎〔蠣〕	铡〔鍘〕
娲〔媧〕	掴〔摑〕	硕〔碩〕	蛊〔蠱〕	铢〔銖〕
娴〔嫻〕	鸷〔鷙〕	硖〔硤〕	蛏〔蟶〕	铣〔銑〕
难〔難〕	掷〔擲〕	硗〔磽〕	累〔纍〕	铥〔銩〕
预〔預〕	掸〔撣〕	硙〔磑〕	啸〔嘯〕	铤〔鋌〕
绠〔綆〕	壶〔壺〕	硚〔礄〕	帻〔幘〕	铧〔鏵〕
骊〔驪〕	悫〔愨〕	鸸〔鴯〕	崭〔嶄〕	铨〔銓〕
绡〔綃〕	据〔據〕	聋〔聾〕	逻〔邏〕	铩〔鎩〕
骋〔騁〕	掺〔摻〕	龚〔龔〕	帼〔幗〕	铪〔鉿〕
绢〔絹〕	掼〔摜〕	袭〔襲〕	赈〔賑〕	铫〔銚〕
绣〔繡〕	职〔職〕	鸹〔鴰〕	婴〔嬰〕	铭〔銘〕
验〔驗〕	聍〔聹〕	殒〔殞〕	赊〔賒〕	铬〔鉻〕
绥〔綏〕	萚〔蘀〕	殓〔殮〕	**【丿】**	铮〔錚〕
绦〔縧〕	勘〔勘〕	赉〔賚〕	铡〔釧〕	铯〔銫〕
继〔繼〕	萝〔蘿〕	辄〔輒〕	铸〔鑄〕	铰〔鉸〕
绨〔綈〕	萤〔螢〕	辅〔輔〕	铹〔鐒〕	铱〔銥〕
骎〔駸〕	营〔營〕	辆〔輛〕	铒〔鉺〕	铲〔鏟〕
骏〔駿〕	萦〔縈〕	堑〔塹〕	铓〔鋩〕	铳〔銃〕

铵〔銨〕　猎〔獵〕　焖〔燜〕　祸〔禍〕　绵〔綿〕

银〔銀〕　猡〔玀〕　渍〔漬〕　谒〔謁〕　绶〔綬〕

铷〔銣〕　猕〔獼〕　鸿〔鴻〕　谓〔謂〕　绷〔繃〕

矫〔矯〕　馃〔餜〕　渎〔瀆〕　谔〔諤〕　绸〔綢〕

鸹〔鴰〕　馄〔餛〕　渐〔漸〕　谕〔諭〕　绺〔綹〕

秽〔穢〕　馅〔餡〕　渑〔澠〕　谖〔諼〕　绻〔綣〕

笺〔箋〕　馆〔館〕　渊〔淵〕　谗〔讒〕　综〔綜〕

笼〔籠〕　　【丶】　渔〔漁〕　谘〔諮〕　绽〔綻〕

笾〔籩〕　鸾〔鸞〕　淀〔澱〕　谙〔諳〕　绾〔綰〕

偾〔僨〕　庼〔廎〕　渗〔滲〕　谚〔諺〕　绿〔綠〕

鹇〔鷳〕　痒〔癢〕　惬〔愜〕　谛〔諦〕　骖〔驂〕

偿〔償〕　鸡〔鷄〕　惭〔慚〕　谜〔謎〕　缀〔綴〕

偻〔僂〕　旋〔鏇〕　惧〔懼〕　谝〔諞〕　缁〔緇〕

躯〔軀〕　阃〔閫〕　惊〔驚〕　谞〔諝〕　　【乛】

皑〔皚〕　阉〔閹〕　惮〔憚〕　绪〔緒〕　弹〔彈〕

衅〔釁〕　阊〔閶〕　惨〔慘〕　绫〔綾〕　堕〔墮〕

鸺〔鵂〕　阅〔閱〕　惯〔慣〕　骐〔騏〕　随〔隨〕

衔〔銜〕　阌〔閿〕　祷〔禱〕　续〔續〕　粜〔糶〕

舻〔艫〕　阁〔閣〕　谌〔諶〕　绮〔綺〕　隐〔隱〕

盘〔盤〕　阎〔閻〕　谋〔謀〕　骑〔騎〕　婳〔嫿〕

鸼〔鵃〕　阏〔閼〕　谍〔諜〕　绯〔緋〕　婵〔嬋〕

龛〔龕〕　阐〔闡〕　谎〔謊〕　绰〔綽〕　婶〔嬸〕

鸽〔鴿〕　羟〔羥〕　谏〔諫〕　骒〔騍〕　颇〔頗〕

敛〔斂〕　盖〔蓋〕　皲〔皸〕　绲〔緄〕　颈〔頸〕

领〔領〕　粝〔糲〕　谐〔諧〕　绳〔繩〕　绩〔績〕

脶〔膄〕　断〔斷〕　谑〔謔〕　骓〔騅〕

脸〔臉〕　兽〔獸〕　裆〔襠〕　维〔維〕

12畫

【一】

靓〔靚〕
琼〔瓊〕
辇〔輦〕
鼋〔黿〕
趋〔趨〕
揽〔攬〕
颉〔頡〕
揿〔撳〕
搀〔攙〕
蛰〔蟄〕
絷〔縶〕
搁〔擱〕
搂〔摟〕
搅〔攪〕
联〔聯〕
蒇〔蕆〕
贲〔賁〕
蒋〔蔣〕
蒌〔蔞〕
韩〔韓〕
椟〔櫝〕
椤〔欏〕
赍〔賫〕
椭〔橢〕

鹁〔鵓〕
鹂〔鸝〕
觇〔覘〕
硷〔礆〕
确〔確〕
詟〔讋〕
殚〔殫〕
颊〔頰〕
雳〔靂〕
辊〔輥〕
辋〔輞〕
椠〔槧〕
暂〔暫〕
辍〔輟〕
辎〔輜〕
翘〔翹〕

【丨】

辈〔輩〕
凿〔鑿〕
辉〔輝〕
赏〔賞〕
睐〔睞〕
睑〔瞼〕
喷〔噴〕
畴〔疇〕
践〔踐〕
遗〔遺〕

蛱〔蛺〕
蛲〔蟯〕
蛳〔螄〕
蛴〔蠐〕
鹃〔鵑〕
喽〔嘍〕
嵘〔嶸〕
嵚〔嶔〕
嵝〔嶁〕
赋〔賦〕
赌〔賭〕
赎〔贖〕
赐〔賜〕
赒〔賙〕
赔〔賠〕
赕〔賧〕

【丿】

铸〔鑄〕
锊〔鋝〕
铺〔鋪〕
铼〔錸〕
铽〔鋱〕
链〔鏈〕
铿〔鏗〕
销〔銷〕
锁〔鎖〕

锃〔鋥〕
锄〔鋤〕
锂〔鋰〕
锆〔鋯〕
锇〔鋨〕
锈〔銹〕
锉〔銼〕
锋〔鋒〕
锌〔鋅〕
锎〔鐦〕
钢〔鋼〕
锐〔銳〕
锑〔銻〕
银〔銀〕
铤〔鋌〕
锅〔鍋〕
锏〔鐧〕
犊〔犢〕
鸹〔鴰〕
鹅〔鵝〕
颐〔頤〕
筑〔築〕
筚〔篳〕
筛〔篩〕
牍〔牘〕
傥〔儻〕

傧〔儐〕
储〔儲〕
傩〔儺〕
惩〔懲〕
御〔禦〕
颌〔頜〕
释〔釋〕
鹆〔鵒〕
腊〔臘〕
腘〔膕〕
鱿〔魷〕
鲁〔魯〕
鲂〔魴〕
颖〔穎〕
飓〔颶〕
觞〔觴〕
惫〔憊〕
馇〔餷〕
馈〔饋〕
馉〔餶〕
馊〔餿〕
馋〔饞〕

【丶】

亵〔褻〕
装〔裝〕
蛮〔蠻〕
脔〔臠〕

瘆〔瘮〕 谟〔謨〕 缌〔緦〕 摊〔攤〕 辑〔輯〕

痫〔癇〕 说〔譭〕 缎〔緞〕 鹊〔鵲〕 输〔輸〕

赓〔賡〕 谡〔謖〕 缑〔緱〕 蓝〔藍〕 【丨】

颏〔頦〕 谢〔謝〕 缓〔緩〕 蓦〔驀〕 频〔頻〕

鹇〔鷳〕 谣〔謠〕 缒〔縋〕 鹋〔鶓〕 龃〔齟〕

阑〔闌〕 谤〔謗〕 缔〔締〕 蓟〔薊〕 龄〔齡〕

阒〔闃〕 谥〔謚〕 缕〔縷〕 蒙〔矇〕 龅〔齙〕

阔〔闊〕 谦〔謙〕 编〔編〕 〔濛〕 龆〔齠〕

阕〔闋〕 谧〔謐〕 缗〔緡〕 〔懞〕 鉴〔鑒〕

粪〔糞〕 【乛】 骚〔騷〕 颐〔頤〕 龇〔齜〕

鹈〔鵜〕 属〔屬〕 缘〔緣〕 献〔獻〕 嗫〔囁〕

窜〔竄〕 屡〔屢〕 飨〔饗〕 颟〔顢〕 跷〔蹺〕

窝〔窩〕 骘〔騭〕 榄〔欖〕 跸〔蹕〕

嫠〔譽〕 骙〔騤〕 **13 畫** 椟〔櫝〕 跻〔躋〕

愤〔憤〕 氇〔氀〕 【一】 楣〔楣〕 跹〔躚〕

愦〔憒〕 翚〔翬〕 耢〔耮〕 楼〔樓〕 蜗〔蝸〕

滞〔滯〕 骛〔騖〕 鹉〔鵡〕 榉〔櫸〕 嗳〔噯〕

湿〔濕〕 骗〔騙〕 鹋〔鶄〕 赖〔賴〕 赗〔賵〕

溃〔潰〕 缂〔緙〕 辐〔韞〕 碛〔磧〕 【丿】

溅〔濺〕 缃〔緗〕 鹜〔鶩〕 碍〔礙〕 锗〔鍺〕

溇〔漊〕 缄〔緘〕 摄〔攝〕 碜〔磣〕 错〔錯〕

湾〔灣〕 缅〔緬〕 摅〔攄〕 鹌〔鵪〕 锘〔鍩〕

裢〔褳〕 缆〔纜〕 摆〔擺〕 尴〔尷〕 锚〔錨〕

裣〔襝〕 缇〔緹〕 〔襬〕 殡〔殯〕 锛〔錛〕

裤〔褲〕 缈〔緲〕 赪〔赬〕 雾〔霧〕 锝〔鍀〕

裥〔襇〕 缉〔緝〕 摈〔擯〕 辏〔輳〕 锞〔錁〕

禅〔禪〕 缊〔縕〕 毂〔轂〕 辐〔輻〕 锟〔錕〕

锡〔錫〕	鲜〔鮮〕	阒〔闃〕	谬〔謬〕	礅〔礮〕
铟〔錮〕	鲇〔鮎〕	阙〔闕〕	【ㄱ】	墙〔墻〕
锣〔鑼〕	鲈〔鱸〕	誊〔謄〕	辟〔闢〕	撄〔攖〕
锤〔錘〕	鲊〔鮓〕	粮〔糧〕	骗〔騙〕	蔷〔薔〕
锥〔錐〕	稣〔穌〕	数〔數〕	媛〔嬡〕	蔑〔蠛〕
锦〔錦〕	鲋〔鮒〕	滟〔灩〕	嫔〔嬪〕	蔹〔蘞〕
锧〔鑕〕	鲄〔鮍〕	溴〔灂〕	缙〔縉〕	蔺〔藺〕
锨〔鍁〕	鲍〔鮑〕	满〔滿〕	缜〔縝〕	蔼〔藹〕
锫〔錇〕	鲅〔鮁〕	滤〔濾〕	缚〔縛〕	鹕〔鶘〕
锭〔錠〕	鲐〔鮐〕	滥〔濫〕	缛〔縟〕	槚〔檟〕
键〔鍵〕	颍〔潁〕	滗〔潷〕	辔〔轡〕	槛〔檻〕
锯〔鋸〕	鸽〔鴿〕	滦〔灤〕	缝〔縫〕	槟〔檳〕
锰〔錳〕	飔〔颸〕	漓〔灕〕	骝〔騮〕	槠〔櫧〕
锱〔錙〕	飕〔颼〕	滨〔濱〕	缟〔縞〕	酽〔釅〕
辞〔辭〕	触〔觸〕	滩〔灘〕	缡〔縭〕	酾〔釃〕
颓〔頹〕	雏〔雛〕	溆〔漵〕	缠〔纏〕	酿〔釀〕
穆〔穆〕	馎〔餺〕	慑〔懾〕	缢〔縊〕	霁〔霽〕
筹〔籌〕	馍〔饃〕	誉〔譽〕	缣〔縑〕	愿〔願〕
签〔簽〕	馏〔餾〕	鲎〔鱟〕	缤〔繽〕	殡〔殯〕
〔籤〕	馕〔饢〕	骞〔騫〕		辕〔轅〕
简〔簡〕	【ㆍ】	寝〔寢〕	**14畫**	辖〔轄〕
觎〔覦〕	酱〔醬〕	窥〔窺〕		辗〔輾〕
颔〔頷〕	鹑〔鶉〕	窦〔竇〕	【一】	【丨】
腻〔膩〕	瘅〔癉〕	谨〔謹〕	瑷〔璦〕	龇〔齜〕
鹏〔鵬〕	瘆〔瘮〕	谩〔謾〕	赘〔贅〕	龈〔齦〕
腾〔騰〕	鹒〔鶊〕	谪〔謫〕	觏〔覯〕	鹖〔鶡〕
鲅〔鱍〕	阇〔闍〕	谬〔讁〕	韬〔韜〕	颗〔顆〕

331

睑〔瞼〕	锒〔鋃〕	鲟〔鱘〕	【乛】	轿〔轎〕
暖〔曖〕	镀〔鍍〕	飏〔颺〕	鹛〔鶥〕	蕲〔蘄〕
鹃〔鵑〕	镁〔鎂〕	馑〔饉〕	嬷〔嬤〕	赜〔賾〕
踌〔躊〕	镂〔鏤〕	馒〔饅〕	骛〔騖〕	蕴〔藴〕
踊〔踴〕	镃〔鎡〕	【丶】	骡〔騾〕	樯〔檣〕
蜡〔蠟〕	钻〔鑽〕	銮〔鑾〕	骢〔驄〕	樱〔櫻〕
蝈〔蟈〕	鸳〔鴛〕	瘗〔瘞〕	骠〔驃〕	飘〔飄〕
蝇〔蠅〕	稳〔穩〕	瘘〔瘻〕	缥〔縹〕	靥〔靨〕
蝉〔蟬〕	箦〔簀〕	阃〔閫〕	缦〔縵〕	魇〔魘〕
鹗〔鶚〕	箧〔篋〕	鲞〔鯗〕	缧〔縲〕	餍〔饜〕
嘤〔嚶〕	篓〔簍〕	糁〔糝〕	缨〔纓〕	霉〔黴〕
罴〔羆〕	箨〔籜〕	鹚〔鶿〕	缩〔縮〕	辘〔轆〕
赙〔賻〕	箩〔籮〕	潇〔瀟〕	缪〔繆〕	【丨】
嚣〔囂〕	箪〔簞〕	潋〔瀲〕	缫〔繅〕	龉〔齬〕
赚〔賺〕	箓〔籙〕	潍〔濰〕	15畫	龊〔齪〕
鹘〔鶻〕	箫〔簫〕	赛〔賽〕	【一】	觑〔覷〕
【丿】	舆〔輿〕	窭〔窶〕	耧〔耬〕	瞒〔瞞〕
锲〔鍥〕	膑〔臏〕	窦〔竇〕	璎〔瓔〕	题〔題〕
锴〔鍇〕	鲑〔鮭〕	谭〔譚〕	叇〔靆〕	颙〔顒〕
锶〔鍶〕	鲒〔鮚〕	谮〔譖〕	撵〔攆〕	踬〔躓〕
锷〔鍔〕	鲔〔鮪〕	褛〔褸〕	撷〔擷〕	踯〔躑〕
锹〔鍬〕	鲖〔鮦〕	谯〔譙〕	撺〔攛〕	蝾〔蠑〕
锸〔鍤〕	鲗〔鰂〕	谰〔讕〕	聩〔聵〕	蝼〔螻〕
锻〔鍛〕	鲙〔鱠〕	谱〔譜〕	聪〔聰〕	噜〔嚕〕
锼〔鎪〕	鲚〔鱭〕	谲〔譎〕	觐〔覲〕	嘱〔囑〕
锾〔鍰〕	鲛〔鮫〕		鞑〔韃〕	颛〔顓〕
锵〔鏘〕	鲜〔鮮〕			【丿】

镊〔鑷〕	鲩〔鯇〕	**16畫**	镘〔鏝〕	瘾〔癮〕
镇〔鎮〕	卿〔鄉〕		镚〔鏰〕	斓〔斕〕
镉〔鎘〕	辙〔轍〕	【一】	镛〔鏞〕	辩〔辯〕
镋〔钂〕	馔〔饌〕	糇〔糒〕	镜〔鏡〕	濑〔瀨〕
镌〔鐫〕	【、】	撄〔攖〕	镝〔鏑〕	濒〔瀕〕
镍〔鎳〕	瘪〔癟〕	颞〔顳〕	镞〔鏃〕	懒〔懶〕
镎〔鎿〕	瘫〔癱〕	颟〔顢〕	氇〔氌〕	黉〔黌〕
镏〔鎦〕	廒〔廒〕	薮〔藪〕	赟〔贇〕	【乛】
镐〔鎬〕	颜〔顏〕	颠〔顛〕	穑〔穡〕	鹨〔鷚〕
镑〔鎊〕	鹈〔鵜〕	橹〔櫓〕	篮〔籃〕	颡〔顙〕
镒〔鎰〕	鲨〔鯊〕	橼〔櫞〕	篱〔籬〕	缰〔韁〕
镓〔鎵〕	澜〔瀾〕	鹭〔鷺〕	魉〔魎〕	缱〔繾〕
镔〔鑌〕	额〔額〕	赝〔贗〕	鲭〔鯖〕	缲〔繰〕
镉〔鎘〕	谳〔讞〕	飙〔飆〕	鲮〔鯪〕	缳〔繯〕
簦〔簦〕	褴〔襤〕	獭〔獺〕	鲰〔鯫〕	缴〔繳〕
篓〔簍〕	谴〔譴〕	錾〔鏨〕	鲱〔鯡〕	
鹏〔鵬〕	谵〔譫〕	辙〔輖〕	鲲〔鯤〕	**17畫**
鹃〔鵑〕	鹤〔鶴〕	辚〔轔〕	鲳〔鯧〕	
鹆〔鵒〕	【乛】	【丨】	鲵〔鯢〕	【一】
鲠〔鯁〕	屦〔屨〕	蹉〔蹉〕	鲶〔鯰〕	薜〔薜〕
鲡〔鱺〕	缬〔纈〕	螨〔蟎〕	鲷〔鯛〕	鹩〔鷯〕
鲢〔鰱〕	缭〔繚〕	鹦〔鸚〕	鲸〔鯨〕	【丨】
鲣〔鰹〕	缮〔繕〕	赠〔贈〕	鲻〔鯔〕	龋〔齲〕
鲥〔鰣〕	缯〔繒〕	【丿】	獭〔獺〕	龌〔齷〕
鲤〔鯉〕		镨〔鐠〕	【、】	瞩〔矚〕
鲦〔鰷〕		镖〔鏢〕	鹧〔鷓〕	蹒〔蹣〕
鲧〔鯀〕		镗〔鏜〕	瘿〔癭〕	蹑〔躡〕
				蟏〔蠨〕

阄〔鬮〕　　鳊〔鯿〕　　镱〔鐿〕　　【丿】　　　【丿】

羁〔羈〕　　【丶】　　　雠〔讎〕　　镲〔鑔〕　　镳〔鑣〕

赡〔贍〕　　鹜〔鶩〕　　䲠〔鰆〕　　籁〔籟〕　　锗〔钄〕

【丿】　　　辫〔辮〕　　鳍〔鰭〕　　鳌〔鰲〕　　臜〔臢〕

镢〔钁〕　　赢〔贏〕　　鳎〔鰨〕　　鳔〔鰾〕　　鳜〔鱖〕

镣〔鐐〕　　懑〔懣〕　　鳏〔鰥〕　　鳕〔鱈〕　　鳝〔鱔〕

镤〔鏷〕　　【乛】　　　鳑〔鰟〕　　鳗〔鰻〕　　鳞〔鱗〕

镥〔鑥〕　　鹢〔鷁〕　　鳒〔鰜〕　　鳙〔鱅〕　　鳟〔鱒〕

镦〔鐓〕　　骤〔驟〕　　【丶】　　　鳖〔鱉〕　　【乛】

镧〔鑭〕　　　　　　　　鹲〔鸏〕　　鳛〔鰼〕　　骧〔驤〕

镨〔鐠〕　　　18畫　　　鹰〔鷹〕　　【丶】

镩〔鑹〕　　　　　　　　癫〔癲〕　　颤〔顫〕　　　21畫

镪〔鏹〕　　【一】　　　辗〔輾〕　　癣〔癬〕

锎〔鐦〕　　鳌〔鰲〕　　谰〔讕〕　　谶〔讖〕　　【丨】

锏〔鐧〕　　鞯〔韉〕　　【乛】　　　【乛】　　　颦〔顰〕

镀〔鐻〕　　黡〔黶〕　　鹛〔鶥〕　　骥〔驥〕　　躏〔躪〕

鳝〔鱔〕　　【丨】　　　　　　　　　缵〔纘〕　　鳢〔鱧〕

鹪〔鷦〕　　黟〔黟〕　　　19畫

鳍〔鰭〕　　颢〔顥〕　　　　　　　　　20畫　　　【丿】

鲽〔鰈〕　　鹭〔鷺〕　　【一】　　　　　　　　　鳣〔鱣〕

鲣〔鰹〕　　嚣〔囂〕　　攒〔攢〕　　【一】

鳃〔鰓〕　　髅〔髏〕　　霭〔靄〕　　瓒〔瓚〕　　【丶】

鳁〔鰮〕　　【丿】　　　【丨】　　　鬟〔鬟〕　　癫〔癲〕

鳄〔鰐〕　　镬〔鑊〕　　鳖〔鱉〕　　颥〔顬〕　　赣〔贛〕

鳅〔鰍〕　　镭〔鐳〕　　蹿〔躥〕　　【丨】　　　灏〔灝〕

鳆〔鰒〕　　镮〔鐶〕　　颠〔顛〕　　鼍〔鼉〕

鳇〔鰉〕　　镯〔鐲〕　　髋〔髖〕　　黩〔黷〕　　　22畫

鳈〔鰁〕　　镰〔鐮〕　　髌〔髕〕　　　　　　　　鹳〔鸛〕

　　　　　　　　　　　　　　　　　　　　　　　镶〔鑲〕

23 畫

趲〔趲〕
颧〔顴〕
蹪〔躓〕

25 畫

钁〔钁〕
馕〔饢〕
戆〔戇〕

書 名 索 引

著者索引

【八劃】

通識教育叢書・治學方法叢刊 0201005

讀書報告寫作指引（第二版）

作　　者　林慶彰、張春銀

發 行 人　林慶彰
總 經 理　梁錦興
總 編 輯　張晏瑞
編 輯 所　萬卷樓圖書股份有限公司
　　　　　臺北市羅斯福路二段 41 號 6 樓之 3
　　　　　電話 (02)23216565
　　　　　傳真 (02)23218698

發　　行　萬卷樓圖書股份有限公司
　　　　　臺北市羅斯福路二段 41 號 6 樓之 3
　　　　　電話 (02)23216565
　　　　　傳真 (02)23218698
　　　　　電郵 SERVICE@WANJUAN.COM.TW
香港經銷　香港聯合書刊物流有限公司
　　　　　電話 (852)21502100
　　　　　傳真 (852)23560735

ISBN 978-986-478-623-7
2022 年 3 月再版一刷
定價：新臺幣 460 元

如何購買本書：
1. 劃撥購書，請透過以下郵政劃撥帳號：
　　帳號：15624015
　　戶名：萬卷樓圖書股份有限公司
2. 轉帳購書，請透過以下帳戶
　　合作金庫銀行 古亭分行
　　戶名：萬卷樓圖書股份有限公司
　　帳號：0877717092596
3. 網路購書，請透過萬卷樓網站
　　網址 WWW.WANJUAN.COM.TW
大量購書，請直接聯繫我們，將有專人為您
服務。客服：(02)23216565 分機 610

如有缺頁、破損或裝訂錯誤，請寄回更換
版權所有・翻印必究
Copyright©2022 by WanJuanLou Books CO., Ltd.
All Rights Reserved　　　Printed in Taiwan

國家圖書館出版品預行編目資料

讀書報告寫作指引/林慶彰, 張春銀合著.-- 二
版一刷.-- 臺北市 : 萬卷樓圖書股份有限公
司, 2022.03
　　面；　公分.--(通識教育叢書. 治學方法叢
刊 0201005)
ISBN 978-986-478-623-7(平裝)
1.CST: 論文寫作法 2.CST: 圖書館利用教育
3.CST: 參考資源

811.4　　　　　　　　　　　　　111003090